Souviens-toi de moi dans les ténèbres

Les impliqués Éditeur

Structure éditoriale récente fondée par L'Harmattan, Les Impliqués Éditeur a pour ambition de proposer au public des ouvrages de tous horizons, essentiellement dans les domaines des sciences humaines et de la création littéraire.

Déjà parus

Clément (Michel), *L'affaire Matou,* 2023.

Ducruet (Sophie), *Femme à la loupe,* 2023.

Bouabdellah (Djamel), *Salma et Karim,* 2023.

Maney (Catherine), *Dans l'ombre des ylangs-ylangs. Enquêtes dans les îles*, 2023.

Onkoant (Arthur), *Les reflets du caucus. Analyse des mouvements de signes en politique,* 2023.

Lotito (Gaston), *La bastide*, 2023.

Lascoux (Jean-Louis), *Si vous ne tenez pas les brides de votre pensée d'autres s'en saisiront. Pour en finir avec la servitude volontaire,* 2023.

Kouadio (Koffi Kevin), *Adolescences meurtries. Tragédies scolaires en Côte d'Ivoire,* 2023.

Bertrand (Frédéric), *Légères gravités,* 2023.

Cappeau (Alain), *Les dernières réhabilitées de Béthanie*, 2023.

Ces dix derniers titres de ce secteur sont classés par ordre chronologique en commençant par le plus récent.
La liste complète des parutions, avec une courte présentation du contenu des ouvrages, peut être consultée sur le site :
www.lesimpliques.fr

Thierry Gineste

SOUVIENS-TOI DE MOI DANS LES TENEBRES

récit

Les impliqués
Éditeur

DU MÊME AUTEUR

Essais

VICTOR DE L'AVEYRON, DERNIER ENFANT SAUVAGE, PREMIER ENFANT FOU, Le Sycomore, 1983 ; Hachette Pluriel, 1994 ; 2004.

LE LION DE FLORENCE, SUR L'IMAGINAIRE DES PREMIERS PSYCHIATRES, Albin Michel, 2004.

Participations à des ouvrages collectifs

LA SANTÉ DE LA FAMILLE, Hachette, 1984.

THE FOUNDERS OF CHILD NEUROLOGY, Norman Publishing, 1990 ; 2020.

NOUVELLE HISTOIRE DE LA PSYCHIATRIE, Privat, 1984 ; Dunod, 2004.

ENFANTS SAUVAGES, Hermann, 2017.

LA VÉRITÉ D'UNE VIE, BIOGRAPHIE ET VÉRITÉ, Honoré Champion, 2019.

Poésie

AUTRES POÈMES AVEC NARCISSE ?

5-7, rue de l'École-Polytechnique ; 75005 Paris

www.lesimpliques.fr

ISBN : 978-2-38541-227-2

EAN : 9782385412272

À Boniface, Victoire et Amaury

Souviens-toi de moi dans les ténèbres.

Paul Claudel,

Partage de midi, Nouvelle version, acte III.

PARIS

Terreur partout !
Livre de Jérémie, 20, 7-18

Était-ce peu de temps avant la mort de mon père ou déjà dans les premiers moments du deuil ? On trouva à redire sur le comportement de ma mère dans une fête qui rassembla un grand concours d'invités et fut la cause d'une nouvelle catastrophe, d'une autre rupture dans le fil de la vie.

En effet, pendant son séjour à Coëtquidan, mon père avait renoué avec un lointain cousin médecin, Pierre Gineste, fils de l'inspecteur des impôts de Saint-Brieuc, son grand-oncle, Armand Gineste, le frère de son grand-père. Exemple de méritocratie républicaine, Pierre venait d'être nommé professeur à la Faculté de médecine de Rennes, titulaire de la chaire d'endocrinologie, et il avançait aussi vers les hauts grades de la franc-maçonnerie à l'Orient de la capitale bretonne. Pendant l'exil indochinois de mon père, ce cousin participa ainsi que ma mère à la fête où l'on dansa pour le réveillon du 31 décembre 1951 à Coëtquidan, fête où Janot fit sensation parce que le Général l'invita à danser ; ma mère, enhardie par ce spectacle non conforme à l'étiquette militaire d'alors d'une concubine de lieutenant dansant avec un Général marié en justes noces, et emportée par son goût pour l'expressionnisme et la mise en scène théâtrale, sans doute un peu grisée par le Champagne, fit sensation, juchée sur un guéridon de bar, la tête rejetée en arrière et le chignon défait, pieds nus, après avoir fait tournoyer au-dessus de sa tête la veste de son tailleur qu'elle avait fini par jeter dans la foule, brandissant le trophée de ses escarpins qu'elle tenait par les talons en ondulant comme un naja cracheur, ensorcelante Gilda au rythme du saxo qui ronronnait une rumba. Un rond s'était fait autour d'elle et l'on frappait dans les mains. Si le scénario ne fut pas tout à fait celui-là, les ragots de son colportage exagérément sulfureux s'envolèrent bien au-delà de cet acabit.

C'était dix jours avant la catastrophe.

Le cousin professeur de médecine, qui était montré en exemple d'intelligence et de moralité à toute la parentèle, colporta incontinent cette sarabande publique impudique, à la vérité plus festive et antidépressive que diabolique, dans le reste de la famille, comme preuve que ma mère n'était qu'une grue. Le cheminement de cette rumeur prit plusieurs jours par l'intermédiaire de mon oncle, frère aîné de mon père, pour parvenir à mon grand-père quelques jours après la mort de son fils. Il débarqua sans crier gare pour morigéner sa belle-fille, lui demander des comptes et la menacer d'une tutelle, elle le mit à la porte ; il courut chez les parents de sa belle-fille qui lui recommandèrent de se mêler de ce qui le regardait ; apprenant cette dernière démarche elle entra en transe, déclara qu'elle ne voulait plus le revoir, et ne le revit plus jamais. La publicité de cette anecdote fut totale et cruelle, de sorte que ses échos, probablement amplifiés par les ajouts complaisants et salaces des racontars, parvinrent au fil des ans jusqu'à moi. Âgée aujourd'hui de 89 ans, la petite sœur de mon père me confirma il y a quelques semaines que son frère aîné « aurait mieux fait de se taire ». Lui-même m'avait assuré, lors de notre premier et unique déjeuner à la brasserie du Lutétia après la naissance de ma fille en 1983, qu'il « avait fait une boulette, mais je ne veux plus en parler », ce furent ses mots. Nous ne nous étions pas rencontrés depuis le départ en Indochine de son frère et je ne me souvenais pas de lui, notre précédente rencontre datant de l'année 1950, j'étais alors âgé de deux ans. Après ce déjeuner qui fut cordial, mais empreint d'un malaise anxiogène croissant, il régla l'addition, mais ne manifesta jamais le désir de me revoir. Il est mort depuis des années.

Ma mère ne convia aucun membre de sa belle-famille à l'office religieux de requiem qu'elle fit célébrer. Elle n'obtempéra pas à la convocation du conseil de famille que celle-ci organisa, où fut peut-être envisagée la séparation de ses enfants d'avec leur mère indigne, du moins fut-ce la menace dramatique que ma mère fit planer sur notre enfance. Et chaque fois que mon grand-père envoya par la suite un colis pour ses petits-enfants, le colis lui fut retourné illico sans autre forme de procès, une simple mention ajoutée au-dessus de l'adresse de l'expéditeur initial indiquant : retour à l'envoyeur.

Mon grand-père mourut dix ans plus tard sans avoir revu ses petits-enfants, poursuivi par cette impitoyable vindicte ayant tourné à la rancune passionnelle d'une Furie. Ma mère entretenait notre angoisse en nous répétant qu'il voulait nous séparer d'elle et nous enlever pour toujours. Nous étions exhortés à redoubler de prudence si nous étions seuls dans la rue. Bien entendu, il n'en fut jamais question, mais nous fûmes ainsi définitivement amputés de toute notre famille paternelle et contaminés par la crainte d'un rapt, venue donner raison en l'amplifiant à l'angoisse infantile de séparation, que la disparition de notre père avait acuminée. Ma mère m'annonça incidemment le décès de mon grand-père entre deux bavardages sans importance, comme s'il se fût agi d'une brève de chiens crevés dans les nouvelles du matin, lors d'une des rares visites qu'elle me rendit en pension lorsque j'étais en classe de cinquième, âgé de onze ans : « Le grand-père Gineste a été enterré il y a dix jours », me dit-elle comme par inadvertance, comme elle aurait dit : « Tiens, on dirait qu'il va pleuvoir », ou bien : « Le prix des fraises est exorbitant cette année ". En vérité, ce fut elle qui se sépara de ses cinq enfants, sans l'aide de son beau-père, en nous abandonnant à des pensionnats. Et puisque l'idée même de résilience est une honte, invocation des incapables qui n'osent regarder de face les outrages faits à l'enfance, outrages décrétés par eux forces de vie féconde et salvatrice, ni d'en reconnaître le carnage inguérissable, serais-je un homme digne si je me refusais à porter un jugement de réalité sur la séparation meurtrissante qu'elle a imposé à ses enfants, quelles qu'aient été les contraintes épouvantables de son existence ?

Les semaines ont passé, puis les mois, et le projet d'une installation à Paris prit forme. Ma mère fit transporter aux entrepôts de garde-meubles de l'île St-Germain à Issy-les-Moulineaux tout son déménagement de Coëtquidan, et nous confia pour trois mois aux soins de l'épouse d'un jeune saint-cyrien sans enfants, Mme Campenon, dont je ne me souviens pas et dont je ne sais rien, puis elle partit pour Paris à la recherche d'un emploi et d'un appartement.

Par quel entregent trouva-t-elle à louer temporairement dans le Quartier latin, boulevard Saint-Michel, une chambre de service - chambre de bonne comme l'on disait alors - avec poste d'eau froide et toilettes sur le palier, qui lui servit de base arrière pour ses recherches ? Sans doute par le truchement des bonnes œuvres du Cercle militaire de Saint-Augustin. Pourquoi décida-t-elle de venir habiter Paris ? Je l'ai souvent entendu dire qu'à l'annonce de la mort de son mari elle avait immédiatement pensé à nos études, nous ses enfants si jeunes encore. Je crois surtout qu'elle ne voulut ni s'enfermer auprès de ses parents dans leur sous-préfecture bourbonnaise, étouffante à tous points de vue et confinée ; ni se rapprocher de ses beaux-parents à Lyon qu'elle vouait maintenant aux Gémonies ; ni, pire, accepter le poste de dame de bureau qui lui fut offert par l'Armée, avec le titre d'AFAT[1] débutante, au 102ème Régiment d'Infanterie de Chartres, caserne Marceau ; ni moins encore une affectation à un bureau de tabac dans un bourg de province, emploi réservé aux veuves de guerre dont les pensions étaient gagées sur les bénéfices de la SEITA. Vous voyez cela ma mère derrière la caisse, vendant des Gauloises bleues, des cigarettes américaines et des tickets de loterie pour les Gueules cassées de toutes les guerres, à tous les alcooliques du canton !

La loi de 1948 ayant entravé la progression des loyers à Paris, il était devenu très difficile de se loger. Seule une réquisition administrative par l'Office national du logement lui attribua un appartement de quatre pièces place Monge. Elle s'y présente un matin accompagnée d'un journalier sénégalais poussant devant lui, depuis le garde-meubles de l'île Saint-Germain, une charrette à bras où l'on a entassé une table, quatre chaises et un lit, pour prendre possession du lieu. Arrivée sur place, elle y découvre une autre femme, installée depuis une heure, flanquée de six enfants et d'un huissier, que le propriétaire a engagés pour la journée. Comment faire pour ne pas hurler, ne pas pleurer, ne pas ameuter toute la rue, ne pas vociférer des anathèmes, comment faire pour garder un vernis de dignité et d'éducation, alors que la coupe de l'épuisement déborde ? Elle s'assied sur le trottoir au bord du caniveau et respire à grandes bouffées la fraîcheur des marronniers à l'ombre de la place, elle tente de maîtriser la saccade de ses poumons qui ne demandent qu'à sangloter. Au bout d'un quart d'heure, elle a retrouvé assez de maîtrise pour se lever, faire signe en silence au journalier qui sourit avec compassion, et les voilà qui prennent le chemin du retour vers les entrepôts du garde-meubles, on se retourne sur ce couple étrange, un vieux Sénégalais aux cheveux blancs et une jeune femme de trente ans à l'épaisse chevelure auburn, aux yeux verts inondés de larmes, silencieuse, poussant devant eux le bric-à-brac du désespoir.

Quinze jours plus tard, le service des logements de l'armée la dépanne en lui allouant à titre provisoire un appartement de trois pièces dans les HLM en briques des anciennes fortifications, porte Didot, dans le quatorzième arrondissement à Paris. Elle y vivra quarante ans, quarante années pendant lesquelles elle entonnerait interminablement le leitmotiv de la menace et la complainte catastrophique de l'expulsion imminente - expulser d'une HLM une veuve de guerre et ses quatre enfants ! - et son angoisse nous convainquait en nous terrorisant et en nous assujettissant chaque fois davantage aux excès de son imagination, à moins que ce ne fût à la manœuvre qu'elle avait inventée pour nous maintenir à distance perpétuelle de ceux de nos parents qu'elle avait décrétés, une fois pour toutes, méchants, acrimonieux et cruels envers elle : nous étions commis autoritairement à sa protection, du moins à celle de son effigie sanctifiée de mère pleine de grâce et de vertu.

La bonne Janot vient organiser l'installation pendant quelques jours puis elle rentre à Coëtquidan. Sixième étage sans ascenseur, un four l'été, une glacière l'hiver, avec débarras aménagé en cabine de douche, nous nous entassons à cinq dans quarante-cinq mètres carrés et la vie fait semblant de reprendre, mais tout est factice. Courageuse et débrouillarde, dure au travail et persévérante à l'effort, sachant dans un premier temps mettre en avant ses qualités plutôt que ses insuffisances, elle bénéficie de l'aide de l'un des camarades de Coëtquidan de mon père, le lieutenant d'Ostrag qui l'oriente vers son cousin Bertrand, attaché à la direction du personnel de l'aéroport d'Orly, où elle est engagée à l'occasion d'un concours de recrutement d'hôtesses d'accueil au sol. Quatre-vingt-neuf candidates, cinq postes à pourvoir. Reçue première grâce à son anglais et son italien parlés et écrits, parfaitement maîtrisés depuis ses années de lycée à Moulins et ses vacances d'adolescentes en Grande-Bretagne ; ce n'était ni l'entrée rue d'Ulm ni celle de Polytechnique, bien qu'elle en parlât longtemps comme d'un bâton de maréchal. Démunie de tout au milieu des tourments et des nécessités, elle eut toujours le talent de considérer les succès ordinaires en apothéoses guerrières dignes des batailles d'Alexandre ou de Napoléon, ce qui ne fut pas le moins efficace de ses exemples et de ses enseignements.

Elle surnageait dans son chagrin grâce à l'abondante réserve de barbituriques que lui avait fournie le médecin-capitaine à son départ de Coëtquidan : à cette époque, on ne réservait pas ce groupe de psychotropes aux seules épilepsies, et l'on prescrivait volontiers du Gardénal dans de nombreuses pathologies anxieuses et dépressives. Ainsi pendant des mois, chaque soir elle absorba sa dose, un ou deux comprimés, posologie qu'elle adaptait au baromètre de son état psychique, jusqu'au jour où elle eut le sentiment d'être devenue toxicomane et jeta dans la cuvette des toilettes le reste de ses munitions. À propos de munitions, elle conserva longtemps un pistolet Mauser dont mon père, racontait-elle, avait désarmé un Waffen SS qui fuyait muni de son arme et d'un exemplaire de Mein Kampf, lors d'une chasse à l'homme dans les immeubles en ruine de Konstanz pendant la libération de l'Allemagne. Je me souviens de cette arme que j'allais clandestinement visiter dans le fond de son secrétaire Roche et Bobois, en proie à une inquiétude mêlée d'admiration pour ce père qui avait risqué sa vie et dont je n'avais déjà plus aucun souvenir, aucune image mentale. Un jour, je ne l'ai plus trouvée dans sa cachette, je n'ai jamais su ce qu'elle était devenue, je me souviens seulement de l'attention gourmande qu'y portait l'un de ses amis, dont les manières et la voix m'inspiraient de l'inquiétude et de la répulsion, et qui proférait des thèses conspirationnistes d'extrême droite.

Sont-ce les conditions de travail, ou plus sûrement la solitude et le deuil et déjà les désarrois d'une humeur instable que mon père n'était plus là pour maîtriser ni apaiser, et que l'usage des barbituriques n'avait pas améliorée ? Trois mois ne se sont pas écoulés à répéter au micro de la zone d'embarquement de l'aéroport d'Orly : « Mesdames et Messieurs votre attention s'il vous plaît, les passagers à destination de…sont attendus porte numéro…n'oubliez pas de vider vos stylos à encre, etc. », qu'elle y perd le peu de santé physique et morale où la disparition de mon père l'a précipitée. Juin 1953 : elle démissionne après une idylle sans lendemain avec un supérieur qu'elle avait pris pour Roméo et n'était que Don Juan, et elle embarque ses enfants dans le Wurtemberg, au *Chalet des veuves* du petit village de Münsingen, villégiature que la Légion étrangère réserve aux familles des disparus en Indochine.

Grande villa au nom qui ne s'invente pas, dans le périmètre d'un camp de manœuvres des Forces françaises d'Occupation en Allemagne. Elle y fera une brève rencontre, l'aspirant-médecin du camp de manœuvres qui la soigne après une chute de cheval. Elle en sortira le nez cassé et la dépression aux trousses. Elle est séduite, et il se laisse séduire, par cette femme sportive qui se promène les *Élégies de Duino* sous le bras, et qui traîne quatre enfants derrière elle, obéissant au doigt et à l'œil, trop bien élevés, trop sages, ce qui passe à ses yeux pour de la bonne éducation. Il apprend vite qu'elle séjourne pour l'été au *Chalet des Veuves* : elle a trente ans, lui vingt-sept, une aubaine pour une brève aubade. Le souvenir de ce jeune médecin a-t-il participé à la fondation de ma vocation médicale ?

Je n'avais pas cinq ans, et pourtant je me la rappelle au matin de notre retour vers Paris, trois mois plus tard au début de l'automne, n'ayant pas dormi, hagarde et malheureuse, bouclant à la hâte les valises et son éternel et inimitable sac à dos Lafuma en toile khaki à lanières de cuir, armature métallique, cordon de fermeture remplacé depuis longtemps par une ficelle de chanvre épaisse, et multiples poches extérieures, qui datait de la guerre ; et j'entends dans la salle à manger du petit déjeuner les autres veuves, à la fois bien-pensantes et mal-compatissantes pour ses enfants, tenir sur ma mère des propos acerbes, moralisateurs et peu amènes : « C'est de sa faute, elle n'a qu'à vivre autrement ». J'ai quatre ans et je comprends ces réflexions qui me font tant de peine, je pense que ce sont des sorcières maltraitantes et malfaisantes, mais je sais qu'elles disent la vérité, je n'ai pas encore la culture pour reconnaître que ce sont les Érinyes hystériques. En ce bref matin, elles m'apprennent que la vie est un théâtre, « *All the world's a stage, and all the men and women merely players* », me confirmera Shakespeare vingt ans plus tard. Je retiens mes larmes. Mon enfance est finie.

Nous rentrons à Paris dans cette atmosphère de rupture et d'abandon dépressif qui se renouvellera si souvent. De la foudre au déluge, de la grêle à la canicule, ses météores émotionnels ne cesseront jamais au rythme de ses foucades et de ses répudiations ou de ses ruptures. Elle trouve une consolation momentanée avec un jeune capitaine-parachutiste, marié bien entendu, cueilli je ne sais où, peut-être au Cercle Militaire de Saint-Augustin, peut-être un des anciens camarades de Coëtquidan, qui pendant des années lui promettra l'embarquement pour Cythère, disparaissant toujours au moment de l'appareillage définitif, pour reparaître à nouveau amoureux quelques mois ou quelques années plus tard. A survécu aux turbulences et aux ruptures, pour finalement m'échoir, une photographie prise par cet officier un dimanche après-midi de l'automne 1953, je crois me souvenir que c'était rive gauche sur les quais bas de la Seine, du côté du Zouave où nous étions allés nous promener entre le Pont de Bir-Hakeim et celui de l'Alma, dans sa Traction avant Citroën 15 noire.

L'avant-dernière fois que je l'ai vu, j'étais en classe de sixième au Prytanée militaire à La Flèche. C'était un dimanche matin, ma mère m'avait par courrier, une carte postale, annoncé sa visite, l'une de ses rares visites. Je ne me doutais pas qu'elle arriverait avec celui dont je compris qu'elle espérait faire mon beau-père, il était maintenant commandant. Ils avaient fait la route de Paris dans sa DS Citroën, automne 1959. Je les rejoignis dans le couloir qui contourne l'autel, après la messe célébrée chapelle Saint-Louis. Je me suis jeté dans ses bras, elle s'arracha aux effusions du petit enfant désespéré que j'étais resté pour se tourner vers ce militaire en tenue que je n'avais pas revu depuis notre retour de Münsingen, six ans plus tôt. « Tu dis bonjour à Jean », furent ses mots de présentation. Il me tendit la main.

La journée fut sinistre, organisée par eux deux pour que pas une minute ne restât temps perdu. Déjeuner au pied du château de Durtal dans un restaurant dont j'ai oublié le nom et le menu, n'étant pas dans mon assiette, au sens propre comme au sens figuré ; visite du zoo du Tertre Rouge où je fus effrayé, mais n'en montrai rien, par le python royal dont le guide s'était fait une sorte de collier de bienvenue pour la présentation du vivarium, la pauvre bête ayant sans doute été préalablement groggy par un tranquillisant ; vêpres interminables à l'Abbaye de Solesmes avant de me déposer une demi-heure plus tard à l'entrée du Prytanée au Quartier Galliéni où je fis bonne figure pour leur dire au revoir et sourire en les remerciant. J'ai guetté la voiture qui s'enfuyait déjà vers Paris et je ne retins plus mes larmes dès qu'elle a disparu dans la grande courbe de la route nationale à la sortie de la ville.

Je ne le revis que huit ans plus tard, alors que j'entrais en deuxième année de médecine, il était colonel. Que s'était-il passé entre eux pour qu'il disparaisse ainsi, et réapparaisse ? Leur idylle s'était-elle poursuivie dans la coulisse pendant que nous pourrissions en internat ? Je sais simplement qu'il était toujours marié, promettait encore de divorcer, offrait à nouveau le mariage : il débarque à l'improviste un soir vers vingt heures, arrache ma mère au dîner que nous venions de commencer et les voilà partis en voiture pour Reims où il était en garnison, chef de bataillon. Ma mère reparut tôt le lendemain matin, elle avait pris le premier train pour Paris, affirmant qu'elle ne devait pas être aperçue là-bas. Elle semblait frissonner de bonheur et foisonner de projets. La pantomime de l'amour me bouleversa et me fit horreur, j'en pressentais le dénouement catastrophique.

« Et ce fut tout », dit Flaubert à la fin de l'antépénultième chapitre de l'*Éducation sentimentale,* pages effroyables de vérité sur le malheur, la bêtise pitoyable et les illusions d'une vie. Ce colonel, figurant intermittent du spectacle sentimental de ma mère, n'est jamais reparu. Je ne sais ni où ni quand il est mort. Il aurait plus de cent ans aujourd'hui.

Durant son bref emploi à Air France, ma mère s'était liée avec un bagagiste facétieux et racoleur, moustachu et hypomane. Ils naviguèrent de conserve pendant trois ou quatre ans, amants ou amis, je n'en sus rien ; mais je sais la familiarité impudique et agressive avec laquelle il tenta de séduire la jeune fille qu'était en train de devenir ma sœur Thérèse ; ma mère ne se rendit compte de rien ou minimisa la forfaiture criminelle ; puis il disparut à son tour, corps et biens, noyé dans les tourmentes émotionnelles maternelles.

Pour gagner sa vie pendant les études auxquelles elle s'était attelée, esthéticienne et pédicure-manucure, ma mère accepta cinquante petits emplois pour compenser la médiocrité de sa pension de veuve de guerre, et parce qu'elle dut attendre sa soixantième année pour recevoir la pension de réversion de mon père que la mort avait surpris avant qu'il eût accompli les quinze ans de service requis pour y prétendre. Pendant tout un été, après avoir confié ses quatre enfants à une colonie de vacances tenue par des religieuses qui, attendries par sa situation sociale, morale et matérielle, consentirent une importante ristourne, elle fut réceptionniste de nuit dans un Hôtel Régina de la côte basque, contrat qu'elle rompit bruyamment en hurlant que le directeur avait tenté de la violer ; elle donna des cours de rattrapage, du côté de l'avenue Marceau, à des enfants de la bourgeoisie qui ne voulaient rien apprendre ; elle fut professeur de gymnastique à l'école religieuse du quartier ; elle fut brièvement lectrice d'un vieux monsieur en mal d'amour qui vivait au Palais Royal et lui fit quelques avances ; elle écailla des huîtres et fit la plonge dans un restaurant de poisson de Montparnasse ; elle posa en académie pour les écoles de dessin de la rue de la Grande Chaumière et celles de la ville de Paris ; elle travailla dans un club de jazz, le *Shaggy-Club*, mais je n'ai jamais su quelle fonction elle y occupa, dame pipi ou serveuse ; pendant plusieurs années, elle fut régulièrement figurante aux studios cinématographiques de Billancourt, je ne sais qui l'avait introduite dans ce circuit.

Elle aima ces ambiances artistes, incertaines et parfois interlopes où elle avait l'impression de vivre une exceptionnelle existence, happée par l'imaginaire de son tempérament. Je me souviens aussi de plusieurs peintres qu'elle fréquenta longtemps : Michel de Gallard, originaire de Villefranche d'Allier devenu militant du Parti communiste, qu'elle avait connu alors qu'ils étaient condisciples à Moulins, lui au lycée de garçons et elle au lycée de jeunes filles, et qu'elle avait retrouvé à la Ruche en arrivant à Paris après la mort de mon père ; Pierre-Louis Poiret qui peignit d'elle *La femme au jupon rouge* pour le salon des Indépendants de 1954 ou 1955, où elle me traîna enfant, en uniforme de pensionnaire car je n'avais pas d'autre tenue présentable, arpentant pendant des heures la galerie où elle était exposée, dans les baraquements préfabriqués des jardins du Trocadéro, jusqu'à ce qu'un visiteur inconnu l'identifia au modèle et l'aborda, avec qui elle se lança dans une explication interminable de l'œuvre qu'elle voulut esthétique en la présentant scientifiquement ; Michel Audebert, rencontré à l'île de Ré pendant un été, dont la mère était née Pechkof et dont la sœur schizophrène séjournait régulièrement à l'hôpital psychiatrique, qui désira m'immortaliser en académie, nu, assis sur le coin de la cheminée de marbre noir, j'avais six ans, mon petit sexe à l'air, séance de pose dont je garde la mémoire de l'indélicatesse tant j'eus la conscience de l'effraction de mon intimité psychique, ce fut quelques semaines avant mon entrée en pension ; Claude Yvel, voisin de la Porte de Vanves, peintre du réel, virtuose du trompe-l'œil et amateur de jazz, qu'elle avait rencontré sans doute lors d'une séance de pose dans un atelier. Il y en eut d'autres, beaucoup d'autres, souvent passagers éphémères ou clandestins comme ce jeune artiste dont j'ai oublié le nom qui lui laissa une pochade que j'aimais infiniment, représentant le jardin du Luxembourg sous la neige, longtemps accrochée dans la salle de séjour et qui finit par disparaître en même temps que son idylle avec l'artiste.

C'était ainsi chez ma mère. Les êtres et les choses n'avaient qu'un temps. Elle s'entichait, adulait, jetait, ou on la jetait. Il en fut ainsi de la guitare d'étude qu'elle avait accrochée au-dessus de son lit et sur laquelle elle grattait quelques airs en fredonnant. C'étaient des airs du moment,

Gloria Lasso, Gianni Esposito ou Los Machucambos ; ou bien des arias religieux qu'elle avait chantés à la chorale de Coëtquidan. Un photographe à prétention artistique dont j'ai oublié le nom ou ne l'ai jamais su, qui gravitait alors autour d'elle, a laissé la mémoire de cet instrument que lui avait offert, disait-elle, un neveu de Django Reinhardt, venait je ne sais d'où et a disparu je ne sais quand ni comment sans laisser de traces, sans explications, évaporé comme la fumée d'une eau qui bout. Le décor imaginaire recueilli et immortalisé par la photographie est saisissant : elle trône, princesse de fête foraine agenouillée en amazone sur son divan recouvert du tapis touareg couleur brique aux indentations noires et blanches que mon père avait rapporté de son bref séjour à Sidi Bel Abbès, proposant la bonne aventure, sous le sombrero et la guitare, une paire de chaussons de danse en satin rose accrochés au mur, plantés de plumes de paon que l'on jurerait par la perspective piquées dans sa coiffure - les plumes de paon ont la réputation de semer le malheur - et sous la céramique représentant Ste Anne et sa fille, la Vierge Marie. Elle avait le chic pour se construire des décors et fabriquer des atmosphères à mi-chemin entre le bric-à-brac d'une brocante et l'inventaire surréaliste.

Le même photographe réalisa un montage où elle apparaît somnambule, dans une rue de Paris, en longue chemise de nuit de jersey moulant, une bougie à la main, sous les yeux incrédules d'une passante armée d'un cabas de ménagère, emmitouflée, manteau épais d'hiver et fichu noué sous le menton, devant un cinéma qui projette *Razzia sur la chnouf,* ce qui date la photographie de 1954, deux ans après la mort de mon père, l'année de mes six ans et de mon entrée en pension. Il laissa d'autres portraits d'elle encore, dont une *Ophélia* endormie, une main posée sur le cœur, les cheveux défaits, flottants éparpillés sur un lit de draps blancs froissés évoquant le clapot d'une noyade ; et, probablement réalisé le même jour, le portrait d'une femme enveloppée de fumée que l'on eût prise pour *Jeanne au Bûcher,* n'étaient son sourire et son ravissement extatiques.

Tous ces personnages, artistes ayant percé ou rêveurs sans talent comme sans lendemain ; illusionnistes de sa fête sentimentale et vagabonde, toujours infiltrée par le nomadisme et la partance ; ou figurants intermittents de son spectacle et de sa scène imaginaire ; tous ont été des ombres chinoises dont la fréquentation lui aura laissé l'impression de parcourir une vie d'aventures et de découvertes, malgré son prix de ruptures, de déceptions, d'abandons, de larmes, de dépression ; et de tyrannies. Peut-être l'impossibilité d'incorporer à son univers émotionnel la réalité de l'abandon brutal par son mari lui aura-t-elle ouvert cette route des illusions et des rêveries faites pour échouer, écho de ses premiers attachements à la mère défaillante et pourvoyeuse d'angoisse que fut ma grand-mère.

Elle s'essayait aussi à la peinture. Je me souviens des ruines d'une abbaye proche de Saint-Vaast-la-Hougue où nous avions passé l'été de 1955, de fleurs dans la potiche annamite envoyée par mon père de Saïgon, de natures mortes, de marines ; toutes œuvres qui ont disparu. Et puis elle se mit à écrire des petits textes, des nouvelles sentimentales dont le fonds roulait sur sa propre histoire et qu'elle envisagea de scénariser dans un café littéraire du côté de la rue de Tournon où elle me traîna le jour où elle négocia le projet de sa prestation, qui ne fut finalement pas retenu. Je me rappelle avoir lu l'histoire d'une jeune veuve raccompagnée gare Montparnasse par une rencontre d'un soir à l'express de Rennes, où elle va retrouver ses enfants : pendant que le train s'ébranle lentement et s'éloigne et qu'il lui fait des signes d'aurevoirs et de promesse depuis le quai, elle déchire lentement la carte de visite qu'il lui a laissée, dont les morceaux s'envolent comme des étoiles dans la nuit et le sillage de la locomotive qui crache sa fumée noire.

Je ne sais ce que sont devenues ces pages. Je me souviens qu'elles étaient écrites avec aisance et un certain talent. Je les avais lues en cachette. Ma mère a toujours prétendu que Marguerite Duras avait eu accès à son texte au moment d'écrire *Hiroshima mon amour* et l'avait pillé par le truchement d'un agent littéraire peu scrupuleux autoproclamé impresario. La puissance passionnelle de sa conviction m'a longtemps interdit toute réflexion critique et enfermé parmi la troupe convaincue de cette ignominie, jusqu'au jour où j'ai assisté à la projection du premier long-métrage d'Alain Resnais…

Pendant les premiers mois de notre vie parisienne, au-dessus des péripéties artistiques où s'illustraient les remous de ses rêves, ma mère savait aussi mettre en œuvre les aptitudes de sa personnalité au pragmatisme et à la débrouille. Pour économiser le prix de billets d'entrée dans un établissement de piscine, elle avait exploré toutes les possibilités de baignades dans la nature autour de Paris ; et c'est ainsi qu'elle avait déniché, sur les berges de la Marne, une plage environnée de verdure, certainement noyée aujourd'hui dans les horreurs architecturales d'une urbanisation obscène. Nous nous y rendions en autobus jusqu'au Pont de Créteil, puis nous poursuivions à pied, harnachés de cabas de pique-nique et de sacs de baignade ; et, après avoir franchi plusieurs clôtures de grillage à l'abandon, nous entrions sur une vaste prairie qui descendait insensiblement vers la rivière, remplie d'une foule en costume de bain. Ces après-midis de week-ends ensoleillés au bord de l'eau auraient dû ne laisser que le souvenir heureux de déjeuners familiaux sur l'herbe ; ils sont en réalité infiltrés d'angoisse. Ma mère en effet, moulée dans son maillot une pièce en laine vert pomme, s'affichait comme une naïade capable de commander aux flots. Je me souviens qu'elle traversait l'affluent en brasse coulée, d'une berge à l'autre, en nous interdisant, de sa voix autoritaire et péremptoire, de la suivre : j'avais alors la conviction qu'elle ne reviendrait jamais. Ainsi, en même temps qu'elle remuait ciel et terre pour nous concocter une escapade réjouissante, elle y infiltrait le poison de ses menaces d'abandon, elle m'effrayait. Je crois qu'elle n'a jamais eu conscience de l'enrayement de mon univers psychique dans la dépression abandonnique à l'âge de deux ans, au moment du départ de mon père en Indochine, qui s'est ensuite incrustée dans mon esprit sous la forme d'une menace permanente, inextirpable, flottante et insaisissable, comme *sine materia.*

De la même façon, elle avait repéré une salle de cinéma dans un immeuble années-cinquante du quartier de Montparnasse, le Studio Raspail, qui accueillait gratuitement le jeudi après-midi des enfants nécessiteux pour une séance accompagnée d'un goûter durant l'entracte, en sandwich si je puis dire entre un documentaire et un film long-métrage. Où avait-elle trouvé cette combine qui fut pour nous une aubaine, bien que je n'aie gardé aucun souvenir des films que j'y ai visionnés, pas même leur titre, simplement la mémoire heureuse et apaisée de ces parenthèses cinématographiques, qui ont cimenté le socle indestructible de mon amour du cinéma ?

Plusieurs fois elle nous emmena au théâtre, je crois me souvenir que ce fut par l'entremise de l'équipe du Salon de l'enfance auprès de laquelle elle avait été introduite par l'Association des veuves de guerre. Mais où ai-je assisté à la représentation de *L'Ours* d'Anton Tchékhov, qui venait d'entrer au répertoire du français, et quelques mois plus tard à celle de *Knock* de Jules Romain ? L'un et l'autre sont perdus dans les coulisses épaisses et sombres de ma mémoire. De *L'Ours* je me souviens d'un personnage fracassant une chaise qu'il a empoignée d'une main, et menaçant de se suicider ou de tuer quelqu'un avec le pistolet qu'il tient dans l'autre main - l'arme avait été prêtée par ma mère, c'était le pistolet Mauser dont mon père avait désarmé un soldat allemand du côté de Konstanz lors de la Libération de l'Allemagne. Et de *Knock*, le tintamarre d'une pile d'assiettes qu'une soubrette laisse s'échapper de ses mains en entrant sur la scène, d'étonnement ou de stupeur, je ne sais plus. Mon amour absolu du théâtre commence dans l'anecdote fracassante de ces deux pièces.

Avec les moyens du bord elle tenta ainsi d'enchanter notre triste arrivée à Paris en nous introduisant à sa prédilection pour le théâtre et le cinéma, vitrine de la littérature, sa passion depuis l'enfance. Et elle y ajouta le tourne-disque pick-up autour duquel nous avons écouté cent fois le concerto n°1 pour piano de Rachmaninov interprété par Emil Giles ; le concerto pour piano n°5 dit l'Empereur de Beethoven, dirigé par Furtwängler ; et la symphonie Jupiter de Mozart, mélange d'angoisse et de ténèbres écrasées par le triomphe des forces de la vie. Si j'ai gardé une mémoire aiguë de ce dernier morceau, c'est peut-être parce qu'il a été l'image musicale de l'atmosphère et des émotions de ces années perdues de mon enfance.

Deux événements marquèrent la fin de son rôle impeccable de veuve de guerre. Tout d'abord, elle nous emmena au Château de Vincennes, le 30 avril 1953, pour participer à la fête de la Légion étrangère, commémoration de la bataille de Camerone[2]. Matinée froide de printemps, prise d'armes avec musique militaire et remise de décorations, lever des couleurs, messe. Certainement une pluie intermittente et froide, giboulées entrecoupées d'éclaircies. Mais la blessure-cicatrice de fin du monde perpétrée par elle et dont elle n'eut pas conscience fut la cérémonie militaire pendant laquelle je reçus à l'automne 1953, j'avais cinq ans, dans la cour d'honneur des Invalides, des mains du Général Monclar[3] - alias Raoul Magrin-Vernerey, héros légendaire de la bataille de Narvik, première victoire des Forces alliées sur les nazis, qui se déroula du 8 mai au 9 juin

1940 - la Légion d'honneur décernée à mon père à titre posthume[4]. Cesserai-je un jour d'entendre la voix lente et solennelle du vieux Général m'appeler pour recevoir, au centre de la cour immense, sa décoration au ruban rouge ? Après avoir affirmé qu'il fut « un magnifique officier de Légion, plein d'allant et d'enthousiasme ; qu'il fut grièvement blessé aux yeux par l'explosion prématurée d'une mine au cours d'une démonstration ; puis à peine remis de ses blessures qu'il demandait sans cesse à participer aux patrouilles, aux reconnaissances et aux opérations ; qu'ainsi au cours d'un coup de main exécuté le 11 janvier 1952 dans la région de My Phu il resta volontairement en embuscade avec une section, dissocia et mis en fuite un groupement rebelle ; et que sur le chemin du retour, il fut grièvement blessé à la tête et aux jambes par éclats d'une mine télécommandée ; qu'alors, se sachant perdu, il fit face à la mort avec un courage magnifique ; qu'il expira au cours de son évacuation sans proférer une plainte, forçant encore, par son abnégation et son esprit de sacrifice, l'admiration de ses chefs et de ses subordonnés ». Ayant ainsi parlé il se retourne et s'empare en silence de la médaille présentée sur un coussin par un soldat et, me regardant sans ciller, mais avec une tendresse inoubliable dans le regard, ajoute : « Lieutenant Paul Gineste, au nom du Président de la République et en vertu des pouvoirs qui me sont conférés, je vous fais chevalier de la Légion d'honneur ». Puis il se penche vers moi, moi si petit qu'il est alors plié en deux, son corps fait un angle droit, et il accroche la décoration sur le revers de ma vareuse, à droite, comme le prescrit l'étiquette des médaillés, puisque je ne suis pas le récipiendaire, mais simplement son fils. Je n'ai pas pleuré, j'étais ailleurs, je tentais vainement de me souvenir de lui, en m'accrochant au puzzle des bribes déjà morcelées et disjointes de son image dans ma mémoire.

DE L'ESPAGNE À L'ITALIE

Mon père ne m'a rien laissé, ni maison, ni argent, ni éducation, ni souvenirs ; je ne sais rien de sa vie. Hormis quelques bribes rassemblées à force d'entêtement : sa naissance dans le canton de Prats-de-Mollo, Pyrénées orientales, le 11 juin 1919, à Serralongue, lieu-dit Can Parich, escarpé sur le bord du Tech, rivière colérique et dévastatrice qui emportera l'église aux crues du printemps 1938, ainsi que quelques pauvres pâtures familiales. De son enfance je ne sais rien, je ne sais rien de ses premières années, du nourrisson qu'il fut, du petit garçon non plus ; je ne sais presque rien de sa vie. Un ratissage d'état-civil, quelques papiers administratifs accidentellement et miraculeusement parvenus jusqu'à moi, des informations de secondes mains, sans doute déformées, enjolivées, héroïsées ou mutilées par les circonstances de leur transmission et que j'ai dû décortiquer de leur gangue d'invraisemblance ou de magnificence. Cela ne fait pas une biographie sérieuse. C'est l'histoire d'un fantôme. On n'écrit pas l'histoire d'un fantôme, on se débrouille, on bricole, on colmate, on finit par accepter le reste, ou la peste, comme vous voudrez, ou le sida, un sida qui s'infiltrerait jusqu'à l'âme. Je ne me souviens pas d'être allé à Serralongue, le village natal de mon père. Pourtant ma sœur aînée Thérèse, qui s'y est rendue de nombreuses fois depuis sa mort, reconnaît la rue du village où trottine un petit garçon de deux ans en barboteuse sur la photographie aux bords crénelés comme un biscuit Lu. Et ce petit garçon c'est moi. « C'est peut-être papa qui a pris la photo, quelques jours avant son départ » m'a-t-elle dit, en la retournant côté verso comme pour y chercher l'ombre de notre père, à l'ombre de la photo, une toute petite photographie, à peine plus grande qu'une photo d'identité, un biscuit Lu justement ; le petit garçon qui porte encore des couches court en riant dans ses premières sandales, il joue à échapper en espérant qu'on le rattrape. Et le petit garçon, devenu un vieux monsieur, rêve que c'est son papa qui joue avec lui. Il ne saura jamais. Il ne se souvient pas de son père. Ce petit garçon c'est moi. Je n'ai pas trouvé d'autre moyen pour ne pas mourir de l'absence que de devenir médecin et psychiatre.

Et dire que toute la journée le médecin que je suis devenu, revenu de toutes les illusions sur la bonté naturelle des êtres humains, débarrassé des tromperies de la bonne conscience et des mensonges de tous les accommodements, parvenu à s'éloigner du monde au point de paraître infréquentable de sauvagerie et de pessimisme, entend à longueur de consultation des patients entonner la complainte litanique monotone de leur asservissement : « Docteur, mes parents ont divorcé lorsque j'avais huit ans, c'est difficile la vie, je suis déprimé ». Ou bien cette jeune étudiante fulminer contre la dureté matérielle où l'a laissé à l'âge de quinze ans la disparition de son père emporté par une leucémie : « Je ne peux pas travailler pour gagner ma vie, et préparer en même temps les examens partiels ! » Ou bien ce jeune homme de bonne famille rongé par la névrose et ses bénéfices secondaires : « Avec ce que j'ai vécu, comment voulez-vous que je m'en sorte » ? Qu'est-ce qu'il a vécu ? Son père avait une maîtresse, il a fini par décamper avec elle ? Il prétend qu'il aime ce père qui ne l'aime pas puisqu'il est parti avec une collègue de travail. Il se rappelle les jours de son départ, les jours d'orage à la maison, sa mère jetait par la fenêtre les effets qu'il avait préparés dans deux valises, des météorites de rage. Un vrai purgatoire de l'écouter en boucle répéter ses jérémiades égocentriques. Depuis quatre ans, il refuse tous les postes offerts par toutes les recommandations du Gotha paternel, pas assez ceci, pas assez cela. Un stage à la présidence de l'Union européenne ? Non, mais, vous l'avez bien regardé ? Passer la journée à faire les photocopies pour tous ces ronds-de-cuir, ou à préparer des cafés lorsqu'on sonne le stagiaire, non merci, trop peu pour lui ! Et tutti quanti !

Il y en a même un, l'autre jour, un oignon celui-là, cuistre et vaniteux et sûr de lui comme un paon ou un dindon à la parade dans sa basse-cour, il voulait changer son patronyme : « Mon père ne s'est pas occupé de moi comme il aurait dû ». Il a un ton, une sorte de toupet dans la voix pour dire : « Il est parti juste après ma naissance, il multipliait les maîtresses. Il est parti comme si j'étais un encombrement. Vous ne savez pas ce qu'il a fait ? Il a demandé le divorce et il a obtenu ma garde deux week-ends par mois. J'ai supporté cela pendant des années, mais dès que j'ai pu j'ai demandé à parler au juge parce que ces week-ends alternés, une fois papa, une fois maman, cela me bassinait. J'ai obtenu ce que je voulais ». Ou plutôt ce que sa mère voulait, à qui sa garde fut entièrement confiée. Elle n'avait jamais cessé de lui raconter des ordures en kyrielles sur son père, il faut imaginer le chapelet des « saloperies de sa put » - certains jours elle laissait aller sa rage jusqu'à employer le mot « pouffiasse », ou même « pétasse-de-merde ». Et ces excès la mettaient dans des crises d'exaltation qui singeaient la jouissance. Sans qu'ils s'en rendent compte, la juge aux affaires familiales et lui s'étaient fait manipuler comme des marionnettes au théâtre de Guignol par une mère carnassière habile à réécrire l'histoire ; en instrumentalisant mine de rien son fils pour qu'il interpelle la juge, elle a obtenu sa garde complète. Bien plus tard, quand il a eu quarante ans, elle a perdu la tête, elle s'est mise à dérailler, un jour elle est sortie toute nue dans la rue jusqu'au supermarché pour faire ses courses : à force de mensonges et de manipulations, elle a fini par dire n'importe quoi, elle a fini par faire n'importe quoi, elle a fini par être n'importe quoi, elle est devenue démente. Il l'a envoyée à l'hospice et il a déposé une requête au ministère de l'Intérieur pour jeter son père à la poubelle ; il porte maintenant le patronyme de sa mère, c'est officiel, qu'il brandit comme un phallus, c'est devenu son matronyme. Il porte le matronyme d'une folle aux antécédents de manipulatrice. Il plastronne. Attention prestidigitation : plus de père ! « Une ordure, dit-il, mon père ». Et il pavane cette décision ministérielle comme une Légion d'honneur. Maintenant qu'il n'a plus de père, il se démène pour devenir psychanalyste, c'est pour cela qu'il a pris rendez-vous avec moi : un mot de recommandation d'un psy, un mot comme on en rédigeait autrefois pour une bonne dans les familles bourgeoises, cela s'ajouterait au dossier de candidature à l'une de ces officines de la psychanalyse parisienne où j'ai mes entrées et des amitiés. *Farewell* mon gars ! On a le père qu'on a, il faut l'accepter, ensuite on se débrouille ; et on a la mère qu'on a, il ne faut pas se raconter d'histoires. Sinon on en meurt d'une manière ou d'une autre. Et par-dessus le marché, il a refusé de régler les honoraires de la consultation : « Vous n'y pensez pas, m'a-t-il lancé en se redressant comme une érection sensationnelle, nous sommes confrères, enfin presque ».

En écoutant ce falsificateur virtuose de sa propre enfance, j'ai pensé à l'homme que je ne me souviens pas d'avoir connu, que je ne me souviens pas d'avoir aimé, j'ai pensé à mon père dans le silence de mon bureau où se réfugient les naufrages qu'engloutit la névrose, pêle-mêle avec quelques escrocs faussaires, on dit aujourd'hui à pleines pages dans les journaux : ces pervers narcissiques. On ferait mieux de les appeler par leur vrai nom ces virtuoses de la manipulation : des psychopathes pervers sans foi ni loi. J'avais suivi le chemin inverse de celui emprunté par ce frelateur exemplaire, ce spécialiste de la contrefaçon, puisque j'étais parti à la recherche de mon propre père dont je ne garde aucun souvenir conscient. J'en avais même rédigé une première version.

Tout avait commencé le 5 mai 2020. Après mon dernier patient, je me suis levé pour écouter les messages de l'après-midi reçus dans la boîte vocale de mon téléphone, et, debout face à la porte-fenêtre de mon bureau, inondé par le soleil, les yeux perdus sur l'enfilade de la rue Saint-Benoît, j'écoute celui d'un inconnu. Je ne bouge plus, je ne respire plus. Je cherche un point quelconque auquel accrocher mes pensées, ne serait-ce qu'une pensée futile - ne pas oublier de faxer les ordonnances que m'ont demandées mes patients confinés depuis plusieurs semaines par l'épidémie de Covid 19 ; passer à la blanchisserie retirer mes costumes et la parka que j'ai achetée il y a deux ans à l'aéroport de Pise, retour d'un séjour chez mes amis de Luca ; ne pas oublier d'allumer le four à 20 heures pour le rôti du dîner, j'attends six convives - car je suis aspiré par le torrent du chagrin endigué depuis toutes ces années. Je pleure doucement, silencieusement, des larmes qui me noient, ou plutôt des larmes tombent de mes yeux à mesure que j'écoute ce correspondant inconnu :

- « Bonjour Docteur, je m'appelle Christian de Malleray, je vous téléphone, parce que j'ai, ce n'est pas médical, j'ai trouvé votre nom dans le *Journal de marches et d'opérations* de mon père, qui commandait le poste de Ben Cat en Indochine en 1952 ; et quand j'ai vu le nom de votre père et que je l'ai retrouvé par la suite à plusieurs reprises, j'ai voulu en savoir plus sur ce lieutenant Paul Gineste qui avait été tué à cette occasion ; et j'ai fait une recherche sur internet ; et je suis arrivé sur l'article que vous avez publié en 2017 dans la revue de l'état-major de l'armée de terre, *Inflexions, civils et militaires : pouvoir dire*, où vous racontez les circonstances de votre existence, quand vous avez été orphelin à quatre ans ; alors je me suis permis de vous téléphoner, sur la pointe des pieds, parce que cet événement qui a bouleversé votre existence m'a profondément ému. En effet, mon père est revenu de la guerre d'Indochine, sans quoi je ne vous appellerais pas puisque j'ai été conçu en 1954. Mon numéro de téléphone : … si vous souhaitez me rappeler ».

Et ce correspondant inconnu égraine son nom, lettre après lettre, fermement, d'une voix pourtant modulée d'imperceptibles tremblements, je crois entendre l'écho d'infimes sanglots entre chaque lettre, dix-neuf lettres épelées lentes et profondes comme les coups d'un gong, ponctuées comme les notes tristes au clairon de l'appel aux morts.

Après ce premier coup de téléphone, nous nous sommes beaucoup appelés, nous avons échangé tant de mails et de SMS, puis nous avons fixé un rendez-vous. Ponctuel comme les trains d'autrefois, l'inconnu est arrivé à l'heure, c'était je m'en souviens un dimanche ensoleillé de juin, il a offert un bouquet de fleurs à mon épouse et, pour moi, un souvenir rapporté par son père, retour d'Extrême-Orient, un presse-papiers en laque noire incrustée d'une délicate Tonkinoise marchant d'un pas léger - elle semble sauter par-dessus des flaques d'herbe et de fleurs que stylisent avec grâce les incrustations éburnéennes - et portant une palanche sur l'épaule, elle est coiffée d'un *non-la* conique. Après le déjeuner, nous avons passé l'après-midi à parler, nous avions tant de questions l'un pour l'autre. Avec qui peut-on encore parler de cette guerre où nos pères s'étaient rencontrés ? Il y a ces temps-ci un drôle de récit qui circule à Saint-Germain-des-Prés, écrit par un contempteur bien-pensant de l'armée française, qui fricote aux Nupes, paraît-il, *insalata mista* d'intrigants, d'illusionnistes, d'imposteurs idéalistes peu instruits : l'Armée n'aurait eu qu'une mission, protéger les plantations d'hévéas des compagnies capitalistes françaises. Sait-il que pas un appelé du contingent n'y fut engagé, seuls s'y sont battus et y sont morts des soldats engagés par métier ? Sait-il que la France y est intervenue en 1945, sous l'autorité du Général Leclerc, libérateur de la France quelques semaines auparavant, parce que les Japonais, alliés d'Hitler et de l'Italie, se refusaient à obtempérer aux conditions de la capitulation ? Sait-il également que le Général de Lattre, qu'il ridiculise dans le récit qu'il fait de son dernier voyage aux États-Unis en septembre 1951, a lui aussi contribué à libérer la France en 1944 et qu'il souffre alors d'un cancer uro-génital métastasé au fémur qui le précipitera dans l'éternité quelques semaines plus tard ? Sait-il enfin qu'on ne tire pas sur une ambulance quand on est une personne de qualité, un homme de bien, un honnête homme ? Certes, ces deux héros de la Seconde Guerre mondiale étaient des personnalités singulières, bourrées de défauts comme tout le monde, et généreux par ailleurs de qualités d'exception, comme peu le sont. En 1945, l'intervention du Général Leclerc a chassé les Japonais hors de la péninsule indochinoise qu'ils occupaient depuis 1940, et les a contraint à signer la capitulation générale et à déguerpir. Cinq ans plus tard la volonté du Général de Lattre, nommé au même poste, après la mort accidentelle de Leclerc dans le crash de son avion dont on n'a toujours pas établi si ce fut un sabotage, était d'amener l'Indochine à l'autonomie puis à l'indépendance. Il est mort trop tôt, trop rapidement, en trop mauvais état physique et moral pour que l'on sache s'il eut couvert son enjeu. Sa mort fut calamiteuse comme toutes les morts, celle des puissants, celle des sans-grades. Comme celle du Général Leclerc quatre ans avant lui, la mort du Général de Lattre semble avoir été commentée avec prémonition par les mots lapidaires de Blaise Pascal trois siècles auparavant : « Le dernier acte est sanglant, quelque belle que soit la comédie en tout le reste : on jette enfin de la terre sur la tête et en voilà pour jamais. » Le pamphlet sur la guerre d'Indochine qui circule en ce moment dans des cercles parisiens donneurs de leçons, c'est de la terre jetée sur la tête de ces soldats que le Général de Gaule avait élevés sans barguigner à la dignité de Compagnons de la Libération, et qui sont morts Maréchaux de France.

L'appel téléphonique de cet inconnu m'a imposé une charge dont je me suis fait un devoir, et peu m'importe que l'expression paraisse grandiloquente et convenue, ma décision n'eut pas eu à balancer dans une alternative tentée par la paresse ou le manque de courage. Aucune voix intérieure ne m'a susurré que tout cela arrivait bien tard, je ne me suis octroyé aucun délai. Pendant des mois, j'ai ratissé les bribes éparses d'une véritable enquête de police judiciaire jusqu'au moindre indice, à la moindre parole d'un témoin survivant d'autrefois, d'un temps que l'amnésie infantile a enseveli dans le tombeau verrouillé de l'autre côté de la mémoire. J'imaginais qu'un récit sur les conséquences de la disparition de mon père commencerait par son histoire, l'histoire de celui que je n'ai pas connu. J'avais reçu cet appel téléphonique comme un bouleversement météorologique catastrophique, un typhon dans les constructions intimes de ma vie. Pourtant ce n'était rien : quelques phrases venues d'autrefois, l'écho d'un champ de bataille dont personne ne parlait plus depuis soixante ans. Ces quelques paroles prononcées par l'inconnu me transformèrent instantanément, de sorte que, durant les dix-huit mois qui ont suivi, j'ai arpenté les allées d'archives militaires alors que les rappels aux gestes barrière et les limitations claironnés sur tous les réseaux d'information, radios, télévisions, presse écrite, sous forme de menaces apocalyptiques battaient son plein. Ces contraintes m'acculèrent à l'entêtement, ou plutôt ma détermination eut raison des contraintes administratives et sanitaires, et de l'effroi général, parce que pour moi l'effroi ce ne fut pas la pandémie du

Covid, mais ce minuscule écho encore vivant de mon père mort loin de moi depuis tant d'années.

Les Archives furent tout d'abord fermées *sine die* ; après plusieurs semaines, on autorisa l'ouverture de leur salle de lecture assortie d'une jauge de consultation draconienne, ainsi que d'une distanciation de précaution entre chaque lecteur. Tout cela retarda mon chantier de recherches, que j'avais circonscrites à ce que l'on appelait autrefois les Archives de la guerre, devenues aujourd'hui Service historique de la défense, hébergé au Château de Vincennes. Les possibilités de consultation furent, par-là, considérablement diminuées, et s'y ajoutèrent les arrêts pour congés de maladie - le Covid - de nombreux agents du personnel ; ainsi que les aléas liés aux demandes d'autorisations spéciales pour raison de secret défense. Et c'était encore sans compter avec les erreurs de cotes : je les faisais pourtant systématiquement vérifier par l'archiviste avant de soumettre chaque demande. Un seul dossier réservé en septembre 2020 ne me fut ainsi communiqué, de fermetures en reports et en demandes de dérogation, qu'en juin 2021 ! J'enrageais, mais je persistais, agi par une force inexorable à laquelle je ne pouvais pas résister, dont nul ni rien ne m'aurait détourné. À intervalles plus ou moins réguliers, j'y effectuai plusieurs longues journées de photographie des documents que j'avais au préalable repérés et commandés ; puis j'en décortiquais le contenu le soir après mes consultations, ou le week-end, ou bien encore pendant les vacances. Jusqu'à aujourd'hui ce fut un souci quotidien.

Ce qui m'avait d'un seul coup poussé à la recherche du père perdu, ce fut la voix de Christian de Malleray dans la messagerie de mon téléphone, en cette fin de mardi 5 mai 2020. C'était une voix inconnue, solide et douce, claire, franche, entremêlée de notes émotives, tendres et tristes, m'annonçant d'emblée que son père avait connu le mien sur le chemin de sa mort. Jamais je n'avais rencontré l'un ou l'autre de ses compagnons d'armes, et la vie ne m'avait pas permis d'y songer : j'avais été emporté par un conte officiel supplantant ma mémoire de petit enfant, pour dire la vérité ma mémoire amnésique de bébé ; je n'avais pas atteint la révolution de la seconde année de ma vie quand mon père est parti en Extrême-Orient, sur un théâtre d'opérations extérieures comme disent les documents militaires. Si mes trois sœurs aînées ont gardé la lumière de sa présence ensoleillée dans la mémoire, comme une action de grâce protectrice et structurante, peut-être aussi mêlée d'une rumeur dépressive ; si ma jeune sœur née après son départ s'est appuyée sur la fiduciaire d'un récit épique approximatif sécrété par notre mère et repeint aux couleurs tourmentées et changeantes de son imaginaire ; j'ai quant à moi fait comme j'ai pu, plutôt mal, assigné à pénitence entre les horreurs de ma vie d'enfant oublié dans un pensionnat et le récit glorieux de la carrière d'un jeune soldat mort pour la France en Indochine, mon père.

J'avais longtemps cru aux origines catalanes de sa famille. Non qu'il soit incorrect ni erroné de se fier aux registres de l'État civil ; mon père a bien vu le jour à Serralongue le 11 juin 1919, canton de Prats de Mollo. Des genêts couvrent les vallons des Pyrénées sur ses deux versants, l'étymologie de son patronyme ne comporte donc aucune ambiguïté : mes lointains ancêtres habitaient un territoire envahi de genêts, Ginestra ou Hienestra ou Ginesta. Pour autant, ma lignée avait-elle pris racine dans les contreforts pyrénéens espagnols, et, de là avait-elle glissé sur le versant français à la recherche de travail agricole, forestiers et bûcherons ? Heureusement, j'ai visité Gênes il y a quelques semaines et j'ai parcouru les allées du cimetière Staglieno du Val Bisagno. Cette visite m'a déniaisé. Ma guide avait l'intelligence et l'humour chic des intellectuels italiens nés dans un port, frottés au contact du monde et à la connaissance des pérégrinations humaines. Dans une épingle à cheveux du chemin, entre les tombeaux, elle a interrompu tout à trac la litanie des célébrités ou des personnes de peu endormies pour toujours dans ce magnifique éhpad d'outre-tombe, et, tournant vers moi un œil aiguisé de Grand Inquisiteur sûr de son intuition, m'a décoché son soupçon comme un dard :

- « *Signor* Gineste, vous êtes d'ici ? », et, reculant légèrement la tête comme pour mieux me jauger dans un mouvement sorti de la *comédia del arte*, elle ajoute péremptoire en prenant une moue toisante qui n'admettait pas de répliques : « Ou je me trompe » ? Son regard de généalogiste doublé d'une physiognomoniste me cloua sur place. Et de m'expliquer avec beaucoup de pédagogie et de conviction la notoriété séculaire des Gineste dans la commune voisine de Sestri Levante :

- « La Villa Gineste, *Signor* Gineste ! Et les allées Gineste le long des plages ! N'avez-vous pas entendu parler surtout des étoffes Gineste qui n'ont rien à envier à celles de Fortuny à Venise ? »

J'étais abasourdi, et joyeux de me découvrir, à Gênes, des gènes italiens. Tout devenait transparent, mon tropisme pour Rome, Naples et Florence ; la lecture à quinze ans du *Livre de San Michele* d'Axel Munthe qui avait été l'amant de la reine de Suède avant d'aller finir sa vie à Capri où, médecin généraliste, il soignait les communistes bannis, les homosexuels exilés, et les pauvres de ce rocher sublime d'où l'on contemple le soleil se levant derrière le Vésuve, depuis l'escarpement d'où Tibère précipitait dans les flots les jeunes amants qu'il venait de consommer ; ma passion névralgique pour l'opéra et le cinéma italiens ; mon regret névrotique et crucifiant de n'avoir pas opté en classe de quatrième pour la langue de Dante, bien que ma mère la parlât couramment, mais, étant alors embarquée dans une idylle russe, elle exigea que je me détermine pour la langue de Pouchkine et de Dostoïevski en me confiant le dictionnaire bilingue français-russe Cherba offert par son amant.

Chiara, ma guide génoise, m'apprit que des caboteurs quittaient le port de Gênes pour Barcelone chaque semaine depuis la nuit des temps, omnibus aux cales bondées de pacotilles et d'étoffes, chalands paresseux faisant escale au moindre mouillage pour écouler leurs marchandises, puis retour. Elle m'expliqua de quelle façon ce commerce fut à l'origine d'une diaspora efficace, courageuse et fière. Pendant quatre siècles, cette émigration saupoudra de Génois le littoral français que leur opiniâtreté et leur endurance fixèrent durablement comme une greffe qui a pris :
« - *Signor* Gineste, vous êtes de chez nous vous dis-je, un de vos ancêtres était matelot sur ces caboteurs, et le hasard qui est souvent l'autre nom de l'amour l'aura déposé au pied de vos Pyrénées orientales ; et il y aura fait souche sans trop s'éloigner du littoral. Rappelez-moi, *Signor*, quel est le nom du village berceau de votre famille ? »
- « Serralongue », répondis-je interloqué.
- « Nous-y-som-mes ! » dit-elle en séparant chaque syllabe distinctement comme une maîtresse d'école lisant à haute voix le texte d'une dictée ; et, joignant les mains sur sa poitrine qu'elle avait aussi abondante que son imagination, elle laissa déferler sur son visage le sourire exténué, mais heureux du savant qui, après des semaines et des mois de travail apparemment stérile, vient de faire une trouvaille qui bouscule la théorie de la relativité ou l'histoire du monde, quelque chose comme la découverte de la Pierre de Rosette, l'exhumation de Lucie ou la culture de la Pénicilline. Pendant quelques instants, elle répéta comme une psalmodie Inca, doucement entre ses lèvres « Serralongue, Serralongua, Serralongua », comme si elle guettait une révélation mystique. Et tout à coup son visage, qui s'était assombri

pendant cette méditation, comme préoccupé par un doute infernal, devint tout sourire et toute grâce : « Serralongua est une forme abâtardie de Speralonga, parfois orthographiée Sperlonga, toponyme fréquent en Italie qui signifie long espoir ! » expira-t-elle dans un souffle de victoire. « La grotte bleue de Sperlonga, où Tibère cachait ses amants, tu as visité bien sûr, *Signor* Gineste ? Le nom de ton village respire une histoire amoureuse », ajouta-t-elle avec un sourire complice et coquin. Et pour achever sa démonstration, elle me mit K.O. en déclarant, péremptoire : « Ton nom, *Signor* Gineste, n'aura pas été apocopé ni rétréci par la transformation phonétique coutumière des contrées où se sédentarisent les immigrés. Ton nom, parti de Gènes il y a trois ou quatre siècles, est parvenu intact dans tes montagnes Pyrénéennes qui dominent la mer ». Alors ouvrant vers moi des bras maternels généreux accueillant l'enfant prodigue, elle résuma son émotion dans une accolade volumineuse où sa joie explosa par une formule enflammée que je ne suis pas prêt à oublier : « *Benvenuto a Genova, la tua patria, Signor* Gineste ! » Et j'eus le sentiment d'être un nouvel Ulysse, heureux de retourner dans sa maison au terme d'un très long voyage.

Elle ne croyait pas si bien dire. Et je ne pensais pas avoir, quelques heures plus tard, en poussant la porte de l'ostéria *Tuorlo Vino e Cucina,* une fracassante confirmation de son intuition. La carte était engageante et le dîner fut succulent ; je choisis pour l'accompagner un vin blanc du Piémont *Roero Arneis.* Après en avoir empli le verre de chaque convive, et pendant que nous trinquions avec Chiara, je m'attardai à lire nonchalamment l'étiquette au verso de la bouteille : le vin provenait du domaine de Giovanni Rosso, au village de Serralunga d'Alba ! Les origines italiennes de ma famille ne faisaient plus aucun doute. Un de mes lointains aïeux était descendu de ses collines piémontaises jusqu'à Gênes où il avait fait souche sans perdre pour autant les amarres avec son village natal de Serralunga. Une ou deux générations plus tard, un de ses descendants s'engage sur les rafiots commerçants génois qui desservent le littoral méditerranéen français jusqu'aux contreforts catalans, en emportant dans ses bagages le nom du berceau familial, et se sédentarise, par amour probablement, à la frontière espagnole en un lieu alors désert qu'il baptise Serralunga, toponyme ensuite francisé et devenu avec le temps Serralongue. Et ce fut comme s'il avait borné le nouveau territoire de sa vie par ses racines piémontaises.

C'est ainsi que je me suis arraché à la fable de mon atavisme espagnol et que je me suis précipité vers le soleil étourdissant de l'Italie que j'aime depuis toujours. D'ailleurs, je n'avais jamais rien rêvé pour les tourments ni les séductions atrabilaires de l'Espagne. En dépit des prétendues origines ibériques de ma famille, je n'avais jamais eu le goût d'apprendre sa langue aride et lourde, pas même quelques mots de catalan ; seules de rares lectures avaient trouvé grâce, Cervantès le bretteur gyrovague à la poursuite du bonheur, et Miguel de Unamuno le philosophe désespéré qui se laissa mourir de chagrin le 31 décembre 1936 après s'être publiquement opposé quelques semaines plus tôt au cri de haine du Général Millan-Astray « Mort à l'intelligence ! » , et avoir échappé de peu au lynchage lors d'une réunion publique.

Dernier rejeton de sa tribu à voir le jour à Serralongue, mon père quitta très tôt son village natal, peu après son premier anniversaire, lors du retour à la vie civile de son père, après quinze ans de service dans l'armée, pour entrer dans l'Administration des contributions directes à Lyon en 1920. La maison pyrénéenne de sa naissance devint alors le refuge estival de la famille. Il fréquenta l'école enfantine de son quartier du 3° arrondissement de Lyon. Je sais qu'ensuite il y a grandi et qu'il a étudié au lycée du Parc, où il obtient le baccalauréat en juin 1938, pendant la Montée des périls, quelques semaines avant les accords de Munich. De cette époque me restent trois ou quatre photographies : celle de sa communion solennelle, culotte courte d'enfant et brassard blanc, coupe de cheveux à la Titus, photo de groupe avec son frère Roger, son père Paul et sa mère Mélanie, elle assise, peut-être enceinte de sa petite sœur Janine, ou déjà frappée par les prodromes du cancer qui l'emporterait ; une autre photographie, toujours en noir et blanc, portrait cadré aux épaules, costume foncé avec gilet, cravate écossaise très chic et pochette : « un peu avant 1939 », dit la légende manuscrite au verso par son frère qui m'en fit le cadeau cinquante ans plus tard, lorsque je l'ai rencontré pour la première fois en 1984 à la brasserie du Lutétia, l'année qui a suivi la naissance de ma fille, je venais d'atteindre ma trente-quatrième année. Un peu avant 1939 : est-ce un euphémisme, comme l'on dit par antiphrase les Bienveillantes pour ne pas nommer les trois Érinyes, les trois Furies de la vengeance et du châtiment - l'Implacable, la Jalouse, la Vengeresse, fileuses infernales, entêtées, acharnées de la vie et de la mort - pour ne pas évoquer l'année de la disparition de sa mère, ma grand-mère, emportée par les métastases galopantes d'un cancer du sein ? On m'a raconté qu'alors il fut chargé des injections quotidiennes de morphine, le matin avant de partir au lycée et le soir à son retour. Les phantasmes galopent et sont rapidement ingouvernables, surtout lorsqu'un adolescent exécute la prescription médicale pour soulager les douleurs de sa mère par une substance qui hâte en réalité la fin de sa vie. L'inconscient ignore toute nuance et raisonne par affirmations simples, brutales, catastrophiques : quel peut-être le châtiment, sinon la mort, de celui qui s'est transformé en assassin de sa propre mère, quand bien même il n'est que l'exécutant bénévole et affectueux d'une injonction thérapeutique ?

De son adolescence m'est également parvenue une composition française rédigée en classe de première, le devoir est daté du samedi 13 mars 1937, sous le titre de *l'Acte des connaisseurs*, c'est une copie double de réflexions sur *Britannicus*, la pièce de Jean Racine dont tourne en mon esprit la boucle obsessionnelle des alexandrins dépressifs :
« Mais je suis seul encor. Les amis de mon père
Sont autant d'inconnus que glace ma misère. »

Hélas, les annotations du professeur au crayon de couleur rouge ont presque complètement disparu, elles ont fané, pâlies et lointaines, indéchiffrables, elles sont devenues mémoire qui s'en va. Il a jugé que ce devoir méritait 17/20, note très honorable qui apprécie autant la présentation rigoureuse que le contenu. Je ne crois pas que Freud ait jamais écrit sur ce meurtre fratricide par mère incestueuse interposée : Néron et Britannicus sont en effet frères utérins - mais non frères consanguins - par leur mère, l'abominable Agrippine, qui finira elle-même assassinée par ses matelots dans le golfe de Baïa à l'instigation de son fils Néron après qu'elle lui aura prêté main forte pour organiser les agapes fraternelles et. fratricides, simulacre de réconciliation, au cours desquelles Néron assassine Britannicus. Mère implacable, mère ensorcelée par la passion du pouvoir et, au-delà, par la passion œdipienne vénéneuse pour son fils préféré, Agrippine échappe à l'engloutissement dans les eaux noires des annales judiciaires et devient le fanal littéraire des préoccupations adolescentes de mon père, fussent-elles inconscientes : Agrippine a-t-elle été l'autre nom du cancer de ma grand-mère paternelle dans l'inconscient de son fils, lui l'exécuteur des injections opiacées létales ? Et pouvait-il se dérober à l'enchaînement des catastrophes qui le pousseraient prématurément lui-même vers la peine capitale ?

1938. J'imagine l'été de son baccalauréat entre Montpellier où vit la parentèle, Arles-sur-Tech et Serralongue, le berceau. La plus grande partie de sa famille est originaire depuis la nuit des temps, depuis l'exil piémontais, du canton de Prats-de-Mollo. Les alliances se font dans ces montagnes avec presque chaque famille, à l'origine de cousinages dans chaque hameau, chaque vallée ; j'imagine les courses dans la campagne catalane, qu'il jubilait de battre avec ses jeunes compatriotes de Serralongue et d'Arles-sur-Tech, les longues heures à pêcher les truites dans les torrents - sa sœur qui l'aima tant et que j'ai très peu connue me les a racontées.

Existe-t-il un court de tennis dans les environs, dont je sais qu'il a le goût, peut-être la passion, puisque m'est parvenue sa raquette en bois serrée dans sa presse en forme de trapèze vissée aux quatre coins ? Elle m'a fait rêver toute mon enfance, avant que, lorsque des années seraient passées et qu'il me faudrait trier mon appartement à la veille d'un déménagement, je l'abandonne à la benne aux ordures, dans le sentiment du sacrilège. Est-ce pour cela que chaque première semaine de juin je suis fébrile et impatient, alors que j'ai toujours été un piètre tennisman, lors du tournoi de Roland Garros dont je regarde la finale en retransmission télévisée quand je ne peux m'y rendre, mêlé d'infinie tristesse et d'exaltation juvénile ?

Puis il s'inscrit à la faculté des Lettres de Lyon. Quelle filière a-t-il choisie ? La philosophie, ou bien l'Histoire et la Géographie ? Les rares papiers administratifs retrouvés évoquent alternativement l'une et l'autre discipline. Ainsi son livret militaire daté du 1er octobre 1939 le déclare étudiant en philosophie ; mais un an plus tard, le 20 août 1940, sur le certificat du Centre de démobilisation de Clermont-Ferrand, il se présente comme étudiant en Histoire et Géographie. J'ai fini par conclure qu'il s'était inscrit en Philosophie et en Histoire et Géographie, du moins qu'il a rêvé de marier ces filières en un bouquet d'études qui me fera rêver à mon tour trente ans plus tard.

3 septembre 1939 : la déclaration de guerre de la France à l'Allemagne nazie interrompt sa deuxième année d'études supérieures après deux mois de cours. Mobilisation générale. S'ensuit un maelström d'affectations, un long cheminement de préparation militaire : camp de la Valbonne, section des Élèves officiers de réserve, puis stage d'un mois au camp de manœuvres de La Courtine, puis affectation au Régiment de marche de Fontenay-le-Comte le 1er septembre 1940. De La Courtine je ne sais rien d'autre que les morsures aux bras et au cou par les vipères qui y pullulent, aux soldats lors des manœuvres à plat ventre dans la broussaille : c'est ma mère, prodigue en imaginations dramatiques, qui m'a raconté depuis l'enfance cette histoire effrayante. Mère terroriste, posant de bombes incendiaires à retardement dans l'esprit de ses enfants.

Qu'est-ce qui le décide à renoncer aux études supérieures et à embrasser la carrière militaire alors que l'armée, cette fameuse armée de l'armistice qui n'a pas combattu, vient de donner le spectacle de la déconfiture et de l'humiliation sous l'autorité désastreuse du Général Gamelin[5] dont les troubles des fonctions intellectuelles, apparus au début des années trente et soignés au Val-de-Grâce par impaludation, mènent la France au désastre ?

Nul doute qu'un jeune homme de 21 ans élevé dans les récits héroïques et glorieux des combats de 14-18 n'ait envie de se mettre au service de la France battue et humiliée en s'engageant dans la carrière militaire. Plus qu'un renoncement aux études littéraires, cet engagement dans la carrière militaire deux mois après la signature de l'armistice exprime la volonté de participer à la restauration de l'honneur de la France, ainsi que l'avait fait son père vingt-cinq ans plus tôt pendant la Grande Guerre. Mais une autre version fait son petit tintement névralgique incessant, et ourdit le torpillage de cette présentation canonique : et s'il n'avait pas été convaincu de son choix universitaire qui renvoyait une entrée dans la vie professionnelle active à plusieurs années ; s'il avait été séduit par le choix d'une rémunération rapide, à court terme, en tant que jeune sous-officier devant qui s'ouvrait ainsi la perspective d'une carrière assurée de fonctionnaire, plutôt que de se lancer dans l'inconnu d'une aventure intellectuelle universitaire ? Un choix comparable s'est-il présenté à moi lorsqu'à la fin de la première année d'études j'ai envisagé de renoncer à la médecine et de me diriger vers une carrière d'instituteur, otage que j'étais de ruminations dépressives stérilisantes sous la pression de circonstances familiales néfastes ?

Certes, mon père est façonné par les identifications à son propre père qui, après avoir été bûcheron jusqu'à vingt ans dans les montagnes de son village catalan, s'est engagé pour quinze ans dans l'armée en 1905. C'est un homme carré, massif, regard droit et taciturne, quelque chose de sauvage et d'austère. Militaire de carrière, il participe à la Guerre de 14-18, adjudant-chef du 2ème Régiment du Génie. Il est cité à l'ordre du Corps d'Armée lorsqu'il reçoit la croix de Guerre en 1915, reconnaissance de son courage et de son autorité lors de la terrible bataille des Hurlus : participant à l'attaque d'une tranchée allemande à la tête de sa section, après avoir parcouru seul une cinquantaine de mètres sous un feu violent d'artillerie, voyant que ses hommes ne le suivent pas, il revient en arrière et les entraîne à sa suite, assaut pendant lequel une balle allemande l'atteint à la jambe, blessure qui lui laissera une boiterie définitive.

En 1940 avait-il des raisons de redouter la décision de son fils cadet ? Ce qui est sûr c'est qu'il ne l'encourage pas à suivre son exemple dans la carrière des armes, surtout en cette saison de défaite, sa sœur Janine s'en souvient et me l'a raconté.

BERTRAND, BENOÎT, BORDURE

Que vont faire les conscrits appelés en juin 1940 et prématurément rendus à la vie civile en raison de l'armistice ? Ils sont versés pour six mois dans des groupements de jeunesse constitués sous l'autorité du ministre de la Jeunesse et de la Famille. Un moment, le Général de Lattre, à la tête de la division militaire de Clermont-Ferrand où s'est tout d'abord installé le Gouvernement de l'État français avant d'opter pour Vichy, a espéré recevoir cette responsabilité ; obnubilé par la formation physique et morale de ses troupes démobilisées, il entreprend la transformation pharaonique du château d'Opme, à quarante kilomètres de Clermont-Ferrand, pour en faire un centre de formation et d'entraînement des officiers et sous-officiers de sa division. Informé des projets du Gouvernement concernant la classe juin 1940, il aurait déclaré au Général de la Porte du Theil, qui fut finalement choisi : « Vous avez le plus beau job ! Le job de l'avenir, vous avez la jeunesse ! »[6]

Pendant quelques mois, mon père encadre plusieurs classes successives du premier Chantier de la Jeunesse à Cerilly, sorte de service civil national, où il est affecté en raison de son parcours d'aspirant-officier de réserve à Fontenay-Le-Comte. Dès son arrivée il entre en contact avec le Colonel Roy et le Colonel Bertrand, anciens du 1er Régiment d'Infanterie, fondateurs du groupement de Résistance Benoit. Il exercera désormais ses fonctions sous les ordres de ces anciens chefs de bataillon, passés dans le civil dès la dissolution de l'armée, Roy et Bertrand ayant trouvé un emploi dans l'Administration à St Amand-Montrond.

C'est dans cet environnement qu'il fait la connaissance de celle qui deviendra son épouse. Un jour de l'été

1941, à l'occasion d'une permission à Montluçon et par l'intermédiaire de Philippe Chabridon[7], instituteur à Saint Bonnet-Tronçais, il rencontre Michelle Martin, jeune fille de 18 ans recalée au baccalauréat l'année précédente. Depuis lors, elle oscillait entre la dépression et un emploi de vendeuse à la librairie Lebienheureux, institution culturelle de la sous-préfecture appartenant à un lointain cousin, sur le boulevard de Courtais à l'angle de l'avenue de la gare. Pour l'heure, elle avait tenté sans véritable détermination de mettre fin à ses jours en absorbant quelques comprimés inoffensifs, passait son temps recluse dans son lit chez ses parents, 38 rue de l'Est, et n'espérait plus rien de bon de la vie, bien qu'elle reçût chaque jour avec entrain dans la ruelle de son lit, où elle régnait en princesse d'un entourage asservi, compatissant et empressé.

Mme Alphonse Martin, sa mère, dont elle hérita un caractère autoritaire, était une de ces femmes taillées dans le drapeau d'un régiment de marche. Née comme Victor Hugo lorsque *son siècle avait deux ans*, elle était restée enfant unique après avoir perdu son grand frère Baptiste, mort brutalement à l'âge de trois ans, je n'ai jamais su dans quelles circonstances, maladie ou accident. Elle fut gâtée, adulée par des parents et des grands-parents qui cédèrent à tous ses caprices d'enfant unique : on lui offrit une singesse le jour où elle en exprima le désir, et cette pauvre bête vécut et mourut enfermée dans une cage où les clients du café lui jetaient des cacahuètes. À 20 ans, elle se fiance avec un jeune homme dont j'ignore tout jusqu'au nom, qui décide de rompre son projet de mariage, probablement lorsqu'il prend conscience du peu de souplesse et de la dureté autoritaire de son caractère. Qu'à cela ne tienne ! Elle se mariera quoi qu'il arrive le 27 décembre 1920, date qui avait été fixée avec son prétendant démissionnaire : elle traverse la rue et n'a qu'à se jeter sur Alphonse, le commis de l'épicerie, vis-à-vis du Café des Cordeliers de ses parents, rebaptisé stupidement aujourd'hui le Sprint, à l'intersection de la route de Moulin et de celle de Paris.

Alphonse, issu d'un milieu très simple - père conducteur de locomotive, mère femme de ménage - avait été reçu quelques années auparavant, premier du canton de Désertines, faubourg de Montluçon, au Certificat d'Études primaires ; mais, en dépit des objurgations de son instituteur, ses parents n'avaient rien voulu entendre : il devait aller travailler. Né en 1899, il est mobilisé à 17 ans en 1916 et sera évacué du front après quelques mois pour cause de tuberculose, un abcès froid du cou ; il passera la fin de la guerre dans un hôpital militaire réfugié à Saint Jean-de-Luz, utilisant ses longs mois de convalescence à l'atelier d'ergothérapie où les douilles d'obus usagées sont dinandées puis vendues au profil des bonnes œuvres de l'armée. De cette hospitalisation, il rapporte plusieurs obus de soixante, devenus vases illustrant des fables de La Fontaine, ainsi que, taillé dans un obus de grande taille, un porte-parapluie qui m'est échu au fil des successions.

À son retour du Pays basque, désespéré de n'être pas le premier choix de Suzanne Thévenet, il s'était exilé quelques mois en se plaçant comme apprenti chez Potin à Paris ; puis, guéri de son mal d'amour, était revenu à Montluçon. Il acquiesça avec une soumission enthousiaste et naïve à la proposition militairement signifiée et qu'il n'espérait plus. Son épouse s'inscrit à l'École de Sage-femmes de Clermont-Ferrand au lendemain de leur mariage, munie de l'autorisation de son mari, la loi plaçant alors les épouses sous tutelle de leur conjoint. Elle fut pour les deux filles qui leur vinrent, Michelle en 1922 et Monique en 1927, une mère impitoyable, sans grâce, une sorcière aride mariée à un pauvre homme généreux, cultivé, intelligent, mais castré. Elle n'était pourtant pas dépourvue d'éminente qualités qui la hissèrent, brillante praticienne, à la présidence de l'Union des Sage-femmes de France, syndicaliste efficace et résolue dont le mari aura tenu les fonctions de secrétaire pendant quarante ans, chaque soir en rentrant du Chemin de Fer où il occupait un emploi de bureau. Fut-il avant l'heure un exemple de mari déconstruit dont rêve Sandrine Rousseau ? Elle exerça aussi une position influente dans les loges maçonniques mixtes du Bourbonnais, où elle entraîna son mari, jusqu'à ce jour de 1942 où ils prirent peur et, me raconta ma mère qui assista à l'autodafé, brûlèrent dans la cheminée de leur salle à manger toutes les traces de leur affiliation, documents et décorations, tablier, sautoirs, gants et cordons.

Cela se passait pendant les semaines de l'envahissement de la zone sud. Leur fille aînée Michelle se désespérait dans son arrogance blessée de recalée au baccalauréat. Que s'était-il passé ? Bonne élève, elle avait la tête emplie de complications névrotiques qui sabordèrent ses épreuves, l'échec donnait déjà à sa vie les couleurs de l'adversité qu'elle sécrétait elle-même. Et pourtant elle n'était ni idiote ni inculte, mais ne pouvait se résoudre en aucun registre ni en aucune circonstance à ce que deux et deux fassent quatre. L'apparition du bel aspirant-officier l'arrache incontinent à la torpeur et à l'abattement. Elle oublie l'éventualité d'un redoublement, elle enfourche sa bicyclette et le rejoint à Tronçais. Comme font les adolescents, ils embarquent au bord des étangs forestiers pour une Cythère d'opérette. Fiançailles. Leur mariage est célébré le 8 mars 1943, chapelle des chevreuils, forêt de Tronçais ; puis au restaurant Greusat de Saint-Bonnet. Ce sont les photographies de leur mariage : il y a la haie d'honneur à la sortie de l'église et puis la suite des quatre calèches, prêtées par le Capitaine Féral, bientôt héros FFI, qui transportent mariés et familles depuis la chapelle des Chevreuils jusqu'au restaurant en bordure du village. Petites noces de campagne, faute d'essence tentée par le grand genre, teintée par les rêves !

Ma mère a choisi comme témoin de mariage Antoine Lebienheureux[8], le cousin libraire qui l'avait accueillie comme vendeuse après son échec au baccalauréat. Déjà les livres à l'orée de ce que sera ma vie, ces livres qui me poursuivront sans désemparer comme à la curée ! Je me rappelle sa librairie à l'angle de l'avenue de la Gare et du boulevard de Courtais à Montluçon, une dizaine d'années plus tard. Je n'ai pas oublié l'allure de mon cousin Antoine, qui m'impressionnait : bonhomme rond et jovial, qu'enfant j'ai connu à la fin de sa vie, costume trois pièces toujours tiré à quatre épingles, souliers cirés, cheveux blancs coupés très courts et « barbiche de sous-officier » , un bon mot toujours prêt à jaillir de ses lèvres, installé dans son bureau vitré, porte ouverte en permanence sur la ruche de sa librairie, paquebot fabuleux approvisionné de mille livres ; je n'ai pas oublié non plus Léon son fils, ni sa belle-fille, Hélène Gouvernaire, qui lui succédèrent et qui m'offrirent rituellement deux fois par an, à chacun de mes séjours, un volume de la Collection *Rouge et Or* ou de la *Bibliothèque Verte*, notamment un *Signe de piste* dont je finis par posséder la totalité des aventures du Prince Éric. Hélas ! Toute la bibliothèque de mon enfance, ma minuscule bibliothèque dérisoire et chétive, mais alexandrine pour mon horizon de petit garçon, celle qui m'a maintenu arrimé à la vie, a disparu lorsque j'avais 16 ans, volée dans la cave où elle avait été remisée par ma mère après une énième rupture sentimentale, chez une amie qui habitait une HLM du côté de Bois-Colombes.

Alors que j'en avais longtemps conservé dans ma chambre plusieurs étagères aux nombreux titres, pourquoi *Les Boucaniers de la Jamaïque* me revient-il seul en mémoire ? Le double jeu du capitaine Porter et de son second le Lieutenant Farragut, faux commerçants et vrais honorables correspondants de la marine américaine pourchassant les pirates, m'a-t-il rappelé le double jeu de mon père, appointé comme fonctionnaire du ministère de la Jeunesse et de la Famille de l'État français, mais aussi membre d'un réseau de Résistance ? Ou bien serait-ce l'inguérissable cicatrice d'un doute perpétuel sur la réalité des êtres et de leurs choix secrets qui se sera incrusté pour toujours dans ma compréhension de ce qui les anime et les manipule en douce ?

Le soir même de leur mariage, ils s'installent au Groupement de Tronçais. Sur la photo, on aperçoit ma mère accoudée à la fenêtre ouverte. Aucun confort, ni eau courante, ni chauffage central ; seule l'électricité est raccordée au village de baraquements. Le logement dispose d'un grand réservoir en zinc alimenté tous les deux jours par la corvée d'eau avec des sceaux, des brocs, des bassines remplis à une pompe collective toute proche. Un poêle à sciure permet de cuisiner et de chauffer l'eau pour la toilette, la vaisselle et les lessives, à bon compte puisque la sciure provient des travaux forestiers. Ce baraquement sera pendant dix-huit mois le quartier général de leur vie de jeunes mariés, que la Résistance a transformé instantanément en bourlingue émaillée par les missions clandestines de mon père puis, en 1944, par son incorporation à la 9ème compagnie reconstituée du 1er Régiment d'Infanterie.

Le Camp de jeunesse de Tronçais est déjà noyauté par des officiers du 1er Régiment d'Infanterie dissous et dispersé dans les environs en novembre 1942, comme toute l'armée française ; rebaptisé Groupement Benoît, il passe au complet dans la clandestinité sous l'autorité de son chef de Bataillon le Colonel Bertrand. Qui est le Colonel Bertrand, nommé capitaine à 20 ans au sortir de la Guerre de 14-18 ? Depuis, il a servi aux Indes, au Moyen-Orient, au Maghreb, en France. Retour d'Afrique et après un bref passage par Marseille où ses relations avec l'Amiral Darlan ont été exécrables, il prend le commandement du 1er RI le 15 avril 1940. Durant la nuit du 27 au 28 novembre 1942, il est devenu M. Bordure, nom de guerre suggéré par mon père qui l'avait emprunté au truculent Capitaine d'Ubu Roi, icône pataphysicienne d'Alfred Jarry, dont la lecture avait enchanté son adolescence. Bertrand, Benoit, Bordure : la règle du choix de la même initiale dans la Résistance et dans la vie civile antérieure est ainsi respectée. Il importe avant tout de maintenir l'esprit de corps du régiment, ce qui implique d'aider tous ceux qui, rendus autoritairement à la vie civile, veulent rester dans les environs, proches de leurs compagnons d'armes et du commandement. Par son entregent, on leur trouve des places dans l'agriculture, l'industrie, le commerce et l'administration du département du Cher : ainsi le Commandant Rauscher, adjoint de Bertrand, devient Directeur départemental de la Défense passive, ce qui le place à même d'être renseigné et de tisser une toile d'araignée très active d'informateurs. De même, le Capitaine Garandeau est nommé à la Direction départemental du Service du Travail obligatoire dès sa formation en février 1943, il sera remplacé à ce poste après quelques mois, pour des raisons de sécurité, par le Lieutenant Roidot.

Ces nouveaux civils maquillent les états administratifs et trompent les contrôleurs de l'État français, la dissolution de l'armée ayant pour corollaire la livraison obligatoire de toutes les armes militaires à l'occupant ainsi que du drapeau, signe de reddition. Sont chargés de l'opération des anciens du 1er Régiment d'Infanterie passés dans l'Administration : grâce à leur double jeu, une quantité importante d'armes et de matériels - fusils-mitrailleurs, pistolets, mitrailleuses, des centaines d'uniformes et de chaussures, des conserves de vivres pour trois mois, des appareils de transmission, des bicyclettes et des automobiles - sont absorbés par les souterrains, les caves, les greniers, les granges derrière des ballots de paille entassés en murailles protectrices et dissimulantes. De plus, on omettra de déposer entre les mains ennemies le drapeau du régiment, rouge à croix blanche et brodé de la devise : *On ne relève pas Picardie,* Picardie avait été durant l'ancien régime le nom du régiment ; mais il traversera la guerre grâce à plusieurs cachettes successives, grenier, faux plancher, grange, pour reparaître glorieusement au jour du débarquement. Vichy sommera le Colonel Bertrand à plusieurs reprises de le lui remettre : « Il est à ma charge, personne mieux que moi ne saurait le garder »[9], assumera-t-il à chacune de ces demandes.[10]

Âme et cheville ouvrière du groupe Benoît, le Colonel Bertrand fait à Vichy la jonction avec le Général Verneau, le Général Olleris et le Général Frère, piliers de la Résistance intérieure, qui viennent en personne à St-Amand annoncer à Bertrand que la communication est établie avec Londres et Alger. En mars 1943, premier parachutage d'un officier de Londres, le Capitaine Lejeune accompagné d'un adjoint radio, chargés d'organiser les fournitures d'armes. L'annonce des parachutages suivants par la radio de Londres sera : « Vercingétorix a quitté Alésia ». Le premier a lieu un mois plus tard à Thaumiers, petite commune du sud-est du Cher, le 18 avril 1943, apportant des containers d'armes, des fonds, et deux opérateurs radios avec le poste qui permet à l'Organisation locale de la Résistance de l'Armée de capter Londres.

Dès 1942, mon père est chargé de missions officieuses par le Colonel Bertrand-Bordure. Je sais peu de choses sur ces missions dans le cadre du Groupement Benoit : il séjournera quelque temps, en 1943, rue du Clocher avec sa jeune épouse à l'hôtel Régina, claquedent réputé de Limoges, mais surtout résidence discrète pour séjours *incognito.* Ses agents contacts limougeauds, chargés de ses éphémères et multiples hébergements, ont jugé cette étape, rocambolesque à la vérité, plus sûre qu'un banal hôtel de voyageurs dans le quartier de la gare, ou qu'un hôtel plus chic du centre-ville : l'occupant redoute les maladies vénériennes, donc évite ce genre d'établissement. Il est signalé aussi à Bellac, patrie de Jean Giraudoux, en contact avec le jeune sous-préfet Jean-Marie Fabre[11], dont l'entregent fournit des fausses cartes d'identité pour couvrir des Alsaciens-Lorrains fuyant l'avancée des troupes ennemies, et recueillis par mon père qui les cache dans les effectifs du 1er chantier de Jeunesse sous des identités falsifiées dès l'automne 1940. Ainsi le résumera le Général Goislard de Monsabert le 15 décembre 1945 : « Le sous-lieutenant Gineste a participé à la formation et au camouflage d'un groupe de deux cents Alsaciens-Lorrains réfractaires qu'il a su maintenir sous ses ordres et qui ont rejoint avec lui le 1er Régiment d'Infanterie »[12].

Il séjourne à nouveau quelque temps à Bellac, chez M. Dufourmand, dont je ne sais rien, route de Limoges ; et d'autre part en février chez un contact non identifié, 57 rue des Combes à Limoges. Puis il rentre à Tronçais à la fin de l'hiver, avant la naissance de ses filles aînées, mes sœurs jumelles Thérèse et Clémence, le 14 avril 1944. Le matelas du berceau de Thérèse est capitonné par un immense drapeau français récupéré lors du premier parachutage à Thaumiers, et qui, une fois replié, s'ajuste exactement aux dimensions du berceau, de sorte qu'il passera inaperçu lors d'une visite inopinée de la Wehrmacht. Il assure également la liaison avec les formations de la Résistance de l'Allier - Commandant Franck et Commandant Petit à Montluçon et Cosne d'Allier.

Et il est emporté par l'engrenage de son engagement dans les troupes de la Libération. En juillet 1944, le Groupement Benoît redevient la 9ème Compagnie du 1er Régiment d'Infanterie, dans laquelle il est incorporé au grade d'aspirant. Il commande sa section lors des combats contre la Wehrmacht de la colonne Elster qui tente d'échapper à son étranglement pendant les mois d'août et de septembre, jusqu'à sa reddition sans conditions.

La compagnie, dont le PC clandestin est installé depuis des mois dans l'une de ses fermes à Blet non loin de Tronçais, est commandée par le lieutenant Féral, alias Fabius dans la Résistance. Une amitié des armes les lie instantanément. Sur la photographie qu'il a dédicacée « À l'aspirant Gineste l'un des redoutables d'une grande compagnie », mon père est debout, fourragère du 1er Régiment d'Infanterie à l'épaule, en compagnie d'un résistant dont j'ignore l'identité, derrière le lieutenant Féral assis. Dans un ouvrage consacré après la guerre au 1er RI, le lieutenant Féral est croqué comme « un ahurissant personnage ; casquette à carreaux, foulard orange, veste civile, pantalon et bottes allemandes ; œil d'aigle, manière de condottiere, grand seigneur jusqu'au bout des ongles ; propriétaire au village voisin de Blet, entre Sancoins et Dun-sur-Auron. Il a formé ses fermiers, les fils, les neveux, les cousins, les amis de ses fermiers, une bande redoutable tenant le milieu entre les romanichels et les sans-culottes ; mais quel travail avec cette armée ! À chef intrépide, hommes intrépides. Une insouciance magnifique du danger, un esprit de décision foudroyant ; les hommes de sa troupe le suivront jusqu'au bout du monde ».

Féral est un phénomène à lui seul : aristocrate, dont la lignée est issue du socle républicain sur lequel Bonaparte a renouvelé les cadres de la société française, il est d'une intelligence et d'un courage sans limites ; à ces dispositions d'élite s'ajoute une culture encyclopédique à laquelle étaient souvent formés les fils de ces milieux jusqu'à la fin du XIXème siècle. Il participe à la récupération des parachutages nocturnes, il organise et surveille la cache des matériels militaires soustraits aux exigences de l'armistice, il accueille sous des identités falsifiées les Alsaciens-Lorrains fuyant l'enrôlement dans les *Malgré-nous* des réquisitions ennemies, ainsi que, dès 1943, les premiers réfractaires au Service du Travail obligatoire du Cher ou de l'Allier tout proches.[13]

Tout va très vite dans la marche vers la victoire qui compta bien sûr des jours sombres, comme ce 10 décembre 1943 où le Commandant Rauscher est arrêté dans son appartement de St-Amand-Montrond au petit matin alors qu'il est occupé à se raser, et qui ne reviendra pas de son long calvaire, d'Orianenbourg jusqu'à Buchenwald. En avril 1944 le Colonel Sinais, les Commandants Duchatelet et de Brantes, le Sous-Lieutenant Massicot, tous anciens du 1er Régiment d'Infanterie, sont également arrêtés sur dénonciation et ne reviendront pas. Malgré les coupes claires pratiquées parmi les anciens officiers du régiment par les arrestations et les dénonciations, l'organisation clandestine se développe. Le Colonel Bertrand est scrupuleusement aligné sur les consignes de prudence de l'Organisation de la Résistance de l'Armée[14], attendant les premiers jours de juillet pour sonner la sortie complète de clandestinité de son régiment, drapeau en tête.

Un mois plus tard, le 20 août 1944, mon père est en embuscade à la tête de sa section de la 9ème compagnie, quelques kilomètres avant Blet par la route de Sancoins. Une voiture du groupement Benoît, roulant en sens inverse, est arrêtée et sommée de remorquer un camion allemand de la colonne Elster en panne de radiateur. Le sergent-chef Wassong a le temps de s'échapper et de rouler dans les fossés, mais il est atteint par un tir venu du camion allemand. Celui-ci, connu depuis dans les annales de la Résistance du Cher sous le nom de « camion de couleur rouge de la route de Sancoins », est équipé d'un canon de 37 de la Flak, servi par cinq artilleurs, redoutable arme antiaérienne ; une remorque emplie de munitions au ras-bord lui est attelée. L'improbable dépanneuse peine à tracter le camion et sa cargaison, il avance à petite vitesse vers Blet. Lorsqu'il apparaît au sommet de la côte au carrefour de la Margot, le feu éclate. Tridon, le résistant du Groupe Benoît réquisitionné pour le remorquer avec sa voiture, comprend immédiatement la situation et, saisissant l'opportunité en un éclair, donne un coup de volant brutal pour s'engouffrer à droite sur un chemin de campagne qu'il sait en cul-de-sac, immobilisant le camion qui vient le percuter en écrasant sa voiture par l'arrière ; en une seconde, il saute et disparait dans l'épaisseur des fourrés sans demander son reste.

Le canon de 37 porté par le camion rouge se met en action, balayant l'horizon tous azimuts, mais la réplique ne se fait pas attendre. L'un des artilleurs allemands saute du camion, enfourche une bicyclette, démarre en trombe vers Sancoins pour y chercher des renforts. Quand il passe à la hauteur de la deuxième section en embuscade, quelques dizaines de mètres plus haut, une rafale le cloue sur place. C'est la section que commande mon père. Au même moment, un tonnerre retentit, suivi d'une gigantesque flamme et d'une pluie de débris de fer et de bois. Le camion est en feu, la remorque de munitions vient d'exploser, atteinte par la grenade qu'a lancée le sergent-chef Wassong, pourtant grièvement blessé[15]. Paralysé, il recevra le lendemain, à l'hôpital clandestin de Dun-sur-Auron, la Médaille militaire des mains du Colonel Bertrand.

L'ordre de marche de la colonne allemande commandée par le Général Elster était de remonter en se dispersant par les voies secondaires abritées par la forêt. Cette tactique lui est fatale. Jetant son va-tout dans la bataille, harcelée sans répit, elle tente une contre-attaque durant la nuit du 9 au 10 septembre, pour forcer le bouchon de Decize. Le pont est pris, mais dynamité dès le début du passage. Les Allemands doivent refluer. Au lever du jour, la situation est sans issue, la colonne est défaite. À 17 h, le Général Elster signe sa reddition à Issoudun, devant le Général Robert Macon, commandant la 83ème Division américaine, le Major anglais Mac Stafford et le Colonel Chomel, représentant le Colonel Bertrand. Les prisonniers sont autorisés à conserver provisoirement leurs armes individuelles et leurs véhicules, car les Américains et de Gaulle craignent que les armes ne soient utilisées pour équiper des groupes communistes dans la perspective d'une insurrection politique générale. Le lendemain, 11 septembre 1944, les combats ont cessé et la guerre est finie et gagnée au sud de la Loire. Seules deux poches y subsistent, La Rochelle d'une part, et Royan et la pointe de Grave d'autre part, où les combats se poursuivront jusqu'à leur reddition, de longs mois plus tard, en avril et mai 1945.

L'Organisation de la Résistance de l'Armée distingue mon père par une citation à l'ordre de la Division, rappelant sa participation aux opérations ayant mené à la reddition de la colonne Elster : « Chef de section courageux dans quelque mission que ce soit, a toujours mené sa section de la manière la plus parfaite et a réussi avec succès de nombreuses embuscades, faisant plusieurs prisonniers et détruisant de nombreux véhicules ennemis. Le Général de corps d'Armée Koenig. »[16]. Et cette citation à l'ordre de la Division comporte l'attribution de la croix de Guerre 1939-1945 avec étoile d'argent. Ainsi le résumera celui qui fut son chef et son ami, le Capitaine Féral, alias Fabius, commandant la 9ème Compagnie : « Jeune chef qui montra pendant plusieurs années sa volonté de résister à l'occupant et de détruire l'ennemi, formant dans cet esprit un bon nombre de jeunes gens sous ses ordres. Prit les armes à la tête d'une section pendant les mois d'août et de septembre 1944. Chef de section, entraîna ses hommes dans d'incessantes actions de harcèlement contre les convois ennemis, réussissant à faire un bon nombre de prisonniers et détruisant plusieurs véhicules ennemis. Avec la 9ème Compagnie, Monsieur

Gineste Paul a participé à la libération du Cher, a tenu le front du secteur de Royan, et a fêté la capitulation des armées allemandes sur les rives du Danube. »

Dès la reddition de la colonne Elster, la 9ème Compagnie est ainsi envoyée en appui vers la poche de Royan. Entouré par sa section - 27 jeunes résistants et un berger allemand, simple mascotte ou peut-être chien de détection antimines - mon père pose pour le photographe de Gémozac[17], sur la route de l'Atlantique, droit et sérieux, debout au troisième rang au centre. Au verso, il a écrit : « À ma petite femme en souvenir de Royan », datée de décembre 1944. Sur une autre photographie, il est emmitouflé dans une capote de drap, très guerre de 14-18, que le vent fait gonfler, jambes légèrement écartées exprimant la détermination d'un campement physique et moral solide, en « février 1945 par grand vent à Avy en Charentes », comme il l'a écrit au verso.

Il ne laisse apparaître aucune inquiétude dans la lettre qu'il adresse à son père le 14 décembre 1944 en ce qui concerne son poste de chef de section autour de la poche de Royan : « Maintenant me voici en première ligne depuis quarante-huit heures. Cela n'a rien d'affolant d'ailleurs. Très calme. Simples activités de patrouilles de nuit. Le plus gênant dans l'affaire ce sont les champs de mines allemands, mais avec un peu de flair et beaucoup de chance tout se passera pour le mieux. Nous allons recevoir des renforts sérieux, tanks et aviation, et alors la poche allemande sera réduite sans peine. » Se doute-t-il que sept ans plus tard, à six mille kilomètres des côtes atlantiques françaises, une mine antipersonnel explosera sous ses pieds à six heures du soir ? Et il joint à sa lettre quatre photographies du défilé du 11 novembre 1944 à Dun-sur-Auron.

Il est à Bourges le 26 février 1945, où il effectue un stage d'officier-démineur de trois semaines. Est-ce une formation préludant à un retour à Royan ? Peut-être cela a-t-il été envisagé, puisque la poche de Royan encore à cette date était encerclée et verrouillée par d'importants champs de mines. Mais les états-majors en décident autrement. Un mois plus tard, le 25 avril 1945, il rejoint les armées sur le front de l'Est, en tant que sous-lieutenant du 1er Régiment d'Infanterie qu'est redevenu le Groupement Benoit.

Sur une autre photographie, de trois-quarts gauche identique à celui de la précédente, il est seul, debout, noyé dans le soleil sur le seuil d'une longère berrichonne que je ne connais pas : *battle-dress*, godillots de combat, guêtres, béret sur lequel est agrafé l'insigne du 1er RI, fusil-mitrailleur sur l'épaule droite, capote jetée sur le bras gauche, une cigarette aux lèvres ; plus tard, ma mère a écrit au verso « Argent-sur-Sauldre, avril 1945, détachement précurseur » quelques jours avant que mon père ne rejoigne la 1ère Armée en route pour la libération de l'Allemagne.

Pendant les six mois qui viennent, on le suit pas à pas, dans les transferts en trains interminables qui s'étirent sur des voies ferrées en piteux état, bombardées et rafistolées, dont la décrépitude impose de longs détours, parmi les ruines fumantes et les derniers combats, à la boussole du journal de bord qu'il rédige jusqu'en août, récit simple et grandiose malgré lui d'une jeunesse glorieuse et désinvolte qui est la victoire en marche et qui ne sait pas encore qu'elle sauve la France de l'indignité et de l'infamie qui avaient été presque générales.

SAUVETAGE D'UN MANUSCRIT

Comment ai-je sauvé de l'oubli ou de la destruction le manuscrit, dactylographié par mon père, racontant le quotidien de son voyage vers l'Allemagne, puis sa participation à la libération et à l'occupation entre avril et août 1945 en tant que sous-lieutenant du 1er Régiment d'Infanterie ?

C'était au mois de mars 1990 durant les jours qui ont précédé le déménagement de ma mère, lorsque j'ai trié avec elle le débarras de l'appartement HLM des boulevards de ceinture parisiens qu'elle a habité après la mort de mon père, et où elle a vécu pendant quarante ans, Porte Didot, dans les confins du 14ème arrondissement et de ce que l'on appelait encore la *zone*, terrains vagues où s'élevaient autrefois les fortifications construites tout au long du XIXème siècle pour défendre la capitale, et qui n'avaient pas encore été civilisés par la construction du boulevard périphérique, de stades sportifs, de piscines, de jardins publics, de maisons de la culture, d'écoles et de lycées ; seuls, de loin en loin, des cimetières avaient été implantés. Les fenêtres de notre petit appartement donnaient sur ce *no man's land* transformé par endroit en décharges, et fréquenté par une population incertaine et familière de chiffonniers, de clochards, d'individus interlopes et de trafics en tous genres. Le samedi et le dimanche, des brocanteurs plus ou moins patentés, des recéleurs aussi, y installaient des étals de marché aux puces qui me faisaient rêver.

J'aidais donc ma mère à trier son débarras. Pour désigner ce profond placard ménagé dans l'entrée de l'appartement, elle a toujours employé le mot *cagibi,* mot d'une inimitable pertinence dont je n'ai appris l'origine que récemment : dérivé du patois angevin *cabagetis*, qui en est la forme originelle pour désigner un petit local aveugle où l'on jette des objets disparates, des morceaux cassés de vieux meubles, des riens à oublier qui s'y entassent pour des siècles et finissent, pénitence et défaillance de la mémoire, après une interminable réclusion sédimentaire dans cette prison aveugle, au feu ou à la déchetterie. C'était en quelque sorte l'antichambre du marché aux puces de la Porte de Vanves. Dans le capharnaüm de ce *cabagetis* où agonisaient des jouets cassés, une tente de camping et ses accessoires hors d'usage, un aspirateur Tornado iconique de l'après-guerre transformable en sèche-cheveux par inversion du moteur, des livres hors d'usage, le cyclorameur bleu glacier de mes trois ou quatre ans, les poupées articulées cassées de mes sœurs, il y avait aussi deux cantines militaires et une sorte de valise de bois très lourde avec poignée et fermoirs métalliques.

La valise de bois contenait la correspondance que mes parents avaient échangée durant vingt et un mois lorsque mon père servait en Indochine ; les deux cantines métalliques, ses effets et objets personnels expédiés de Saïgon par son régiment après sa mort. Quand ma mère a ouvert les cantines, je fus pris d'un haut-le-cœur, comme si elle déboulonnait le couvercle scellé de son cercueil. Un mot me vint à l'esprit, que mes lèvres prononcèrent en silence : « obscène », et je détournai mon regard. Elle sortit l'un après l'autre chacun des objets, chacun de ses vêtements militaires, dont certains n'avaient pas même été lavés ni au départ d'Indochine ni à leur arrivée en France, quarante ans plus tôt. Elle semblait les inspecter comme une bricole inutile et curieuse venue d'un autre monde ou d'un temps peut-être révolu, une babiole anecdotique dans le foutoir d'une décharge à ciel ouvert. « Poubelle », me répéta-t-elle en me tendant chacune de ces reliques, une veste, une paire de rangers usagées, un short d'uniforme, une vareuse coloniale, des chaussettes et des mi-bas, des caleçons, des cravates, un képi, un calot, des mouchoirs, une boussole, une sacoche d'officier, des lunettes de soleil qui me parurent énormes. Que sais-je encore ? Je remplis sans commentaire trois sacs poubelle de cent litres que je descendis immédiatement sur le trottoir devant l'immeuble, et que des chiffonniers, prévenus par le téléphone arabe de la concierge, s'empressèrent de faire disparaître en moins de temps qu'il ne faut pour le dire. Et j'eus le sentiment d'avoir jeté le corps de mon père aux chiens.

Puis elle ouvrit la valise de bois : tout son courrier accompagné des réponses, toutes leurs lettres serrées les unes contre les autres pour se tenir chaud, comme de pauvres humains dans le wagon d'un train de la mort. Le téléphone retentit, elle alla répondre, la valise de lettres restée ouverte. Sur le dessus de cette correspondance, que je contemplais comme un trésor et comme une chapelle ardente, restes encore vivants de mon père, je vis une liasse surmontée par un document dactylographié, intitulé *Le Front de l'Est*, portant sa signature en première page.

Sans réfléchir, sans préméditation, sans scrupules non plus, je m'en suis emparé, je l'ai dissimulée sous les quelques objets sans importance que j'avais auparavant mis de côté pour mon usage à son invitation. Elle est revenue de son appel téléphonique, a contemplé une longue minute cette mémoire vivante des derniers mois de leur vie, comme à la messe le pain et le vin au moment de la consécration, puis elle a refermé la valise de bois en me disant : « Je voudrais qu'après ma mort tu détruises tout ce courrier, que tu le brûles dans la cheminée de ta maison à la campagne ». Je sus par la suite qu'elle avait laissé la même consigne à ma sœur Cécile.

Je n'eus pas à exécuter son exhortation lorsqu'elle mourut vingt-neuf ans plus tard. Entre-temps, elle avait méthodiquement massicoté toutes les lettres de son mari dont les copeaux avaient rempli deux sacs poubelles qu'elle avait enfermés dans cette valise de bois, comme un cadavre dans un cercueil dont le temps et les nécrophages seraient venus à bout de la chair, et dont il ne resterait que les os. Les rubans fins et étroits des copeaux entremêlés ressemblaient à des spaghettis sortant de l'eau bouillante ou à un nœud de serpents. Elle avait sauvegardé ses propres lettres transvasées dans une boîte d'emballage en carton. Qu'a-t-elle voulu effacer ou détruire ? Qu'a-t-elle voulu exprimer ? Qu'a-t-elle légué dans ce massacre ? Je ne le saurai jamais. Elle n'avait conservé et maintenu vivantes que ses propres lettres. Lorsque je découvris ce crime quelques jours après qu'elle était entrée en éhpad, la colère a dévasté toute ma compassion pour la vieille femme impotente qu'elle était devenue. À partir de ce jour, je dus fournir des efforts pour la regarder lorsque je lui parlais. Elle avait dévasté mon cœur et mutilé ma mémoire en étouffant pour l'éternité la voix de mon père et l'écho de son cœur. Lui avait-il écrit des mots blessants, et les longs mois de séparation l'avaient-ils éloigné de son projet familial ? L'autodafé ne disait pas cela, mais m'en a suggéré la rumination venimeuse. Pourquoi détruire un courrier que l'on a reçu ? Par pudeur ? Ou pour faire disparaître des traces, des indices, des preuves, des calamités ?

Du moins il me reste de sa main son journal de marche du printemps et de l'été 1945. Voilà pourquoi je peux le suivre dans le train qui l'emporte avec le 1er Régiment d'Infanterie commandé par le colonel Rudloff[18], le vendredi 27 avril 1945, vers « l'événement tant espéré », ainsi qu'il résume la libération de l'Allemagne qui le conduira jusqu'au Danube, jeune officier de la 1ère Armée française.

Le train s'ébranle d'Argent-sur-Sauldre en Berry le 27 avril 1945, à 20 heures, troupe à moitié équipée puisque le complément d'uniformes et de matériel arrivera à destination par un train ultérieur. Un détachement précurseur a quitté Argent l'avant-veille à 6 heures du matin, emportant les armements et les blindés rescapés de la drôle de guerre et soustraits à la réquisition allemande, ainsi que ceux fraîchement alloués à la France par l'armée américaine. Première étape, l'Alsace. Par Bourges, Saincaise, Mulhouse, Colmar, Sélestat, Molsheim, les trains parviennent laborieusement à Düttlenheim le samedi 29 avril. Là, une *noria* de camions conduit le matériel puis les hommes à Limersheim, petit village alsacien, premier et éphémère cantonnement. Par Fegersheim la colonne gagne Strasbourg. À l'entrée du pont de Kehl, le Colonel Bertrand, fraîchement promu Général par décision du Général De Gaulle, salue la troupe où il reconnaît les résistants du Cher-Sud, FFI de son groupe Benoit ; et, de l'autre côté du pont, le Général Caillies accueille sur le sol allemand les soldats français qui l'acclament.

Puis c'est la lente progression d'une ville détruite à une autre ville détruite, dans l'apocalypse des convois allemands bombardés par l'aviation anglaise et américaine : il ne reste, dans les fossés des accotements où ils ont été dégagés par les bulldozers alliés, que les carcasses carbonisées des chars, des side-cars, des automitrailleuses dont les cadavres ont été extraits ; à travers la montagne dévastée, trouée par des clairières encore en flammes et noyées dans le brouillard et la tourmente de neige. Ce sont Oberkirch, Freudenstadt, et entre ces deux villes la longue traversée de la forêt Noire, route en lacets plongée dans la brume et encombrée par des convois de prisonniers grelottant et affamés. Freudenstadt, ville rasée, Horb, Hairgerloch, Heckingen, Gammertinger, puis Friedlingen terme de l'ascension, litanie de ruines qui furent des villages et des villes aux fenêtres fleuries, aujourd'hui fantômes. Ce n'est qu'une brève étape. Le 3 mai, la colonne s'élance à pied, en direction du Danube. Par Langenenslingen, Blochingen elle rejoint Beuren le nouveau cantonnement, qui garde la passerelle sur le Danube et regroupe les prisonniers. Signes d'accueil obséquieux par une population que les troupes précédentes ont terrorisée, des tirailleurs marocains qui n'ont pas fait dans la dentelle ni dans le détail, raconte-t-on. De toute façon, le maire du village a maintenant une fonction dans la compagnie, il est devenu le sergent de semaine, et c'est au pas de gymnastique qu'il fait exécuter les ordres. Les prisonniers arrivent de tous côtés. La garde de la passerelle en amène toutes les heures, remontant au pas de gymnastique la rampe qui va du Danube au village, longues files de soldats affamés, épuisés, sales, bientôt cadavres pour certains ; d'autres n'ayant pas complètement perdu la force de chanter des hymnes militaires, des chants de marche et des rengaines traditionnelles après avoir marché des jours et des nuits à la recherche d'une improbable sortie du guêpier qu'est devenue l'Allemagne, leur patrie. Nulle autre issue que de se rendre aux Alliés.

Le 8 mai 1945, l'unique poste de radio du cantonnement annonce la capitulation générale des armées allemandes sur tous les fronts. La compagnie choisit la date du 10 mai pour fêter la Victoire. Le maire a reçu l'ordre de faire pavoiser le village et décorer le cantonnement. Sur les marches de l'escalier qui conduit au mess des officiers, les soldats ont étendu un immense drapeau nazi qui fait fonction de tapis : parmi les souvenirs pieux qui me sont parvenus de cette célébration, une photographie prise par mon père de sa section, vautrée plutôt qu'assise avec nonchalance sur la croix gammée au milieu des marches, où les cigares sont distribués avec profusion. L'après-midi, visite en camionnette à Sigmaringen, château de la branche catholique des Hohenzollern, qui fut le siège des derniers jours du gouvernement en exil Brinon-Laval.

Ce qui étonne le plus les troupes alliées c'est le respect de l'autorité par les populations occupées, qui ressemble presque à de la servilité. Quoi de plus extraordinaire pour des Français que de voir les femmes allemandes exécuter la corvée d'épluches chaque jour de 9 heures à 11heures, qu'elles accompagnent de chants à plusieurs voix ? Que se passe-t-il dans l'esprit de ces femmes, dont un grand nombre a été violé par les premières troupes de libération il y a quelques semaines ? Psalmodient-elles la douleur de leur agression de peuple battu ? Ou cherchent-elles à restaurer leur dignité noircie par le crachat jeté dans leur corps ? Mon père parle peu de ces crimes, mais l'allusion est certaine quand il évoque sur un ton presque badin que tout Allemand semble antinazis comme en témoignent les Allemandes qui « font les belles nuits de certains militaires, hommes de troupe, sous-officiers, voire de quelques officiers ».

Le premier contact avec le Général De Gaulle a lieu le 20 mai 1945 pendant ce cantonnement de Beuren. Colonnes de camions militaires transportant le bataillon. L'arrivée à Stuttgart est fantomatique, la gare est devenue un tas de pierres. La cathédrale, avec sa nef-beauté, n'a d'église que l'allure générale, quelques pans de murs dressés vers le ciel comme un cri. Les ordres se succèdent, chacun rectifie sa position, les armes sont présentées. Du haut de sa voiture, dominant étrangement tous les chefs de l'armée debout auprès de lui, le Général De Gaulle passe lentement les troupes en revue. Puis les drapeaux se rassemblent et c'est la remise des décorations. Celui du 1er Régiment d'Infanterie reçoit la Croix de guerre, la voix lente, grave, solennelle du Général De Gaulle s'élève au-dessus du bataillon et semble recouvrir toute la terre allemande : « Splendide corps, dont la foi ardente dans les destinées de la patrie n'a pu être abattue par la dissolution de 1942. En dépit des arrestations, déportations et perquisitions, a réussi à mettre à l'abri une partie importante de son armement, de son habillement et de ses approvisionnements. A établi entre la troupe et ses cadres des liens tels qu'en juin 1944, à l'appel de son chef, le colonel Bertrand, le régiment a pu se regrouper autour de ses équipes clandestines qui n'avaient jamais cessé de mener le combat. Conduisant une guérilla continuelle du 8 août au 12 septembre 1944, a manifesté les plus belles qualités d'une troupe de choc par ses actions de harcèlement au cours desquelles il a causé à l'ennemi des pertes dépassant 500 tués, un millier de blessés, 150 prisonniers et a contribué à la reddition de colonnes ennemies de 18 000 hommes. »[19]

Au lendemain de ce défilé, nouveau déménagement de la compagnie pour Binzwangen, afin de remplacer la 11ème compagnie. Mais avant de céder la place, Dieu sait pourquoi, cette compagnie a taillé des croupières à ses successeurs, une réputation de terreur et de barbarie. De sorte qu'à son arrivée tout le bourg s'enferme à double tour lorsque les officiers circulent dans la rue principale. Est-ce à nouveau le symptôme d'une attitude délinquante des troupes d'occupation, d'un usage dévoyé de la victoire ? Il circulait dans mon enfance des récits qui me terrifiaient sur le comportement sexuel des armées de la coalition antinazie qui, une fois franchi le Rhin, s'en donnaient à cœur joie avec les Allemandes sans distinction d'âge, adolescentes à peine pubères, adultes, vieilles femmes, quand il ne s'agissait pas même de fillettes mutilées dans leur corps et dans leur esprit pour le reste de leur vie. On était violée, il fallait l'accepter comme une clause implicite de la capitulation. Certes, les récits concédaient que ces excès étaient exécutés par des troupes africaines, si vous voyez ce que je veux dire. Des Goums, des tirailleurs sénégalais, des Thabors : toutes troupes sous-payées dont on augmentait la solde par permission de se payer sur la bête, et l'on fermait les yeux, au mieux on se détournait.

Mon père décrit pourtant une sorte de séjour en congés payés animés de soirées dansantes. Les serveuses, Allemandes réquisitionnées, qui n'osaient se montrer à l'arrivée des troupes d'occupation, jouent maintenant comme des petites folles et pleurent de rire aux pitreries des sous-officiers. N'y a-t-il vu qu'une sorte de kermesse de patronage bon-enfant ? Ou bien ne relate-t-il qu'une moitié de la pièce, laissant pour la coulisse l'inavouable et la faute ? La même question se posera à l'occasion de tous les nouveaux déplacements de la compagnie. Pourquoi ce déménagement en urgence ? Le comportement des troupes qui occupaient la bourgade de Krauchenwies n'a pas non plus été apprécié par les Princes de Hohenzollern-Sigmaringen dont c'est le fief, ils en ont donc réclamé le départ. La 9ème Compagnie est chargée de redresser les fautes commises par les troupes précédentes.

La branche catholique non régnante de cette famille fait figure en effet de résistante en raison de son attitude vis-à-vis du régime hitlérien, et se trouve ainsi en relation avec de nombreuses personnalités alliées. Contre quoi les Princes de Sigmaringen protestent-ils ? À nouveau, mêmes sous-entendus de délinquances sexuelles d'envergure. Quelles furent les fautes commises par les Forces françaises ? En filigrane se lisent l'encre du noir opprobre et l'abjection du déshonneur. Jusqu'où mon père a-t-il eu à connaître de ces exactions ? Je me souviens qu'un jour où elle était en verve et racontait sa mémoire de cette époque, ma mère évoqua l'épidémie de morpions et de gale qui frappa le bataillon, militaires et conjoints, dont la cause invoquée était une volonté de sabotage par les équipes locales de lessive des draps et du linge de toilette. Avec des détails qui ne s'inventent pas, elle mimait, une main levée vers le ciel et l'autre cachant son pubis, la séance où, totalement nue, était appliqué le traitement au moyen d'un large pinceau trempé dans un jerrican de benzoate de benzyle par l'ancienne infirmière SS, souris-grise des camps passée au service des Forces alliées, impassible et autoritaire, glapissant ses injonctions sans états d'âme et sans admettre aucune entrave : « Les aisselles Frau , le pli des fesses Frau , dessous les seins Frau, pubis Frau , paumes des mains Frau, plante des pieds Frau ». Et ainsi de suite avant de passer à la candidate suivante qui attendait dans l'antichambre, avec laquelle se répétaient le même scénario et la même litanie. Des années plus tard j'ai appris à la faculté de médecine que ces affections parasitaires sont considérées comme sexuellement transmissibles, nécessitant un contact rapproché et appuyé des épidermes, même si on ne peut exclure une transmission par le linge. Mon père appartint-il aux propagateurs, par un comportement actif comme le firent tant de bataillons de première ligne, comme aujourd'hui ces crimes se répètent sur les populations ukrainiennes, violées par les bataillons tchétchènes et le Groupe Wagner, recrutés par l'armée russe ?

Manifestement l'intérêt pour les jeunes filles n'était pas absent de sa compagnie. Dans ce bref *log-book* résumant son voyage en Allemagne au printemps 1945, il évoque l'activité extraservice des officiers, en particulier celle du capitaine Féral, que la connaissance de l'étiquette et la pratique des mondanités désignent pour mener à bien l'invitation de la famille princière de Hoenzollern-Sigmaringen. Première étape : être introduit auprès du Prince, c'est-à-dire obtenir de lui une audience. Deuxième étape :

inviter tout ou partie de la famille qui se montre a priori très réticente pour une réception discrète et même pour une simple visite au mess des officiers. Les buts non avoués de cette démarche, ce sont les deux princesses, Bavière et Magdebourg, très séduisantes filles du Prince. C'est par la bande que l'entreprise réussira : invitation des petits-enfants du Prince à venir se baigner dans l'étang aménagé par la compagnie, tasse de thé au sortir du bain, quelques petits gâteaux et friandises. Immédiatement conquis, et avec aussi peu de tergiversations que peuvent en avoir des enfants de 10 à 12 ans, les deux jeunes princes s'invitent à un repas dont ils composent déjà le menu. Puis ils s'en vont demander l'autorisation à leurs parents qui acceptent pour leurs enfants et eux-mêmes. C'est ainsi que, quelques jours plus tard, les deux jeunes Princesses Bavière et Magdebourg, le Prince de Saxe et ses fils sont les hôtes à dîner de la 9ème Compagnie. La grande surprise de la soirée est la présence du jazz du régiment qui exécute en sourdine, dans le bar avoisinant la salle à manger, les airs les plus *hot* du moment. Au café, ouverture du bal. « Et l'on voit les deux jeunes Princesses très excitées, écrit mon père, très *swing*, qui se déhanchent et se trémoussent magnifiquement au son de *Amor ! Amor* ! *Amor* ! [20], comme les plus créoles des créoles, sous le regard un peu vague de l'oncle, le Prince de Saxe, qui, par de longues phrases aspergeant de postillons ses interlocuteurs, raconte ses souvenirs et expose ses idées sur l'Occupation alliée. Tout cela dans une atmosphère enfumée, un éclairage diffus, où certains couples glissent doucement *cheek to cheek*, première étape pour certains officiers vers une conquête triomphale ! » Page humaine, mais sans doute pas la plus glorieuse de la libération de l'Allemagne nazie, ces scénarios présentés comme de simples marivaudages de campagnes militaires, évoqués sur un ton amusé à la frontière de la vulgarité, transpirent la banalité des récompenses abjectes du vainqueur qui se sert dans les populations comme dans un claque, bien au-delà d'un badinage infiltré de machisme. Mon père a-t-il conscience de ce que suggère sa rhétorique allusive ?

Et le front continue de progresser. Nouvel emménagement à Piesbach le 7 juillet, village complètement détruit par les nombreux combats et duels d'artillerie qui s'y sont déroulés durant les semaines précédentes entre l'armée américaine et les reliquats d'une Wehrmacht aux abois, exsangue et disloquée. La ville n'est plus qu'un souvenir, elle est réduite en poudre, puisqu'elle ne rendit les armes qu'au troisième assaut des troupes alliées. À nouveau, la vie sexuelle, dîme prélevée sur la population locale, se retrouve dans l'évocation des soirées dansantes à Piesbach, où le Bataillon s'installe. Dans le jardin jouxtant le mess des sous-officiers et des officiers se déroule chaque dimanche après-midi un concert donné par l'orphéon du village. Le premier dimanche, les gens du pays n'osaient venir ; mais peu à peu, tous sont attirés, les distractions sont si rares, et maintenant cet orphéon attire surtout les jeunes filles et les femmes de Piesbach et des villages environnants. D'autant que, depuis le début d'août, le concert se prolonge par un bal, toujours trop court puisqu'interrompu par le couvre-feu, limite inexorable à 22 heures. Et alors, raconte mon père, l'on voit des couples s'éparpillant dans la nature, sous les frondaisons de ce parc aux ombres propices. « Chaque arbre pourrait reprendre cette vieille rengaine des faubourgs, écrit-il, qui faisait frissonner avant-guerre toutes les midinettes :
Combien d'amoureux il a vu passer
Combien de serments se sont échangés
Mais nul ne le saura jamais,
… sinon, poursuit-il, les quelques imprudents qui partiront faire un petit stage à l'hôpital[21] ».

Dès les premiers jours de juillet, le bruit court que la Division doit être prochainement présentée au Général de Lattre. C'est finalement au 14 juillet que l'a cérémonie est fixée, à l'occasion de la solennité de la fête nationale. Celle-ci coïncide avec la visite que Madame Paul Reynaud avait promise à la 9ème Compagnie, dont elle est la marraine de guerre, quelques semaines plus tôt à Royan. Au décours de la prise d'armes, réception présidée par le Général de Lattre. Sont invités d'honneur le Général Bertrand, le Colonel Rudloff, les Princes de Hohenzollern, la Princesse de Bavière, la Princesse de Magdebourg, et tous les officiers de la compagnie. Après le dîner, comme la semaine précédente, le jazz du régiment entre en scène, et bientôt les couples s'élancent sur la piste toute minuscule laissée entre le bar, les tables et l'orchestre lui-même.

BEAUX JOURS À ROTTWEIL

Le journal de marche de mon père s'interrompt brutalement sur l'évocation des cérémonies du 14 juillet 1945. Pendant ce temps, ma mère, harnachée de son sac à dos Lafuma modèle tyrolien, enceinte de ma seconde sœur Madeleine, poussant ma sœur aînée Thérèse âgée de deux ans dans un landau sur lequel elle a juché et arrimé une valise, gagne par le train Strasbourg où l'attend une voiture dépêchée par le 1er Régiment d'Infanterie pour l'acheminer de l'autre côté du Rhin dans le petit village de Zimmern-ob-Rottweil, commune du Bade-Wurtemberg encerclée par un méandre du Neckar. Après Zimmern où le logement est très spartiate, elle est rapidement déployée à Bad-Kreuznach, petite ville d'eau de la Rhénanie. Un logement est réquisitionné en centre-ville, chez un ancien footballeur professionnel devenu pâtissier-confiseur-glacier : Willy Lehmküller, avant-guerre lauréat d'un premier prix de pâtisserie au concours international de Berlin. Willy, son épouse Friedel et leur fille Ilse âgée de quinze ans, s'entichent de la petite Thérèse que toute la maison et le magasin veut embrasser ; et entendre s'essayer à répéter ses rudiments d'allemand qu'elle apprend en même temps que ses premiers mots de français : Bitte Schön, Danke Schön, Auf Widerzen, Schlafen zie gut. Ma mère est sur le point d'accoucher. À l'occasion, Willy et sa femme font office de baby-sitters toujours disponibles et diligents en cas de concerts, de visites, ou d'escapades chez les Hohenzollern qui reçoivent dans leur résidence d'été. Ma mère ne les apprécie guère et les déclare très « fin de race », cette manie d'avoir un jugement péjoratif sur tout ce qui ne dirige pas la lumière sur elle !

Le 5 janvier 1946, vigile de l'Épiphanie, Frau Losslewer, sage-femme, dans sa blouse à rayures roses et blanches et les cheveux tirés en chignon sous une coiffe amidonnée, met au monde Madeleine qui est recrutée le jour même pour le rôle de l'Enfant Jésus dans la crèche vivante de l'Hôpital St-Franciskas tenu par une communauté de religieuses de la congrégation de Saint Charles Borromée. Madeleine sera plus tard mélomane et musicienne comme si s'était gravée dès les premiers jours de sa vie, dans son cœur et dans ses doigts, la mémoire du vieux pianiste allemand les yeux toujours accrochés dans le ciel qui, tout au long de l'année 1946, à Bad Kreuznach, transfigure la misère de ce pays battu, à l'agonie matérielle et morale, réduit en cendres, par des petits récitals consacrés à Mozart et à Bach offerts aux troupes d'occupation, et qui, après plusieurs bis et parce que l'assistance en redemande, s'incline chaque fois pour dire : « Peut-être un petit Haendel ? » Et c'est une éblouissante transcription pour piano de l'émouvant *Laschia ch'io pianga* de Rinaldo, ma mère se le rappelait encore peu de semaines avant de mourir, elle souriait en se souvenant.

Les suites de couches seront compliquées ainsi que mon père l'écrit le 15 février à ses parents : « [...] Le 21 janvier, un télégramme m'annonçait que Michelle était au lit avec une double périphlébite. Je partis immédiatement en voiture la voir, elle était à cent cinquante kilomètres de là. Je suis revenu la voir avant mon départ pour le Wurtemberg, et tout semblait se passer le mieux du monde. [...] Nous sommes installés à dix kilomètres de Rottweil et je vous avoue que personne ne regrette la Sarre. Quelle différence ! Ici un pays vivant dans les sapins, n'ayant pas souffert de la guerre [...] ».

Rottweil est un séjour heureux dès que la menace de double phlébite consécutive à la naissance de Madeleine est écartée. Et sitôt relevée de ses couches, ma mère y découvre l'équitation et, fin octobre 1946, est reçue membre du club hippique local.

Au rythme des déplacements de la compagnie, la petite famille s'installe pour de brefs séjours dans des logements réquisitionnés : ainsi à Konstanz pour une grande semaine de concerts et de festivités malgré les ruines et la désolation. Un soir, un bateau à aubes emporte les officiers sur le Boden Zee pour une nuit arrosée de vins du Rhin et de la vallée de la Nahe, bercée par les lieder de Strauss et de Schubert ; ou, un autre soir, virevoltant de valses et de tangos[22]. Ma mère s'amuse comme une folle d'une joie que partage mon père dans l'atmosphère de la renaissance du monde après les années noires.

Pendant son séjour à Bad Kreuznach mon père est sélectionné pour un stage à l'École interarmes de perfectionnement d'Achern, école et stage voulus et organisés par le Général de Lattre qui, confronté à ces recrues hétéroclites issues des mouvements de Résistance, venues en renfort de la 1ère Armée pour libérer l'Allemagne après avoir contribué à libérer la France, décide de les intégrer à l'armée d'active. Il impose ses vues en dépit de toutes les oppositions de l'administration militaire. Contrairement au Général Leclerc, qui n'y voyait qu'une « bande de voyous n'ayant été d'aucune aide à la Libération », sans aller cependant jusqu'à exprimer qu'ils furent une entrave, de Lattre en effet les accueillit avec enthousiasme dans l'Armée connue depuis sous le nom de *Rhin et Danube*, et il n'eut qu'à s'en féliciter. Pour ces grognards patriotes courageux, mais sans culture militaire, il exigea la création d'une nouvelle filière de recrutement et d'intégration accélérée en tant qu'officiers, parallèlement au concours de Saint-Cyr. Le Général de Monsabert, commandant supérieur des troupes d'occupation, signe la sélection de mon père à l'École de perfectionnement d'Achern, stage se déroulant du 1er mai au 15 décembre 1946 en vue de sa titularisation dans l'armée d'active.

Reçu dans la botte au concours de sortie, avec des appréciations élogieuses de ses supérieurs, il est affecté comme instructeur à l'EMIA de Saint-Cyr-Coëtquidan, fraîchement installée au cœur de la forêt de Brocéliande, le 21 décembre 1946. Deux ans plus tard, le 1er janvier 1949, il sera muté à la Compagnie d'Infanterie de l'ESMIA, toujours comme instructeur. En quelques mois, il gravit les différentes étapes d'intégration définitive dans l'armée d'active, depuis le grade de sous-lieutenant de réserve jusqu'à celui de lieutenant d'active[23], auquel il est promu le 25 décembre 1948.

Quelques mois auparavant, un branle-bas de fête agite Saint-Cyr : le lundi 28 avril 1947, l'école d'officiers reçoit la visite du Maréchal Montgomery. Prise d'armes solennelle sous un soleil de victoire. La foule des familles de militaires et des badauds des environs est maintenue derrière une barrière de cordes. Au moment où passe le héros britannique d'El Alamein et de la bataille de Normandie, une petite fille à peine âgée de deux ans s'échappe de la surveillance de sa mère : c'est Madeleine, ma seconde sœur, que le Field Marshal est contraint de rattraper par la queue de cheval pour éviter qu'elle ne désorganise la prise d'armes dans laquelle défile mon père. La photographie immortalise l'instant où le bout de chou décomplexé, robe à smocks et rubans dans les cheveux, facétieuse et heureuse de vivre, semble jouer avec le sérieux et très respectable grand-père Monty ! Ce jour-là, trois mois après son affectation, mon père défile à la tête de sa section devant le chef militaire britannique, après avoir défilé le 20 mai 1945 à Stuttgart devant le Général de Gaulle, puis le 14 juillet 1945 devant le Général de Lattre. Certes, ce sont trois prises d'armes dont les protagonistes sont asymétriques ; dans les trois cérémonies, un héros de la Seconde Guerre mondiale domine la scène par la hauteur et l'immensité de sa gloire, entouré d'une pléiade d'officiers supérieurs, colonels et généraux, ainsi que de représentants des corps constitués en grand appareil. Mon père n'est rien devant cette tribune de grandes puissances, ce décorum impressionnant, sinon un jeune Français fier de son parcours presque invisible, un jeune Français obscur, un jeune Français heureux de s'engager encore au service de son pays en devenant soldat de métier après avoir résisté contre l'invasion nazie.

Son intégration se conforte petit à petit. Le 18 juillet 1947, il est admis comme officier d'active. Et les échos de son bref passage à Coëtquidan, répercutés par les témoignages des quelques compagnons d'armes approchés par la suite, répètent tous le souvenir d'un homme plein d'entrain, d'un chef juste et généreux, estimé, chaleureux, curieux de culture et avide de savoir, ne ratant aucun concert programmé à Coëtquidan, lecteur impénitent, et friand de temps passé avec sa famille et ses amis, jouant au bridge, amateur d'équitation, de moto et de tennis. Ma mère a longtemps conservé de lui sa discothèque de microsillons 78 tours aux goûts éclectiques : je me souviens que Sydney Béchet, Claude Luter et ses Lorientais y voisinent avec Charles Trénet et l'intégrale légendaire des neuf symphonies de Beethoven enregistrées par Wilhelm Furtwängler.

Pourtant, cette intégration dans le monde militaire ne se fait pas sans difficulté ni obstacle. Si sa notation de 1945, signée le 17 septembre par le colonel Rudloff, rencontré dans les réseaux de Résistance, commandant du 1er Régiment d'Infanterie avant d'être nommé officier de liaison auprès du Général commandant en chef les Forces russes en Autriche, est particulièrement élogieuse : « Très bon chef de section, ayant beaucoup d'allant, de l'autorité et de solides qualités d'instructeur. Est un très bon élément à conserver dans l'armée d'active » ; si sa notation du 4 septembre 1946 signée par le Colonel Jean Petit, commandant l'École Interarmes d'Achern, poursuit les compliments et amplifie les appréciations et les encouragements : « Officier possédant une solide formation intellectuelle, étayée par une intelligence vive. Excellent esprit critique, a de l'envergure. Moralement, très droit. Consciencieux et énergique. Beau type d'officier, franc et sympathique. De bonnes connaissances militaires de base. Aime son métier et travaille. Sportif ardent. En résumé, officier nettement au-dessus de la moyenne. Doit être intégré » ; en revanche, la notation de 1947 signée le 20 décembre, le jour même de son arrivée à Coëtquidan, par le Général Molle commandant l'École d'officiers de Saint-Cyr, qui n'a pas encore rencontré mon père et ne le connaît que par le résumé administratif antérieur dithyrambique de son parcours militaire atypique, est marquée par un recul significativement exprimé, tout en omettant de rappeler son passé de FFI : « Bon officier, issu des officiers de réserve, et intégré depuis dans l'armée active. Ne possède pas encore à fond les réflexes militaires. Intelligent, ayant une bonne instruction générale, manque encore de clarté d'esprit. Consciencieux, curieux, s'adapte vite et possède une bonne instruction militaire de base. A besoin de l'assimiler avant de pouvoir en faire profiter avec fruit des élèves officiers. Ayant des qualités de base d'un excellent officier de troupe, et cherchant à s'améliorer, est actuellement aidé et encouragé dans ses fonctions d'instructeur à l'EMIA. Physiquement très robuste, a la volonté de réussir. Conduite, tenue, moralité très bonnes » ; la notation de 1948, le 20 novembre, également signée par le Général Molle, est franchement désastreuse parce que soufflant le chaud et le froid, cinglante dans son ambigüité : « Chef de section manquant d'allure, malgré une tenue soignée. Très fanatique, très discipliné, est très facile à commander et se donne sans compter. Techniquement s'est montré un bon instructeur et a obtenu de bons résultats. Du solide bon sens, des initiatives heureuses, des connaissances militaires satisfaisantes lui auraient attaché davantage ses élèves s'il n'avait quelquefois manqué de psychologie. Son éducation est superficiellement bonne. Sa culture générale est un peu faible encore. Très bon officier, qui est certainement un instructeur de combat confirmé, mais paraît remplir plus difficilement son rôle d'éducateur de futurs officiers » ; et que dire de la notation de 1949, signée le 4 août par le lieutenant-colonel Pierre de Bremond du Chales, directeur de l'Instruction à Saint-Cyr, à la limite de l'injure et du harcèlement, et dont la première phrase apparemment élogieuse avoue et révèle les raisons du conflit sous-jacent puisqu'évoquant sa citation à l'ordre de la Division au titre de son activité de résistant dans le groupement Benoît et de FFI dans le 1er Régiment d'Infanterie encore clandestin : « Officier qui a fait campagne contre l'Allemagne (44-45), est titulaire d'une citation à l'ordre de la Division. Assez satisfait de lui-même, ayant la critique facile, et une certaine tendance à la familiarité avec ses supérieurs. Travaillant par à-coups, a de l'autorité, mais manque parfois de dynamisme. Bonne culture générale. Il n'en reste pas moins que cet officier a une réelle valeur et qu'il a très bien réussi comme instructeur. Apte à commander une compagnie. Devra être remis dans la troupe, où il réussira s'il est bien commandé ».

Sur une photographie officielle contemporaine de son séjour à Coëtquidan, transparaît je-ne-sais-quoi de pensif, une ombre, une ébauche de rides mélancoliques sur le front, un sourire empêché, figé sous le casoar d'apparat : c'est le portrait d'un grave souci, celui dont parle Joachim du Bellay à Rome.

On ne peut pas ne pas s'interroger sur cette évolution catastrophique des notations et des appréciations, à rebours complet de celles des années précédant son arrivée à Saint-Cyr. Quoi ! La 1ère Armée française le sélectionne après qu'il a valeureusement combattu depuis 1942 contre l'occupant et marché dans les rangs du 1er Régiment d'Infanterie qui libère le Cher et contribue à la reddition de la colonne allemande du Général Elster ; il poursuit ensuite son engagement sous le drapeau du 1er Régiment d'Infanterie en participant au nettoyage de la poche de Royan, caparaçonnée derrière une ceinture de champs de mines, puis en rejoignant la 1ère Armée française qui l'emmènera jusqu'au Danube ; il est enfin sélectionné au sein des éléments de la réserve, venus grossir l'armée Rhin et Danube, pour intégrer l'École de perfectionnement d'Achern, choix qui distingue avec éloquence la valeur, les qualités, les compétences des sélectionnés ! Peut-on exclure l'hypothèse que les officiers supérieurs qui le notent de façon contrastée à partir de son arrivée à Saint-Cyr supportent difficilement un jeune officier à la trajectoire atypique ayant suivi la formation accélérée imaginée par de Lattre, formation non conformiste il est vrai, jeune officier qui plus est non issu d'une carrière militaire classique et, faut-il également le rappeler, mûri dans les rangs de la Résistance ? Il reste à écrire le destin militaire de ces jeunes intégrés comme officiers dans l'armée française au lendemain de la Libération en raison de leur implication dans les forces de la Résistance. Ils furent peu nombreux. Ont-ils survécu à la guerre d'Indochine et, quelques années plus tard pour les survivants d'Extrême-Orient, à la guerre d'Algérie ? Le Général Molle lui-même n'a-t-il pas souligné en 1948, alors directeur de Saint-Cyr, à propos de leur intégration dans l'Armée française, « que le Général de Lattre avait dû déployer les trésors de sa dialectique et de sa patience pour convaincre ses subordonnés directs qui avaient quelques peines à se rallier à son raisonnement ?[24] »

Le Colonel de Bremond du Chales appartient-il à cette vieille armée imbue d'elle-même, qui ne veut pas intégrer les combattants issus des maquis de la Résistance ? Par chauvinisme ou par choix politique antérieur non aligné sur le Gouvernement de la France en exil à Londres ? Plus que probable. Qu'apprend-on dans le dossier militaire du Colonel de Bremond du Chales dont la notation ambigüe et serpentine cloue mon père au pilori en août 1949, le contraignant peut-être à demander son départ en Indochine pour se refaire une virginité militaire, puis à mourir au combat, père de quatre enfants ? Il faut tenir compte de l'extrême capacité de silence de l'armée - grande muette. Au milieu d'un encensement convenu - « haute valeur morale », « commande avec beaucoup d'autorité », « doué de rares et belles qualités intellectuelles, morales et physiques », « ayant de grosses capacités de travail », on trouve pourtant une autre couche d'appréciations très critiques. Ainsi à Coëtquidan, le 20 décembre 1947, souligne-t-on « son charme incontestable » , « cultivé, éducation parfaite » ; puis en 1948 « sévère envers ses subordonnés », mais « capable de gagner leur affection par une certaine bonhommie naturelle », « commande parfois avec un peu d'humeur et quelques grincements difficiles à éviter », « monte énergiquement à cheval en dépit d'un certain embonpoint » ; toutes expressions qui disent entre les lignes les défauts d'une personnalité mal assurée, satisfaite d'elle-même, imbue de sa classe sociale et du sentiment de sa supériorité, intolérante à la frustration, caractéristiques que l'on peut traduire de façon lapidaire par : séducteur et sadique, autoritaire, inefficace, et injuste.

Ces traits de caractère seront encore surlignés et amplifiés lorsque, en Indochine en 1950 dans le secteur de Thu Dau Mot, à moins de dix kilomètres de la fatale affectation de mon père à Ben Cat, en Indochine et au même moment, ses supérieurs jugeront qu'il « n'a pas semblé dominer le double problème du commandement de son régiment et du commandement de son secteur. A été rappelé à l'ordre » ; et, un peu plus tard : « le Colonel du Brémont du Chales a, jusqu'à maintenant, manqué de la fermeté nécessaire pour coordonner l'action ». En termes non édulcorés, cela revient à dire qu'il n'est pas à la hauteur de ses fonctions de chef de bataillon [25]. Et que, s'il a montré de fortes aptitudes à séduire par le brillant d'une éducation de salon, confronté aux difficiles conditions de la guerre indochinoise, il révèle que le roi beau parleur, imbu de lui-même, généreux en remontrances et donneur de leçons, est nu.

J'ai retrouvé dans une liasse de documents conservés par ma mère, la dernière notation de mon père à Saint-Cyr avant son départ pour l'Indochine, probablement celle de janvier 1950, mais ne comportant ni lieu ni date ni signature précises. Bien que non consignée dans son dossier militaire aux Archives de Vincennes, elle semble avoir été recopiée d'après un original postérieur à la notation du mois d'août 1949. Sa tonalité très positive bat en brèche les deux précédentes puisqu'elle affirme « que le Lieutenant Gineste a souffert d'une précédente incompréhension ». Quoi qu'il en soit, si cette notation est authentifiée, elle le réinstalle *in extremis* dans la légitimité d'une appréciation très favorable :

« Officier instructeur d'une bonne présentation, de santé robuste, ayant un dynamisme réfléchi. D'une culture très large, fournit un travail considérable d'enrichissement personnel en quête de moyens adaptés, de solutions ou de réalisations nouvelles. Étudiant les courants de pensée moderne, littérature, tant étrangère que française. Très discipliné aux directives reçues, capable d'initiative, la recherchant même, a du commandement, une autorité ferme et juste. Avec l'expérience d'une promotion,[26] est devenu un bon instructeur, ayant de solides connaissances militaires, un grand souci de méthode et de clarté. A conduit ses élèves, avec un entrain certain, souvent par un travail calme et profond. Caractère droit, d'une scrupuleuse honnêteté, a souffert d'une précédente incompréhension, mais ayant repris confiance, s'est affirmé nettement en actes et en paroles. Sait voir le danger, le risque, mais supporte son appréhension et agit délibérément. Volontaire, ne relâche pas avant d'avoir surmonté la difficulté. S'attache à fournir un travail de qualité, qui ne l'a jamais pleinement satisfait. Craint toujours de ne pas faire assez bien, ayant une haute idée de la mission d'instructeur. A longuement éprouvé sa vocation militaire. Jamais absent, toujours à l'heure, est encore diversement apprécié de ses supérieurs lointains, à la suite d'un jugement défavorable porté précédemment. A souffert de cette incompréhension. S'est efforcé, dans l'accomplissement de sa tâche, de vaincre cette décourageante prévention. Devrait aboutir à une justification plus que légitime. Estimé de ses camarades, sachant faire des concessions malgré un caractère entier. Aimé de ses subordonnés qui reconnaissent en lui un chef ferme, mais compréhensif. Toujours sur la brèche sans prendre un instant de repos. Très bon instructeur qui mérite beaucoup par un travail acharné ».

Est-ce en raison de cette « décourageante prévention », dont tout indique qu'elle s'incarne dans le jugement cynique et inique de Bremond du Chales, que l'année 1949 l'a vu pérégriner d'affectation en affectation, pour enfin être désigné le 25 janvier 1950, deux jours après mon deuxième anniversaire, pour servir en Extrême-Orient et être affecté au 1er Régiment étranger à Sidi Bel Abbès pour l'encadrement des renforts de la Légion étrangère[27], première étape vers l'Indochine ? Je suis né deux ans plus tôt, le 23 janvier 1948 à cinq heures du soir à l'hôpital de Coëtquidan, par un temps de chien, ciel bas, pluie, givre et bourrasque, ainsi que me l'a raconté ma mère ; et mon père va quitter sa famille, pour reprendre le combat, au bout du monde les armes à la main. Je ne le reverrai jamais.

Je crois que les deux premières années de ma vie ont été très heureuses dans ce camp militaire. Même si les manœuvres et les obligations d'instructeur l'accaparent, mon père est là. Nous habitons le rez-de-chaussée d'une grosse maison carrée, mitoyenne de la carrière hippique où se déroulent les reprises d'équitation. Sur la photographie prise dans le jardin, il est heureux de me tenir dans ses bras, il est fier et ses yeux me dévorent avec une infinie tendresse. Jusqu'à la veille de sa propre disparition, ma mère n'a cessé de se souvenir des jours de bonheur à Saint-Cyr. Elle y a été heureuse, aimée d'un homme qui savait maintenir à distance de gaffe les inquiétudes de son épouse, éloigner d'elle la menace des tourments qui lui venaient d'une enfance mal dorlotée. D'une certaine façon, il aura été la mère bienveillante et réparatrice qu'elle n'avait pas eue. Et je n'ai jamais entendu aucune plainte rétrospective concernant cette époque ni celle qui l'a précédée de leur séjour en forêt de Tronçais puis en Allemagne, aux conditions pourtant précaires matériellement et environnées de menaces. À Coëtquidan, elle a aimé sa condition d'épouse d'un officier dont elle était fière à plus d'un titre : décoré des honneurs de la guerre, c'était de surcroît un homme que l'écho des témoignages rapporte comme très cultivé, lecteur impénitent et insatiable, intelligent et sensible, joyeux de tempérament, camarade merveilleux à la personnalité rayonnante. C'est à Coëtquidan où venait d'être installée l'École d'officiers de l'Armée de terre qu'ils auront vécu les deux dernières années de leur vie conjugale. Et du cœur de l'ancienne forêt de Brocéliande, ma mère a gardé pour toujours la nostalgie d'un bonheur qu'elle n'a cessé de poursuivre ensuite comme à la chasse à courre d'une ombre. Pendant ces deux années, elle a aimé son rôle de mère de famille dans lequel elle était secondée par une jeune employée, Marie-Thérèse, dont l'enfance en orphelinat aura été l'auxiliaire efficace de ses propres carences. Ma mère s'était alors remise au chant et à la musique dont elle avait étudié les rudiments au lycée de Moulins, pensionnaire dès la classe de sixième où elle est entrée précocement à l'âge de dix ans. Elle participa ainsi à la chorale du camp militaire. Sans assommer l'entourage par un *bel canto* perpétuel, elle était capable de tenir la partition soprano des *Hébreux en exil*, l'air de la *Reine de la nuit*, où les *Clochettes* de Lakmé. Elle s'accompagnait parfois de sa mandoline, et plus tard de sa guitare.

Notre maison de Coëtquidan fut ainsi pour elle la maison éphémère du bonheur. Au premier étage est logée la famille du Commandant Urvoy de Portzamparc. Dans le jardin commun, j'ai joué à chat perché, aux cow-boys et aux Indiens, à cache-cache aussi avec Renaud, son fils cadet, mon presque jumeau, mon ami des jours heureux. Je me souviens du banc sur lequel nous montions pour attraper les nuages : à trois ou quatre ans, on ne doute d'aucune audace, on est capable de tout ! Nos destins furent parallèles puisque tous les deux nous sommes devenus médecins et nous nous sommes spécialisés en psychiatrie. Son frère aîné Christian, de trois semaines le cadet de ma sœur Thérèse, est devenu l'architecte virtuose de la tour LVMH sur Madison avenue à Manhattan, et de Citade das Artes à Rio de Janeiro, ainsi que de tant d'autres chefs-d'œuvre.

Il FAUT LAISSER MAISONS, ET VERGERS, ET JARDINS

Le 25 janvier 1950, mon père est désigné pour servir en Extrême-Orient et affecté au 1er Régiment étranger d'Infanterie à Sidi Bel Abbes pour l'encadrement des renforts africains de Légion étrangère[28] en Indochine : est-ce à sa demande ou bien faut-il faire l'hypothèse d'une mesure autoritaire quasi disciplinaire, à tout le moins vexatoire ? Une semaine pour préparer son paquetage, choisir et regrouper quelques objets personnels, des livres, les photos de sa femme, celles de ses enfants, deux ans, quatre ans, six ans, la quatrième verra le jour après son départ. Ma mère l'accompagne jusqu'à Toulon où il est embarqué par avion le 4 février. Il rejoint Oran puis le 1er Régiment étranger d'Infanterie.

Combien de temps reste-t-il à Sidi Bel Abbes ? Et à quoi son séjour est-il occupé ? En effet, il appareillera à Toulon pour l'Indochine le 3 avril. Deux mois à Sidi Bel Abbès, puis retour par avion à Toulon et embarquement dans la foulée sur le Pasteur ? Ou bien trois ou quatre semaines seulement à Sidi Bel Abbès, le temps de recevoir les instructions générales et personnelles, de traverser le bizutage rituel des nouveaux officiers avec visite au BMC et cours de prophylaxie sur les maladies sexuellement transmissibles et les précautions à leur opposer, puis retour en France avec une longue période de permission à Coëtquidan en attendant l'appareillage du 3 avril ?

Entre-temps, ma mère, fraîchement enceinte de ma jeune sœur que, ma vie durant, je n'appellerais jamais que « ma petite sœur », est rentrée à Coëtquidan où elle retrouve ses trois enfants. Je ne sais plus à quelle occasion elle me confiera, des années plus tard, le souvenir du dernier regard de mon père au travers du hublot du DC3 sur le tarmac de Toulon, avant le décollage pour Saïgon. Illusion de la mémoire, qui sert avant tout à oublier et à contrefaire l'histoire en faux souvenirs, ou vérité de l'ultime séparation ? La dernière image de mon père n'a pas pu être celle d'un hublot d'avion puisqu'il est avéré par les documents militaires qu'il embarque sur le Pasteur ; ou alors, cela signifie que ma mère n'était pas présente lors de l'embarquement sur le Pasteur et qu'elle n'aura assisté qu'au départ intermédiaire pour Sidi Bel Abbès. Mais si, pour une raison quelconque, il a en réalité bénéficié d'une permission de plusieurs jours, voire de quelques semaines en métropole au retour de Sidi Bel Abbès avant l'embarquement définitif, alors le dernier regard de ma mère a été vers le pont du Pasteur plus sûrement que vers un hublot d'avion, pour saluer mon père qui balance son képi d'une main au-dessus de la tête en *goobbye farewell* et lui envoyant des baisers de l'autre ; et sa mémoire aura fondu en une seule image le départ en DC3 pour Oran avec le départ maritime définitif pour l'Indochine. Ma mère l'écrira ainsi dans des bribes de souvenirs : « Il y eut un premier départ en février 1950 pour Sidi Bel Abbès. Après son stage, Paul revint attendre à Coëtquidan une quinzaine de jours, je partis avec lui à Marseille où nous passâmes trois jours dans un hôtel du Cours Belzunce, dernier lieu de notre vie conjugale. » C'est là que fut conçue ma petite sœur, Cécile.

De ce bref second séjour marseillais date la photographie qui immortalise mes parents quelque part sur la Canebières, par gros temps, ou se promenant dans le Panier derrière l'ancienne mairie, aux ruelles encore mutilées par la nauséabonde « épuration sanitaire » nazie, pendant laquelle fut déportée sans retour toute la population pauvre, immigrée, apatride, de ce vieux quartier insalubre auquel l'autorité d'Occupation choisit de mettre le feu - avec la complicité de l'Administration française ? - par mesure affirmée prophylactique et de santé publique, sans plus d'états d'âme.

Sur la photographie, mes parents sont enveloppés dans des *waterproofs* sous un ciel tourmenté de mars, et rincés par les giboulées, ils sont heureux et semblent ne pas croire au malheur qui s'avance, ils s'aiment, ils sont invincibles et insoucieux. Qui a pris cette photographie ? Sans doute un camarade de mon père en partance comme lui. C'est la photo-mémoire que je garde comme talisman, comme un barrage ultime contre le triomphe du désespoir de tout. Est-ce le jour de son départ, ma mère portant déjà son quatrième enfant, une petite fille qui se prénommera Cécile ? Mon père ne la prendra jamais dans ses bras, elle ne se blottira jamais contre sa poitrine. M'est parvenue sa photographie en robe blanche de baptême, âgée de trois mois ; et, datant du même jour, celle des cinq frère et sœurs serrés les uns contre les autres, déjà poupées russes de la déréliction, emboités les uns dans les autres selon la pose convenue des fratries nombreuses d'alors : Cécile trois mois, étonnée d'être là, les yeux écarquillés, Thierry trois ans, sérieux presque triste, serrant fort sa petite sœur dans son bras droit, Madeleine cinq ans se retenant de rire, les jumelles Thérèse et Clémence, sept ans, souriantes et pensives mais apparemment sereines.

Comme cela a dû être triste cet embarquement à Toulon le 3 avril 1950 sur le Pasteur, paquebot de croisière que les Chargeurs réunis avaient mis en service le 19 août 1939, transformé incontinent par le Gouvernement français en bâtiment militaire, détourné, lorsqu'il rentre des USA chargé d'armes et de munitions après le convoyage de 213 tonnes d'or de la Banque de France à la Royal Bank d'Halifax le 16 juin 1940, vers un port anglais sur ordre du Général de Gaulle, saisi par les Anglais et rebaptisé HMS - *Her Majesty Troop-Ship* - rendu à la France le 11 septembre 1946, immédiatement affecté au transport des troupes vers l'Indochine, saboté quelques mois plus tard par le machiniste militant communiste Henri Martin !

Ce fut donc le lundi 3 avril 1950 que mon père a embarqué sur le paquebot emblématique de la France Libre. Je ne peux penser à ce départ sans que se lèvent en moi une tristesse infinie en même temps que les cadences ralenties du *Conscrit de 1810*, que ma mère m'apprit quelques années plus tard et que j'ai chanté à la fête de fin d'année de ma dernière classe d'école enfantine, 1953, son calot de légionnaire sur la tête, trop grand pour moi, orné de son insigne de la 13ème DBLE, sa fourragère verte et jaune de la Médaille militaire à l'épaule gauche :

« Je suis un pauvre conscrit
De l'an mil huit cent dix,
Faut quitter le Languedô, le Languedô, le Languedô-ô
Faut quitter le Languedô
Avec le sac sur le dos. »

Chant si triste au fond de ma conscience, sans image précise, crampon sur la falaise inaccessible des souvenirs où s'arriment des remaniements nauséeux d'impressions immatérielles fugitives et sans formes, comme antérieures à ma vie, qui perpétue l'instant d'une séparation dont je ne me suis jamais remis et le regret d'une affection perdue pour toujours dont je ne me souviens pas !

Si je ferme les yeux, je le vois sur la passerelle, le sac militaire sur l'épaule, comme je ne l'ai jamais vu ; mais je le vois avançant résolument, peut-être sans se retourner, puis disparaître dans le ventre du célèbre bateau qui ne cessera pendant dix ans de relier Toulon au Cap Saint-Jacques et à Haiphong. Il ingurgite mon père comme un ventre, Cronos inexorable qui l'emporte et me dévorera ensuite. Réapparaît-il sur le pont quelques minutes plus tard après avoir déposé son paquetage dans la cabine qui lui est affectée ? Ou bien a-t-il déjà disparu pour toujours ? Ma mère a-t-elle été autorisée à entrer sur le quai au pied du paquebot dans la foule des futures veuves ? Qui peut me le dire ? Plusieurs versions s'embobinent et se dévident dans ma tête, tournant sans fin comme les vagues de la tristesse, versions floues et inquiétantes par l'indétermination de chacune d'entre elles, depuis toujours. La passerelle du Pasteur, c'est le début de mon tourment. Je vois le bâtiment larguer les amarres et se détacher doucement, imperceptiblement, puis glisser sans bruit sur les eaux tranquilles du port, pendant que sous son flanc s'agitent les mains et les foulards, mais il est déjà trop loin pour que depuis le pont l'on distingue les larmes et la respiration saccadée des sanglots qui se cachent en bas sur le quai ; et lorsqu'il franchit les phares de sortie du port, il accélère brutalement, sa sirène souffle son long mugissement d'adieu.

Ce jour-là, mon père est mis à la disposition du Général Alessandri commandant en chef en Extrême-Orient[29]. Pendant deux semaines, il navigue entre la mer Méditerranée, le Canal de Suez, la mer Rouge, l'Océan Indien jusqu'à l'entrée dans la Mer de Chine. Plus tard, bien plus tard, j'assisterais à une représentation de *Partage de midi* à la Comédie française, le 24 juin 1977 : mon ami Patrice Kerbrat, 464ème pensionnaire, interprète Mésa au côté de Ludmila Mikaël, Isé bouleversante dérivant amoureuse et perdue sur la ligne maritime de l'Extrême-Orient, par le Canal de Suez et l'Océan Indien, grande sœur déracinée de ma mère qui sombrera dans l'abandon en s'accrochant aux stratégies du désespoir et des illusions amoureuses thaumaturges. Lorsque, devenu interne des hôpitaux, j'ai raconté à Patrice la scène imaginaire que je porte au fond de moi du départ de mon père - nous dînions ensemble au Café de la Comédie après la générale du *Partage* - il s'est levé, n'a rien dit, m'a serré dans ses bras et puis il a repris sa place à table. À cet instant, il a été le grand frère reprenant le rôle vacant du père, là où mon père l'avait laissé pour toujours.

Après deux semaines de traversée, le Pasteur mouille face au Cap Saint-Jacques, le 19 avril. On transborde le régiment sur les chaloupes militaires dont le fond plat permet de remonter par la rivière jusqu'à Saïgon ; puis le paquebot reprend sa route vers Haiphong, le terminus au Tonkin, sept cents miles plus loin, avant d'opérer un demi-tour, cap à nouveau sur Toulon.

Mon père est affecté au 1er Bataillon de la 13ème DBLE[30] pour six semaines puis, le 10 juin, il passe au 3ème Bataillon[31]. À partir de ce point de son voyage en Orient vers la fin de sa courte route, reconstituer son probable périple, égrainer les étapes dans ce pays qu'il ne connaît pas, mais que tout montre qu'il l'a aimé, ne tient qu'aux informations militaires. La photographie à l'arrivée semble avoir été prise pour illustrer un document officiel, carte d'identité ou permis de conduire militaire ou dossier administratif. Est-ce le jour de sa prise de fonctions ? Il a écrit pour légende au verso : « Tay Ninh, juin 1950 ». Il vient d'arriver en Indochine et de rejoindre son affectation ; sauf aléas intercurrents, son séjour sur ce territoire d'Occupation extérieure se terminera dans vingt-sept mois, en juillet 1952 - et il est convenu que ma mère et les enfants le rejoindront entre temps, ce que l'aggravation du conflit ne permettra finalement pas.

Il se passionne pour ces territoires aux populations, à la géographie, à la végétation, à l'agriculture, aux traditions culturelles et religieuses, aux structures politiques et mentales si différentes de sa terre natale catalane, puis lyonnaise, et des contrées que la guerre de 1939-1945 lui a fait traverser, depuis les maquis du Cher jusqu'à la poche de Royan et aux rives du Danube. Il nous fait parvenir d'innombrables et pittoresques vignettes du quotidien ; tout événement local et toute scène de rue est prétexte à un résumé photographique commenté succinctement au verso. Pour l'étudiant géographe, historien et philosophe qu'il fut brièvement entre 1938 et 1939 à la faculté des Lettres de Lyon, ce doit être un émerveillement, une formidable découverte. Abondent ainsi les photographies des deux vaïcos, l'Oriental et l'Occidental ainsi que le rach de Tay Ninh, aux bords desquels il patrouille et sur lesquels évoluent les chaloupes militaires ; et les milliers de mailles mouvantes des rachs débordant à la saison des pluies et réduits à un filet d'eau à la saison sèche. Et les dizaines de photographies des bâtiments et des cérémonies bigarrées du Saint-Siège de la religion caodaïste. L'usine de crêpe de soie de Tay Ninh, implantée au bord de la rivière, est-elle aussi photographiée, à toutes les étapes de la fabrication : l'entrée, puis la maison du directeur - au verso de la photographie il signale qu'elle est « pourvue d'une cave excellente » - puis d'innombrables clichés des différentes étapes de la fabrication et du conditionnement.

Bien avant son séjour indochinois, et durant celui-ci, sur toutes les photographies où il apparaît, il fume une cigarette. Pas une circonstance, hormis les prises d'armes, où il ne fume, une cigarette aux lèvres. Ainsi, dès son passage à Lyon en février 1950 pour le *good-bye farewell* à sa famille, en route pour Marseille, Toulon et Oran et, au-delà, pour Sidi Bel Abbès puis pour l'Indochine. Ainsi « le jour d'avant », comme il l'écrit au dos de la photographie prise le 14 novembre 1950 dans les rues de Tay Ninh la veille de sa blessure aux yeux, alors qu'il déambule entre les échoppes - peut-être est-ce le jour où il a déniché dans une brocante annamite la potiche aux branches de pommier en fleur bleue de chine au couvercle dépareillé qui poursuit maintenant sa vie chez ma sœur Cécile ; ainsi le 17 juillet 1950 lors de l'atterrissage de l'avion sanitaire quotidien à Tay Ninh ; ainsi à « 6 heures 45, le 5 novembre 1950, au débarquement du LCI à Xon Mia » ; ainsi à son arrivée à Ben Cat, le 16 février 1951 après sa blessure.

Aura-t-il laissé en partage empoisonné à ma mère, ainsi qu'à moi son fils, le goût de l'intoxication tabagique ? Sur aucune des photographies qui précèdent l'Indochine, ma mère en effet n'apparaît fumant une cigarette. Mais, pendant les années dont je suis capable de me souvenir, celles qui suivent la disparition de mon père, je ne l'ai jamais vue autrement qu'accompagnée de ses Balto, qu'elle fumait de bouffées compulsives l'une sur l'autre. Chez le buraliste, elle ne s'approvisionnait pas en paquets cartonnés ordinaires, mais en boîtes métalliques laquées, rouge et blanche, ornées du logo de la marque, un galion de corsaire voiles déployées qui me faisait penser à celui du capitaine Crochet, aux aventures de Peter Pan et de cette peste de Fée Clochette ; à ces images de Walt Disney se superposeront quelques années plus tard celles tourmentées, vaporeuses, obsessives et envoutantes d'Ava Gardner et James Mason dans *Pandora*, le film d'Albert Lewin, réalisé à l'époque de la guerre d'Indochine.

Et combien d'autres photographies ! Mais il est vrai qu'il n'a pas découvert le tabac en arrivant à Saïgon. Parmi les bibelots qui me viennent de lui, il y a cet étui à cigarettes en métal argenté figurant la carte de l'avancée des troupes françaises entre Rhin et Moselle, de Sarrebruck à Neustadt et de Bad-Kreuznach à Ems, aujourd'hui relique vide sur mon bureau, frappé de la croix de Lorraine et au nom du 2ème corps d'Armée, daté de 1945.

J'ai vécu toute mon enfance sous le regard de sa photographie lisant dans la salle de séjour de notre maison à Coëtquidan : il vient juste d'atteindre sa trentième année, visage encore adolescent, une pipe accrochée à la main droite, et tenant un livre de l'autre, toxicomane de la lecture. Moi-même, petit enfant à la veille de le perdre, je suis immortalisé par ma mère une de ses pipes à la bouche, dans un portrait ridicule, désespéré, sublime. Je vais avoir quatre ans, il y a des mois qu'il est parti. A-t-il reçu cette photographie pour son dernier Noël sous les étoiles ? Par une lettre d'un de ses soldats, transmise par sa mère, je sais qu'il avait installé plusieurs photographies de ses enfants sur son bureau indochinois : y avait-il celle de son fils à la pipe ?

Des années plus tard, j'étais alors adolescent, lorsque j'ai retrouvé ses pipes et son nécessaire de fumeur offert quelques jours avant sa mort par ses soldats pour Noël 1951, j'ai acheté du tabac brun et j'ai essayé de ressembler à la photographie. J'étais en classe de troisième ; mon professeur de lettres, jeune normalien brillant qui préparait une thèse sur Isidore de Séville et que j'admirais comme un frère aîné ou comme un père, ne se départait lui-même jamais de sa pipe. Si j'ai rapidement renoncé à l'usage de la pipe qui me donnait des haut-le-cœur incoercibles, j'ai gardé pendant vingt ans le goût de la cigarette et j'ai conservé pour toujours la force affective, peut-être désespérée, de cette double identification, à mon père et à son redoublement imaginaire sous l'aspect de ce jeune professeur de lettres, Lyonnais tous les deux, dont la rencontre fut la chance qui me redonna goût à la vie. Il décida en effet, avec l'agrégé de lettres qui lui succéda et à qui furent confiées mes classes de seconde et de rhétorique, de me diriger vers l'hypokhâgne du lycée Henri IV.

Certes, je suivis finalement un autre chemin, la médecine. Mais la foi qu'ils mirent en mon avenir et me manifestèrent par cette orientation vers les classes préparatoires littéraires me tint lieu de quille et de gouvernail, de stabilisateur de navigation antiroulis dans les tempêtes d'une adolescence qui vacillait et menaçait de prendre l'eau. Jetée sur mes quinze ans, la grande ombre dépressive venue de l'enfance, la grande ombre amplifiée et noircie par les débordements émotionnels impudiques de ma mère, la grande ombre dont j'avais cru pouvoir défier le chagrin et le deuil, en dépit de la calamité des circonstances qui se sont ensuivies, cette grande ombre sembla un moment avoir raison de mon acharnement à lutter contre le pire.

Choisir la médecine fut alors le signe de l'acceptation tragique, en même temps que la métaphore d'une thérapeutique : lorsque je pris cette décision, il suffisait de travailler beaucoup et régulièrement et l'on était reçu aux contrôles continus et aux examens annuels, dans le grand bâtiment de la rue des Saints-Pères où je suivis la première année avant de rejoindre le Centre Hospitalier Universitaire de la Pitié-Salpêtrière. Non que cela fût facile, mais j'avais acquis la régularité d'un laboureur aux semailles durant mes études secondaires, je savais travailler. D'un autre côté je compris vite que les circonstances actuelles de ma vie menaçaient de subvertir mon univers intérieur, prisonnier du chaos familial existentiel et des fluctuations émotionnelles de ma mère.

Celle-ci, naviguant perpétuellement de conserve avec la dépression ou transportée par des foucades amoureuses dont elle ne nous épargnait aucune exaltation, aucune folle rêverie, aucun projet - tous destinés à tomber un jour ou l'autre dans la boîte aux chimères, peut-être boîte à déchets non recyclables que fut sa vie psychique après que mon père en a disparu - n'eut aucune commisération pour son fils dont elle ne comprit pas que le renoncement aux Lettres supérieures était fossoyé par elle, dans les conséquences de ses mésaventures, de ses déséquilibres et dans la publicité impudique colportée par le haut-parleur de ses angoisses et de ses dépressions ; peut-être ne s'en aperçut-elle même pas.

Sans aucun soutien financier familial hormis une maigre bourse d'études, chargé en revanche du soutien moral de ma mère, devenu rapidement moral et matériel dès que je pus assumer des gardes rémunérées à l'hôpital, confronté aux vicissitudes névrotiques sentimentales dont elle avait fait un supplément sadique à la saga sanguinaire des Atrides, comment aurais-je imaginé concourir dans la compétition vers laquelle m'orientaient et m'exhortaient mes maîtres Normaliens, vers laquelle j'espérais ? C'est ainsi que je suis entré sous la férule du renoncement, et que je suis devenu médecin.

Si l'engagement militaire de mon père après un début d'études littéraires supérieures doit beaucoup au déclenchement de la Seconde Guerre mondiale, que serait devenu son goût pour l'histoire et la philosophie s'il avait repris le chemin de l'université après la dissolution de l'armée en novembre 1942 ? Dès son arrivée à Tay Ninh, Saint-Siège de la jeune secte caodaïste, il se passionne pour ses sources et ses croyances, ses dogmes et ses cérémonies. Non pas qu'il ait été sensible à cet univers syncrétique ayant butiné à toutes les religions et tous les systèmes de pensée du monde, où Victor Hugo côtoie Jeanne d'Arc, Shakespeare, Lénine et Jésus-Christ dans la galerie des saints, et qui fut reconnu en 1926 par les autorités coloniales de l'Indochine française ; mais il se retrouve au carrefour historique et spirituel de multiples traditions philosophiques et religieuses, au cœur d'un bouillon d'interrogations métaphysiques et de saintetés. De quoi nourrir ses réflexions que suggèrent ses reportages photographiques sur ce sanctuaire et le peuple qui le fréquente en des cérémonies lancinantes, ordonnancées scrupuleusement, bariolées aux couleurs du rite, au rythme des prières et des mélopées.

La persistance et l'enracinement des convictions religieuses de mon éducation enfantine tiennent beaucoup aux récits, pourtant lointains dans mon souvenir et plongés dans l'épais brouillard des jours et de l'oubli, de ses visites au grand temple caodaïste de Tay Ninh que me racontait ma mère. Elle évoquait les lettres qu'il n'avait cessé de lui envoyer pendant deux ans et qu'elle a fini par détruire au massicot, charcutière de la mémoire. Pourquoi perpétra-t-elle ce crime ? J'aurais vécu la foi et l'apparat des cérémonies catholiques comme l'ultime muraille contre sa perte et sa disparition, écho faramineux, mais impuissant de la machine actionnée par ma mère pour broyer sa mémoire, qui m'a légué dans son désastre le souci du sacré et l'inquiétude spirituelle de mon père.

Trois mois ne se sont pas écoulés depuis que la sirène du Pasteur a retenti à la sortie du port de Marseille, qu'il apparaît sur la photographie à la tête de sa section du 3ème Bataillon, à l'occasion du défilé du 14 juillet 1950 à Tay Ninh. Toute la compagnie est réunie, peut-être tout le bataillon. Premier à gauche, il tient son rang avec dignité, sérénité, autorité. Cette photographie aussi a veillé sur mon enfance. Dans la salle de séjour de notre petit appartement parisien, elle était portée dans un cadre de bois très années-cinquante, sur le socle duquel ma mère avait accroché la barrette de ses médailles : croix de guerre 39-45, médaille militaire, Légion d'honneur, croix de guerre T.O.E, médaille coloniale. Était-ce également sur ce cadre épais qu'était accroché son écusson brodé rouge et vert traversé en diagonale par le sillage d'une étoile filante, au-dessus du remous stylisé des deux fleuves, sous laquelle est écrit en lettres majuscules dorées : RHIN et DANUBE, mémoire fière de ses vingt-cinq ans, épopée de la 1ère Armée française ?

Je ne sais plus avec exactitude, mais je me souviens que cette étoile n'a jamais quitté l'horizon de mon imaginaire d'enfant, image et mots magiques m'exhortant à l'aventure, m'invitant au départ, m'entraînant au voyage, celui que l'on voudra, ou plutôt celui qui me permettrait de vivre et celui que me permettrait la vie. J'en ai fait l'étoile Polaire de mon enfance, l'étoile qui m'offrit la poésie comme salaire, dans un monde qui n'avait ni poésie, ni sens. Et dès que je l'ai apprise en cours moyen deuxième année, je n'ai jamais cessé de lui répéter la question désespérée d'Alfred de Musset : « Étoile, où t'en vas-tu, dans cette nuit immense ? »

Est-ce mon père qui est à la manœuvre le 15 novembre 1950 à Tay Ninh, lors d'un exercice expliquant le maniement et l'usage d'une mine ? Cette après-midi-là, en effet, à 16 heures 30, au cours de l'instruction sur les explosifs, une section du peloton d'élèves sous-officiers vietnamiens réalise quatre charges concentrées de dynamite et les fait exploser. Lorsque mon père s'approche du lieu de l'explosion pour en constater le résultat, une deuxième explosion, inopinée et imprévue, se produit.

La séance militaire pédagogique tourne à l'accident. Mon père est immédiatement pris en charge par le Capitaine Joany, médecin de l'Infirmerie de la garnison de Tay Ninh, qui constate une brûlure des deux cornées par éclats de bois ainsi qu'une brûlure de la face et des membres. Les yeux protégés par des pansements occlusifs, il est transféré à l'Hôpital Coste de Saïgon le 16 novembre où il reste hospitalisé six semaines ; puis convalescence au Cap Saint-Jacques du 20 janvier au 5 février 1951. A-t-il pensé avoir perdu la vue pour toujours, lui, le lecteur impénitent ? À son arrivée, on confirme une conjonctivite bilatérale par projection d'éléments telluriques caustiques, ainsi qu'un tatouage des deux cornées par microcorps étrangers, dont on procède à l'ablation ; heureusement absence de corps étranger intraoculaire ; les brûlures de la face et des bras sont traitées par mercure au chrome et tulle gras[32]. Une semaine plus tard, le 21 novembre, l'acuité est mesurée à 3/10 pour l'œil droit et 1/10 pour l'œil gauche ; les voies lacrymales sont perméables et le tonus oculaire est apprécié au doigt comme normal. Le 4 décembre sont pratiquées deux inclusions placentaires, c'était alors le traitement de ces plaies cornéennes. Mais des douleurs très intenses, irradiantes, persistent, entraînant un blépharospasme, réflexe de défense à la douleur, contraction involontaire des paupières. Ces douleurs sont traitées par six attouchements cocaïnés du ganglion sphénopalatin à partir du 29 décembre ; dès le lendemain du premier attouchement, les douleurs diminuent ; elles finiront par disparaître.

Le 5 janvier 1951, après sept semaines d'hospitalisation, il écrit à ses parents : « [...] Mon œil droit a complètement récupéré ; l'œil gauche, en revanche, semble être plus long à vouloir se guérir, mais ce n'est rien de bien grave. Il faut reconnaître aussi que le soleil de l'Indochine, assez violent, n'est pas fait pour permettre la guérison rapide d'une conjonctivite, il n'est pas question que je me promène au soleil sans lunettes aux verres très foncés. À part cela, tout va bien ; j'ai souvent des visites, je commence à sortir le soir lorsque le soleil s'est couché. »

Quinze jours plus tard, le 16 janvier 1951, la vision de l'œil droit est à 10/10 ; persiste à gauche une infiltration cornéenne en V limitant la vision à 2/10, mais les phénomènes kératolytiques ont disparu. Cette stabilisation permet de poursuivre la convalescence au Cap Saint-Jacques. Quelques jours plus tard, une photographie saisit un groupe de six convalescents abrités par une véranda ouvrant sur la campagne et la mer, autour d'une table de Mahjong en bambou, occupés à une partie de bridge. On fume et on bavarde, bien calés dans de confortables fauteuils club, et l'on suspend un instant la partie pour sourire à l'objectif. Mon père est affublé d'épaisses et larges lunettes aux verres noirs qui protègent du soleil les lésions cicatricielles de ses conjonctives, il est souriant et semble presque enjoué. Je ne connais aucun de ses compagnons de convalescence. Quoi que j'aie tenté, je n'ai retrouvé la piste d'aucun d'entre eux. La photographie a peut-être été prise le mardi 23 janvier, deux jours après son arrivée au Cap St Jacques. Mon père note cette date à l'en-tête de la lettre qu'il écrit à son père, sur un ton rassurant et dédramatisant, voire badin : « Cap Saint-

Jacques, le 23 janvier 1951 [...] Me voici aux bains de mer depuis samedi dernier ! J'ai quitté l'hôpital samedi à midi et, par la chaloupe, je suis descendu jusqu'au Cap pour quinze jours de convalescence. Ensuite, je remonterai à Saïgon le 3 ou le 4 février, et après un nouveau passage de peu de temps à l'hôpital pour examen, je rejoindrai la 13ème DBLE. [...] Je loge dans une grande villa avec trois autres camarades et nous sommes, ma foi, fort correctement installés : dans chaque chambre un grand lit, une armoire à glace, table, chaise, lampe de chevet, fauteuil, douche et lavabo. Les journées se passent très calmement : réveil le matin à 7 heures par le boy qui nous apporte le petit déjeuner, nous nous étirons cinq minutes, et vers huit heures et demie nous partons pour la plage à environ trois kilomètres de la villa. C'est un excellent exercice ; ensuite le bain, et nous nous faisons cuire au soleil jusqu'à onze heures. Tout doucement, nous reprenons le chemin de la villa, prenons une douche pour enlever le sable, et allons déjeuner vers midi et demi. Après-midi, sieste jusqu'à trois heures. Vers quatre heures, nous repartons à la plage, et la journée s'achève vers dix ou onze heures par une partie de bridge ou un peu de lecture. C'est vraiment une cure de repos ! »

Cette lettre, datée du 23 janvier, jour de mon troisième anniversaire, ne fait pourtant aucune allusion à cette coïncidence. C'est une simple narration de villégiature nonchalante, de *farniente* convalescent, joyeux et paisible aux bains de mer du Cap Saint-Jacques. À quoi pense mon père, ce jour-là, pour ne pas évoquer, à son propre père, son fils resté six mille kilomètres derrière lui et qu'il ne reverra jamais ? Rétrospectivement, ce silence d'un fils écrivant à son père le jour de l'anniversaire de son propre fils, qu'il n'a pas serré dans ses bras depuis un an et qu'il ne doit revoir que dix-neuf mois plus tard, sans y faire aucune allusion, me désespère.

Après trois semaines de repos et de soins au Cap St Jacques, il est brièvement hospitalisé pour un bilan à l'Hôpital Coste : les résultats sont satisfaisants sans être complètement compatibles avec la reprise entière d'une activité de militaire combattant. Si l'œil droit, en effet, est revenu à 10/10, l'œil gauche en revanche est stabilisé à 3/10, avec persistance d'une infiltration cicatricielle cornéenne centrale en V, entravant la vision. Peut-il encore lire ? Après ce bilan, il retourne deux jours au Cap pour y faire ses bagages et saluer ses compagnons de convalescence, ainsi qu'il l'écrit le 9 février à son père : « Hôpital Coste, 9 février 1951 [...] Je suis revenu à l'hôpital Coste, mais pas pour longtemps, puisque demain je rejoins la 13ème DBLE. Une jeep va venir me chercher à 8 heures. Le temps de faire quelques courses, et vers dix heures je serai au PC où je connaîtrai ma nouvelle affectation [...] ».

Il quitta définitivement le Cap St-Jacques le 10 février par la chaloupe militaire qui remonte la rivière, pour recevoir à Saïgon sa nouvelle affectation après la préconisation médicale d'un emploi sédentaire de bureau pendant trois mois. C'est lors de ce bref séjour à Saïgon que le photographe forain le fixa sur sa pellicule rue Catinat, l'artère chic de Saïgon, onze mois avant sa disparition, tenue militaire d'été, chemisette et short colonial blanc, chaussures cirées rutilantes, lunettes noires protectrices, et cigarette aux lèvres, au carrefour de l'Hôtel Continental que l'on aperçoit derrière lui sur le trottoir opposé[33]; cliché identique à celui de son père, que m'a offert le Colonel Christian de Malleray, au même endroit, dans la même tenue. Le même jour ? Si tel fut le cas, ce ne fut pas à la même heure, comme en témoigne l'inclinaison de leur ombre sur le trottoir.

Pour obtempérer à l'avis médical, il n'est pas réaffecté à Tay Ninh, mais il rejoint la Compagnie de commandement du 4ème Bataillon stationnée à Gia Dinh, dans les faubourgs nord de Saïgon. Au vu des conclusions et des recommandations médicales, il est redéployé à Ben Cat sur un poste d'officier de détail, en appui de la 14ème Compagnie du 4ème Bataillon, cinquante kilomètres au nord de Saïgon. Son travail se résumera à un emploi d'intendance : matériel, vivres, commandes, etc. En effet, n'ayant pas recouvré une vision normale, on le tient éloigné de la première ligne où les accrochages ne manquent pas, réclamant une netteté visuelle impeccable à l'œil nu comme à la jumelle, permettant une rapidité et une précision de décision et d'action. Dans cette nouvelle affectation, il est assisté par deux soldats qui l'admirent et nourrissent pour lui un lien d'affection respectueuse et amicale, comme ils en témoigneront plus tard.

Mais ce travail de paperasse administrative, sorte d'emploi réservé pour convalescent voire pour invalide, ne lui suffit pas. Or, la hiérarchie a pris l'habitude, lorsque l'effectif des chefs de section ne permet pas d'assurer toutes les sorties en reconnaissance, de recourir aux officiers relevant de blessures, mais en voie de guérison, et se portant volontaires. Il s'est engouffré dans cette facilité, de sorte que dès son arrivée, il se porte candidat pour des sorties en tant que chef de section, habituellement commandée par un autre officier, empêché ce jour-là ; il en a effectué très régulièrement depuis le 16 février. Bien que son œil gauche soit défaillant, son dossier médical ne témoigne d'aucun suivi ophtalmologique postérieur à celui de sa fin de convalescence le 5 février 1951, a fortiori d'aucune prolongation de la nécessité d'un emploi sédentaire[34]. Seule une semaine de bilan est prévue fin janvier 1952.

Il assume donc régulièrement des sorties en reconnaissance ou en embuscade, sans difficulté en dépit de ses séquelles. D'ailleurs, l'offensive Viet Minh au Tonkin, à mille kilomètres de sa nouvelle affectation, a pour conséquence une relative accalmie au sud en Cochinchine. Le

Général Giap, en effet, décide de jeter toutes ses forces dans la bataille de la rivière Day, dans le delta du golfe du Tonkin, à l'autre bout de l'Indochine, au cours de laquelle le Lieutenant Bernard de Lattre trouve la mort, le corps criblé de quatre-vingts impacts d'éclats d'obus. Pour son père, le Généralissime, c'est le malheur de trop précipitant l'effondrement physique et psychique qui le mèneront lui-même à la mort six mois plus tard, quatre heures après mon père.

L'annonce de la mort du fils du Généralissime fut un coup de tonnerre pour les jeunes officiers du corps expéditionnaire, lieutenants et capitaines, principalement ceux issus de la 1ère Armée française, elle se répandit comme une traînée de poudre. Emblème de leur propre jeunesse, Bernard de Lattre incarnait l'idéal de leurs vingt ans, leur passion de la défense de la liberté, les prouesses de l'héroïsme. Adolescent, il avait aidé sa mère à faire évader le Général de la prison de Riom, où il était interné par les Allemands qui avaient de bonnes raisons de le soupçonner d'appartenir à la Résistance. Puis il avait été exfiltré vers l'Espagne par les réseaux de passeurs Buckmaster en lien avec le S.O.E, peut-être ceux du Docteur Maurice Dide, ancien directeur de l'hôpital psychiatrique de Braqueville à Toulouse[35]. Et, par Gibraltar, il avait gagné Alger en 1944 pour s'engager, avec dispense d'âge accordée par le Général de Gaulle, sous les ordres de ce père adoré, dans les rangs de la 1ère Armée française. Après la campagne d'Allemagne Rhin et Danube, il avait intégré l'École Militaire Interarmes de Saint-Cyr à Coëtquidan, promotion Victoire. Mon père y est nommé instructeur quelques mois plus tard, fin 1947 : se sont-ils rencontrés ?

Une première messe d'obsèques est célébrée le surlendemain de sa mort, jeudi 1er juin, en la cathédrale Saint-Joseph, cathédrale des Martyrs de Hanoï. Puis, accompagné de son médecin particulier, le docteur Armand Patchot-Bacqué[36], et de son aide de camp, le Colonel Paul Allard, le Général de Lattre, prostré, muet, figé, comme terrorisé pendant les trente-six heures de vol, quitte Hanoï le vendredi 2 juin à l'aube, à bord du DC 4 Skymaster *Ciel de Lorraine,* ramenant la dépouille de son fils, celle du Lieutenant Mercier et celle du Brigadier Mellot, tombés à ses côtés pendant la bataille. Il est 13 heures lorsque l'avion se pose le samedi 3 juin à Orly après plusieurs escales. Les obsèques des trois soldats sont célébrées le lundi 5 juin en l'église Saint-Louis des Invalides sous une pluie d'orage. À 10 heures les parents des disparus ont pris place à gauche dans le chœur, le Général et Mme de Lattre avec les parents du Lieutenant Mercier et ceux du Brigadier Mellot. À droite au premier rang, Henri Queille, Président du Conseil, et Jean Letourneau, Ministre d'État chargé des États associés. La presse antimilitariste ajoutera son venin à l'accablement du deuil en distillant l'ignominie du reproche d'avoir organisé des obsèques solennelles pour son fils, au mépris des soldats anonymes disparus en Indochine. Cette vilenie, cette bassesse dans le mensonge, malheur supplémentaire sécrété par la calomnie, ajoutant à l'effondrement du désespoir, aura raison des dernières forces du Général, manifestement malade depuis plusieurs mois, amaigri, livide, flottant dans son costume, marchant à pas comptés et retenus, crucifié par les douleurs.

À la fin de l'office, un clairon sonne aux morts dans le silence de l'église comble, un soldat de la garde d'honneur perd connaissance et s'effondre.

La presse du monde entier, stupéfaite et bouleversée, en fait le reportage : Le Figaro, Le Monde, Paris-Match, The New-York Times, Time Magazine, Life, et tant d'autres. Pour autant, le Général de Lattre n'obtiendra pas des autorités américaines, lors d'un ultime voyage à Washington début septembre avant de regagner l'Indochine, les renforts matériels ni les efforts financiers qu'il réclame et espère pour parachever le processus de paix, mettre fin à la guerre et organiser l'indépendance.

ÉPILOGUE 1

Elle est recroquevillée dans le fauteuil de visiteur, face à moi. Il y a des années qu'elle vient me voir, tous les quinze jours, tous les mois, toutes les six semaines, jamais de plus longs silences, parler avec moi une heure, ma consœur Martine Demor, régulatrice des Urgences. Elle en a vu de toutes les sortes et de toutes les couleurs depuis quarante ans ! Les infarctus en pagaille ; les accidents vasculaires chez les vieux, ramassés par les premiers secours dans la rue et dans la boue où ils se sont effondrés, ou trouvés dans leur lit au matin, à moitié morts ; chez les jeunes, les comas des ruptures d'anévrisme, ça ne te prévient pas, ça t'abat en plein vol ; les coups de couteau que se partagent les dealers, sur les trottoirs délimités comme ceux des putes ; les enfants fauchés par les camions qui n'ont rien vu dans le passage clouté ; les clochards à l'agonie, moribonds, demain cadavres, trouvés en hypothermie sous des cartons.

- « Parfois, je n'en peux plus » dit-elle, « je m'assieds dans un coin et je grille une cigarette. Je téléphone à une copine ; et puis je m'y recolle. »

Aujourd'hui, elle n'a pas pu y retourner, elle a laissé l'interne se débrouiller, elle a jeté sa blouse par terre sous son bureau, elle est partie en courant sans rien dire, elle a débarqué à ma consultation quatre étages plus haut, elle croit qu'elle m'a téléphoné, elle ne sait plus, elle est là, hagarde, recroquevillée dans le fauteuil, elle pleure. Elle ne peut plus parler. Et puis tout à coup : « Mon fils, mon fils » susurre-t-elle, la tête penchée en avant comme au-dessus d'un vide immense, un précipice de désespoir.

Elle m'a souvent parlé de ce fils, colonel depuis six mois, médecin comme elle, l'aîné de ses quatre enfants, engagé dans les troupes françaises de l'opération Barkhane au

Mali. Pendant plusieurs minutes, elle n'est plus qu'un automate répétant à voix basse en boucle dans mon bureau du service de psychiatrie : « Mon fils, dans la vallée de Tababkort, hier soir. » Elle soutient sa tête dans ses mains, ballotée par un tremblement de dénégation, les coudes repliés sur les genoux ; elle vient de rouler-bouler dans les ténèbres.

Elle avait pris son service une demi-heure plus tôt aux Urgences quand son téléphone a sonné. Cela grésillait, une voix lointaine, quelques phrases, elle ne sait plus, elle croit se souvenir de bribes : « un bras fracturé dans l'attentat suicide…une voiture bélier précipitée sur sa jeep…les yeux surtout, on ne sait pas encore… en salle d'opération … vous rappellera… » ; puis plus rien, des bips et le silence.

Devant sa suffocation, je ne pouvais rien dire, je n'ai rien dit, je voyais flotter le vent du Sahel et je regardais le désespoir d'une mère, celle du fils aux yeux brûlés qui ne verront plus jamais les dunes subsahariennes. Jeune lieutenant dans la rizière indochinoise cherchant, somnambule aveugle, son chemin à tâtons guidé par ses soldats Vietnamiens, ou médecin-colonel, aux yeux perdus pour toujours, dans les déserts infestés de djihadistes fanatisés : les images se sont confondues. J'ai demandé à l'interne de mon service de recevoir les patients de ma consultation. Et je suis resté près de « la mère sacrée des malades, des épuisés, des mourants ; près de celle qui apporte la paix en temps de guerre, refuge des abandonnés, des égarés, des enfants serrés contre son cœur ; mère succombant à la douleur, mi-vivante, mi-morte. »[37] Elle ne respirait plus qu'à gros sanglots d'apnée, à gros bouillons de soupirs, s'étranglant de vivre encore.

J'ai posé ma main sur son épaule. Je marche depuis longtemps sur la route où elle vient de me rattraper. Nous nous accompagnons.

AVANT-DERNIÈRES LETTRES

Mon père a-t-il reçu les avant-dernières lettres de ma mère, celle du 20 et celle du 21 décembre 1951 ? Auparavant, lui sera certainement parvenue celle du 17 novembre 1951, longue lettre de quatre pages qui raconte comment, la veille, elle a déménagé l'armoire de la chambre conjugale pour la loger dans la pièce aveugle servant de d*ressing-room*. Elle termine en écrivant que, la voyant faire, « ton fils s'est écrié : ça y est maman, maintenant on part en Indochine ! » Je n'ai pas encore quatre ans, je n'ai pas encore oublié mon père, je parle de lui avec les images vivantes que je porte dans mon cœur. Il est parti depuis vingt mois. Il me manque. Il ne cessera jamais de me manquer, même quand je l'aurai complètement perdu de vue sur l'écran de mon souvenir.

Quelques jours avant le 24 décembre, il poste un message de vœux à ses quatre enfants sur une carte de la Légion étrangère, illustrée naïvement : dans un paysage qui se veut indochinois - palmiers ou cocotiers dans une jungle avec cahutes indigènes - on voit un Père Noël traditionnel, emmitouflé dans son manteau rouge à fourrure blanche, s'épongeant le front avec un mouchoir qui disperse cinq énormes gouttes dont on ne sait pas si elles sont sueur ou larmes. Au recto est imprimé en lettres italiques : *Joyeux Noël - et les meilleurs vœux pour le Nouvel An ! Indochine 1952/1953.* Et lui a écrit à l'intérieur : « Pour Thérèse, Madeleine, Thierry et Cécile, Papa qui vous embrasse tendrement »[38]. Le vaguemestre s'en chargera demain, puis, embarqué sur la ligne aérienne militaire, il arrivera quelques jours plus tard à Coëtquidan.

Le 20 décembre, début inquiet d'une nouvelle lettre de ma mère : « Petit mot encore bien triste, car il n'y a pas de courrier d'Extrême-Orient aujourd'hui. Si demain je n'ai rien, je te téléphonerai ». Mais, le 21 décembre, elle annonce comblée et triomphante : « Heureuse cent fois parce que j'ai enfin reçu deux lettres de toi ». Ce sont les derniers courriers de mon père, ceux que je ne lirai jamais puisque ma mère les a tous détruits. Le 8 janvier, son inquiétude augmente à nouveau : « Rien au courrier de ce matin ».

Noël et la fin de l'année pourtant se passent sans difficulté particulière à Ben Cat. Selon le journal de marche du Capitaine Jean de Malleray, chaque jour ont lieu des sorties en patrouilles depuis le cantonnement à la recherche d'éventuels passages de Viet Minh. Mon père semble satisfait de ses responsabilités d'intendance entrecoupées par quelques journées de repérage sur le terrain.

Et puis Noël est là. Selon le vœu express du Général de Lattre, meurtri à mort par la disparition de son fils quelques semaines plus tôt, chaque soldat en Indochine doit recevoir un cadeau digne de ce nom. Son épouse se démène pour récolter à Paris les dons et faire provision de vrais beaux cadeaux. À Ben Cat, comme dans tous les cantonnements, se préparent les festivités du 24 décembre. Il est 20 heures, quand mon père entre enfin dans la petite pièce attenante à son bureau, et dont ses deux secrétaires lui ont interdit l'accès depuis le matin, ainsi qu'il l'écrit à son père dans une lettre communiquée des années plus tard par sa sœur. Cette pièce est spécialement réorganisée pour la circonstance. Ils viennent d'en terminer la décoration ; c'était un lieu de débarras, d'entre-deux sans attribution précise, de placard fourre-tout, d'entrepôt. En quelques heures, ils en ont fait une pièce de repos propre, accueillante et gaie, salon avec divan de fortune aux coussins capitonnés, éclairage discret, rideaux de voilage simples aux fenêtres décrassées. Dans un angle, l'arbre de Noël recouvert d'une fausse neige de coton hydrophile étiré - la température s'est élevée à 35° - et, en dessous, la crèche éclairée indirectement par une ampoule branchée sur la pile d'un appareil radio. L'un de ses secrétaires est tout désigné pour cela puisque c'est un ancien séminariste. Qu'est-il venu faire ou cacher à la Légion étrangère en Indochine où il n'y avait pas d'appelés du contingent ?[39]

En attendant les festivités du soir, mon père termine ses courriers de Noël. M'est parvenue, sauvegardée par ma cousine germaine, fille aînée de la sœur de ma mère, la lettre qu'il écrit à sa belle-sœur et à son beau-frère. En raison des délais d'acheminement liés aux festivités de fin d'année, ils ne la recevront que le jour de sa mort : « [...] Tout à l'heure, il y aura une séance de cinéma et à 11 heures distribution de cadeaux à tous les légionnaires. Distribution par tirage au sort, car les lots sont d'inégale valeur évidemment. Mais le moins cher dépasse les 200 $. Nous assisterons à la distribution, et après avoir trinqué avec eux nous laisserons les légionnaires à leur repas de réveillon. [...] Le seul ennui dans tout cela est que nous n'avons pas de messe de minuit. Le *Padre* doit venir demain à 17 heures ».

Tout est calme pendant la nuit et la journée de Noël, la cérémonie religieuse du 25, promptement expédiée en raison du retard considérable de l'aumônier en charge du secteur dont la tournée a été ralentie par plusieurs alertes, tient plus des *Trois messes basses* d'Alphonse Daudet que du *Te Deum* de la Libération à Notre-Dame de Paris. L'officiant, dont c'est la dernière étape d'une épuisante tournée, fatigué mais apaisé par la mission accomplie, se redresse après la bénédiction finale et l'*Ite Missa est.* A-t-il, comme me l'a assuré ma mère qui tenait l'information je ne sais de qui, retrouvé son passé de culture littéraire amateur de connivence et de sous-entendus facétieux, jeté à la cantonade, avec le sourire gourmand de celui qu'attendent des libations moins sacrées, le cri de ralliement de Mme Verdurin : « Et maintenant, tout pour les amis et vivent les camarades » ?

Tous se sont alors rués vers le mess, où tard dans la nuit on se raconte à l'envi les embuscades, l'amertume et le courage des marches dans la boue des rizières sous la chaleur collante, les guet-apens débusqués dans l'obscurité de la brousse bruissante, l'explosion des mines, l'amitié interrompue de ceux qui ne sont pas revenus ; on se montre les photographies, ceux qui ne sont pas là et ceux qui ne seront plus jamais là ; mais aussi, l'alcool aidant au fur et à mesure que s'avance la nuit, on se rappelle les rencontres de Cholon, banlieue sauvage de Saïgon, bordel monumental où tout est possible entre les fumeries d'opium, les gamins disponibles et les gamines souriantes, tous tarifés, souvent indics, dressés à tout pour quelques piastres ou quelques dollars de plus.

C'est un *Padre* probablement titubant que mon père raccompagne jusqu'à son lit au petit matin, pauvre homme courageux courant les champs de bataille, depuis ceux de la Première Armée commandée par le Général de Lattre, ces grognards qui chantaient le 31 mars 1945 en franchissant le pont de Spire, jusqu'aux légionnaires de la 13ème DBLE des rizières cochinchinoises, pour lesquels il est venu ce soir réenchanter le courage.

La lettre est écrite par ma mère comme d'habitude sur le papier pelure des correspondances par avion. Du moins celles de ces années-là. Le papier, blanc autrefois, soixante-dix années l'ont bronzé en jaunâtre, mais l'encre bleue demeure fraîche et lisible. Quant à l'écriture, elle est déjà étirée et déliée comme un pull-over tricoté à mailles desserrées, trop lâches, trahissant l'idéalisme caractériel effréné, l'impossible rigueur existentielle et m'évoquant le pull-over tricoté par Anémone pour Thierry Lhermitte dans *Le Père Noël est une ordure*. Six pages recto sans aucun retour à la ligne, bavardage quotidien, succession de riens sans drame qui font la vie des jours, sans précipitation, mais sans respiration.

Celle du 7 janvier évoque les projets de mariage avec un Tirailleur sénégalais de l'employée de maison, Marie-Thérèse, recrutée au sortir d'un orphelinat à Rennes, lors de l'arrivée de mes parents à Coëtquidan cinq ans plus tôt, dont je garde le souvenir embué par trop d'années qui l'ont transformée en ombre muette, mais souriante ; les prouesses d'une styliste de mode, compagne du lieutenant Jean Auriacombe, qui tient boutique à Guer, commune sur laquelle est implanté le camp militaire ; les achats de meubles à tempérament chez Roche et Bobois ; ceux de linge de maison aux Établissements Linvosges ; ceux d'une encyclopédie chez Larousse ; et puis un prochain concert d'Alfred Cortot chez la professeure de piano de ma sœur aînée Thérèse, huit ans le 14 avril prochain ; le petit bracelet offert l'avant-veille à Madeleine, ma seconde sœur, pour son sixième anniversaire ; les reprises d'équitation auxquelles participe ma mère à la carrière du camp de Coëtquidan et un prochain championnat d'escrime à Rennes pour lequel elle est sélectionnée ; tout un kaléidoscope d'anecdotes et de projets meublant le temps qui passe et le parcours d'une lettre dans laquelle, soigneusement, sont évitées les allusions directes aux angoisses, les menaces des incertains lendemains, les nuages, l'effroi. Et la lettre se termine par le rêve d'un départ pour Saïgon où ils fêteraient leurs retrouvailles au club hippique : « [...] Je crois avoir rattrapé le retard, mon chéri. Je te dis à demain et t'embrasse comme je t'aime, longtemps, longtemps bien tendrement. Michelle. P.S. Quand m'offres-tu un réveillon au club hippique de Saïgon ? »

Mon père n'a jamais lu cette lettre du 7 janvier parce qu'elle ne lui est jamais parvenue. Ou plutôt, elle est bien arrivée à Ben Cat sur son bureau de la Compagnie de commandement, dans la matinée du 11 janvier 1952. Elle a été réexpédiée à ma mère par la Légion étrangère avec les autres effets de mon père six semaines plus tard. Et ma mère me l'a offerte après bien des années, probablement à l'époque où elle a fait disparaître toutes les lettres de mon père, après avoir simplement ajouté au stylo-bille noir, au-dessus du secteur postal, sur l'enveloppe qu'elle n'avait pas décachetée depuis quarante-quatre ans : « Ma dernière lettre, jamais reçue. Je l'ai ouverte aujourd'hui 4 avril 1996. » Pourquoi ma mère n'a-t-elle pas décacheté sa dernière lettre après qu'elle lui a été retournée dans le courant de février 1952 ? Parce que sa vie psychique s'est enrayée avec la disparition de son mari. D'ailleurs, elle se trompe, car cette lettre n'est pas la dernière, mais l'avant-dernière. En effet, mon père n'a pas non plus reçu la lettre du lendemain mardi 8 janvier, petite lettre égrainant les riens anodins des jours d'hiver, mais dont les interlignes crient l'attente anxieuse et déjà la menace prémonitoire :

« Mon Chéri, rien au courrier ce matin. [...] Temps glacial, le brouillard est tel que tous les véhicules sortent tous phares allumés. Hier, je voulais me coucher tôt, et je me suis lancée dans les mots croisés des Nouvelles Littéraires. À minuit et demi, j'étais encore dans l'Encyclopédie, il ne me manque plus que deux mots, ce sera pour ce soir ; sais-tu ce qu'est un « scalde » ? Moi je le sais maintenant ! [...] Ce matin, gros remue-ménage dans le camp. Tout un détachement en grande tenue allait à Rennes en l'honneur de la nouvelle affectation du Général Zeller à la Région de Rennes. [...] Les filles sont parties à l'école, la trompette de la charrette sonne, Cécile dort. Et je vais aller à la salle d'armes me réjouir d'une bonne leçon puis d'une bonne douche. À demain mon chéri. Je t'embrasse avec mon nez gelé. »

Le 11 janvier 1952, vers l'Est à six mille kilomètres de la France, mon père accepte de remplacer un camarade lieutenant à la tête d'une section. Une sortie en reconnaissance non loin de la base, rituel banal de surveillance, il en a effectué tant d'autres. Il est certainement parti en camion General Motors, le GMC légendaire, qui l'aura déposé dans le secteur de My Phu en début de matinée, à moins que la troupe n'ait parcouru les trois kilomètres et demi à pied sur la route de campagne qui joint Ben Cat à Tu Dau Mot, l'ancien pénitencier. My Phu c'est à peine un village, quelques cabanes, deux ou trois baraques sur la piste au milieu de la brousse, des canaux arachnoïdes du Mékong déjà en son delta, des rizières, de la forêt d'Au Son ; un lieu-dit oublié, un cul-de-sac de la mémoire de l'autre côté du monde.

SUR LA ROUTE DE MY-PHU

Curieusement, je me suis représenté pendant des années ces lieux comme une sorte de steppe sans eau, à la végétation maigre d'herbes clairsemées, laissant surgir de distance en distance un arbre de fer, perchoirs d'oiseaux rapaces ou pylônes naturels pour poste d'observation rudimentaire. Quelque chose comme un paysage de western, un décor à la Sergio Leone, une étendue plate et sans âme qui vive, une pampa desséchée. Je ne savais pas que la péninsule indochinoise est une brousse tropicale maillée de mille arroyos en zigzag entre les vaïcos, rachs où foisonnent les cocotiers sur les berges d'une jungle luxuriante, étouffante et peuplée de bêtes sauvages : ours, léopards, tigres, serpents de toutes sortes, singes, volatiles aux cris incessants empanachés de couleurs extravagantes, papillons multicolores.

Je n'ai jamais imaginé mon père dans une Indochine réelle, mais dans celle, imaginaire, qu'enfant je m'étais faite de ce pays lointain. Je porte au fond de moi un film immuable, malgré les années, malgré tout ce que j'ai appris depuis l'enfance sur la géographie, le climat, le patchwork de peuples dont il est le conglomérat, et les combats politiques internes - devenus massacres de guerre civile par l'armée de Giap et les renforts de celle de Mao Tsé Tung - des populations autochtones réfractaires aux menées d'Ho Chi Minh, malgré la masse documentaire que je charroie depuis deux ans. Ce jour surtout pluvieux et torride de janvier 1952, cinquante kilomètres au nord de Saïgon, est gravé en moi comme un mythe, j'entre dans le gouffre dont nul n'est jamais revenu.

Que s'est-il passé à My Phu le vendredi 11 janvier 1952 ? Pendant que le Général de Lattre, demain Maréchal de France, entre dans l'éternité après des jours d'agonie à la clinique de Neuilly, angle du boulevard Maurice Barrès et de la rue de Chaillot, les opérations de surveillance quotidienne se poursuivent à Ben Cat. La veille, la préparation des ordres de sortie pour le lendemain est terminée, presque toutes les sections sont pourvues de leur officier habituel, hormis la 3ème.

Bien qu'il relève d'une blessure et qu'il appartienne à la Compagnie de commandement, l'ordonnancement n'interdit pas à mon père de se porter volontaire. Ma mère m'a raconté - mais d'où tenait-elle cette explication ? - qu'il accepte ce jour-là de remplacer un collègue lieutenant, dont je n'ai pas retrouvé l'identité, à la tête de la 3° section, son épouse étant sur le point d'accoucher à Saïgon, où il avait hâte de la rejoindre. Six semaines plus tôt, c'était encore la section que dirigeait le Capitaine Jean de Malleray[40] et, si le hasard ne lui avait pas fait endosser le 21 novembre 1951 le remplacement du capitaine Gouzé, malade, à la tête de la compagnie, c'est lui qui aurait assumé cette sortie. Lorsque son fils, le Colonel Christian de Malleray, a évoqué devant moi la chronologie de cette affectation, sa voix, habituellement calme et posée et ferme, tremblait. Il s'est interrompu quelques instants en me dévisageant avec une intensité douloureuse et affectueuse que je n'oublierai jamais, et puis il a ajouté : « Je ne serais pas là pour vous parler si l'histoire s'était déroulée ainsi. Votre père est mort au poste occupé par mon père six semaines plus tôt, votre père a sauvé la vie du mien. Et j'ai été conçu à son retour d'Indochine ».

Les documents militaires évoqueront, hommage rétrospectif infiltré de culpabilité, la récurrente insistance de mon père à se porter volontaire pour prendre des responsabilités opérationnelles de terrain. Dans une lettre à sa mère, Louis Piquet, l'un de ses amis, Lyonnais comme lui, en poste à la Banque d'Indochine pour le Commerce et l'Industrie, le répète : « Depuis que sa vue s'était nettement améliorée, il était souvent volontaire pour conduire une opération chaque fois que son travail administratif le lui permettait »[41].

Le lien entre l'officier et sa section, à la fois prise globalement et dans la particularité de chaque homme de la troupe, est le socle de l'excellence légendaire de la Légion étrangère et de la réussite des opérations qu'elle mène. De ce point de vue, la fin de l'automne 1951 est compliquée pour la 4ème compagnie par l'indisponibilité temporaire pour cause médicale puis le remplacement définitif de son officier, le Capitaine Gouzé. Une première fois hospitalisé à Dalat le 3 septembre 1951, puis à nouveau évacué sur l'hôpital le 21 novembre suivant, il laisse la direction de la compagnie au capitaine Jean de Malleray. Lui et mon père appartiennent au même bataillon où sert une poignée de jeunes officiers légionnaires, une petite dizaine tout au plus. Ils sont proches, ils s'apprécient, tous liés par l'amitié des armes, des tempéraments et des destins, beaucoup sont issus des rangs de la Résistance.

Tôt le matin, le vendredi 11 janvier 1952, les 1ère, 2ème et 3ème sections de la 4° Compagnie sont tirées du sommeil par le clairon. Mon père est affecté pour la journée au commandement de la 3ème section[42] renforcée d'un mortier de 60, et de la collaboration de deux commandos ; le point de surveillance est My Phu, à quatre kilomètres dans la direction de Thu Dau Mot. Les trois sections doivent poursuivre des travaux d'ouverture de route sur quelques kilomètres, surveillance d'itinéraires pour les convois régulièrement menacés par l'explosion des *ananas*, ces mines implantées sur leurs abords durant la nuit par le Viet Minh. Mon père ne quitte pas ses lunettes de soleil larges, épaisses et noires, quelle que soit la météo, prescription de l'ophtalmologiste un an plus tôt après la brûlure des deux cornées. Sur la photographie, il ressemble à un scarabée tropical. Jumelles en bandoulière, chapeau de brousse, il s'avance maintenant à pied sur la piste à la tête de la section, une trentaine de soldats, guettant le moindre indice d'une présence Viêt Minh. Des traces de campements nocturnes vite évacués avant le lever du jour, un ou deux tirs de fuyards là-bas couvrant leur retraite. La matinée se déroule sans accrochage. Quelques tirs de mortiers dans la jungle étouffante et inondée. Casse-croûte vigilant, mais paisible à midi sur le terrain, bivouac du déjeuner sans incident, sans menace particulière.

À 17 heures, comme prévu, mon père donne l'ordre de retour de la 1ère et de la 2ème sections. Il reste en embuscade à la tête de la 3ème section avec le lieutenant Paul Bouchardy. L'embuscade se décèle à 17 heures 30, en tirant sur quatre Viet Minh en armes qui parviennent à s'échapper. À 18 heures, il ordonne le retour de la section. Ainsi le résume le Capitaine Daumont, de la Compagnie de commandement, qui a recueilli le témoignage du lieutenant Bouchardy :

« Une opération avait lieu dans la région de My Phu, quatre kilomètres au sud-est de Ben-Cat. Le lieutenant Gineste y participait comme chef de section. Alors que le gros des éléments participant à l'opération rentrait, avec sa section, le Lieutenant Gineste, accompagné par le Lieutenant Bouchardy, officier de renseignement du Bataillon, restait à l'arrière en embuscade en 831-384 (carte française). À 18 heures15, il donna l'ordre de rentrer. La section reprit le chemin de Ben Cat, précédée d'éléments du deuxième bureau. Au bout de trois cents mètres, les éléments de tête firent signe de redoubler de vigilance. À ce moment, le Lieutenant Gineste, avec les deux commandos, décida de sortir de la piste pour fouiller le côté suspect, et pour déborder une embuscade possible. À peine avait-il amorcé son mouvement qu'éclatèrent des coups de feu et qu'on entendit une forte explosion. Le Lieutenant Gineste cria qu'il était blessé aux jambes. Le Lieutenant Bouchardy se porta à son secours. Gineste avait sauté sur une mine probablement télécommandée, et avait les deux jambes brisées, et de nombreux éclats dans la poitrine. Il perdit presque aussitôt connaissance et mourut pendant son évacuation. »

Il est 18 heures 40 à My Phu selon la transcription[43] du ministère des Anciens Combattants et Victimes de Guerre. Il est 13 heures à Paris, où l'on annoncera, dans quatre heures, la mort du Général de Lattre.

Six mois plus tard, le 2 juillet 1952, la citation posthume à l'ordre de l'Armée qui accompagne l'élévation de mon père au grade de Chevalier de la Légion d'honneur, comme c'est la règle dans l'armée pour tous les soldats morts au champ d'honneur, précise qu'il a été blessé à la tête et aux jambes. Une lettre de condoléances d'un de ses soldats évoquera une balle reçue en pleine poitrine. En plein cœur ? Ma mère me racontera - mais d'où tenait-elle cet ultime dialogue - que lors de son transport, ses derniers mots furent destinés à ses soldats : « Courage, les petits, ça va aller », avant de sombrer dans le coma et d'être emporté dans la mort. Avait-elle été par la suite en contact avec le lieutenant Bouchardy ?

Par quel moyen son corps en morceaux, son corps tronçonné, peut-être méconnaissable, est-il ramené à Ben Cat ? A-t-on appelé par radio le Capitaine Henri Brémond, médecin-chef du 4ème Bataillon, accompagné du soldat Rudolf Roth ? My Phu n'est qu'à trois kilomètres de Ben Cat, vite parcourus en jeep ou en véhicule sanitaire. Ou bien, devant l'évidence de sa mort, le Lieutenant Bouchardy s'est-il assis à côté de son corps, déchiqueté par la mine qui avait explosé sous ses pieds, défiguré, mutilé, ressemblant déjà à la mort, et a-t-il laissé couler des larmes de colère, de chagrin, d'amitié et de désespoir ? A-t-il pris sa main ou l'a-t-il serré dans ses bras en pleurant, en le suppliant de ne pas mourir ? Je ne saurai jamais. Et ma vie s'écrira avec les images de ce tourment interminable et de sa fin.

Le soir même, son pauvre corps est transféré dans une chapelle ardente de l'Hôpital Grall de Saïgon. La photographie[44] est prise de face, le cercueil perpendiculaire à l'objectif ; on a fermé les contrevents de la fenêtre et tiré les rideaux derrière le modeste catafalque ; des plantes vertes dans des vasques annamites ; au premier plan un crucifix, un bénitier avec son goupillon ; des drapeaux français de part et d'autre de la fenêtre à mi-hauteur ; à gauche, un légionnaire au garde-à-vous impeccable dans sa tenue numéro un présente les armes ; et puis un long drapeau tricolore jeté en travers du cercueil et le couvrant jusqu'à terre. Les soldats veillent son corps pendant trois jours. Le dimanche 13 janvier sont célébrées ses obsèques dans la chapelle de l'hôpital, j'ignore ce que l'on a dit sur sa dépouille, qui a parlé, si l'on a entonné l'un ou l'autre des chants de légionnaires ou d'artilleurs que l'on entendait le long des rachs bordés de palmiers, d'hévéas et d'arbres à fer : *Marie-Dominique, que foutais-tu à Saïgon*[45] ; ou *C'est le 4 qui s'avance, laissez-le passer* ; ou bien, plus probablement, *J'avais un camarade* :

J'avais un camarade
De meilleur il n'en est pas
Dans la paix et dans la guerre
Nous allions d'un même pas
Mais une balle siffle
Qui de nous sera frappé ?
Le voilà qui tombe à terre
Il est dans la poussière
Mon cœur est déchiré.

Après l'absoute, on a fait sonner le clairon *aux Morts* ; puis on l'emporte au cimetière Massiges, le cimetière militaire de Saïgon : lot 9, rang 8, fosse 12 ; où il aurait pu dormir pour l'éternité et sa poussière se fondre à la poussière indochinoise, bercé pour toujours dans cette terre qui a recueilli son sang, avec le respect et la dignité sans lesquels le vainqueur est un scélérat à perpétuité : ainsi reposent en France en plusieurs cimetières deux cent trente mille soldats allemands morts durant la Seconde Guerre mondiale. Mais il n'en fut rien. En 1986, l'Administration vietnamienne expulsa la France sans ménagement de ce petit arpent sacré que les autochtones avaient auparavant transformé en jardins maraîchers. Et ce ne fut pas tout : pour le corps martyrisé de chacun de ses soldats, menacés du bulldozer, la France dût payer un important tribut.

Deux petites photographies noir et blanc, 9 centimètres sur 6 : sur la première, le cercueil est déposé devant la fosse, entouré de gerbes et de couronnes ; c'est le dernier instant de mon père au soleil et au grand air du monde ; sur la deuxième, il a disparu pour toujours, et une délégation de vingt-cinq sous-officiers et légionnaires de sa compagnie rend les honneurs en présentant les armes, puis repose l'arme au pied après qu'on a descendu son cercueil dans la fosse.

Le colonel Paul Jean Pégot, commandant le 4ème Bataillon, n'attendra pas pour écrire à ma mère, le jour même des obsèques lorsqu'il est rentré au cantonnement, une lettre émouvante à l'écriture guindée, mais au contenu empli d'émotion, par l'intermédiaire du ministère des Anciens Combattants et Victimes de Guerre, qui poursuivra l'expédition en chargeant le maire de Guer, commune où est implanté le camp de Coëtquidan, de remettre à sa destinataire le pli qu'il lui fait suivre :

« Paris, le 11 février 1952. Monsieur le Maire, j'ai l'honneur et le pénible devoir de vous adresser, ci-joint, un avis de décès du Lieutenant Gineste Paul, Bernard, Lucien que je vous prie de transmettre à la famille avec les ménagements qu'imposent sa douloureuse épreuve et en lui exprimant les sentiments de condoléances des autorités civiles et militaires.

Vous trouverez également une lettre, émanant du chef de Bataillon commandant le 4ème Bataillon de la 13ème demi-brigade de Légion étrangère, parvenue telle quelle d'Indochine.

Vous voudrez bien excuser l'état défectueux de cette correspondance, en ce sens que rien dans sa présentation ne fait ressortir le caractère officiel et, en la remettant à la famille, lui signaler les conditions dans lesquelles ces lettres sont rédigées, souvent sur le front même ».

Le maire de Coëtquidan transmet dès réception le 18 février 1952 cette lettre, écrite un mois plus tôt, au Général commandant l'École Spéciale Militaire Interarmes qui la remet à ma mère : « Le 13 janvier 1952. Madame, un devoir pénible entre tous m'incombe, la mort vient d'endeuiller brutalement votre logis. Hier encore plein de vie, d'allant, d'optimisme, le Lieutenant Gineste faisait des projets d'avenir, parlait de son prochain retour parmi les siens. Revoir sa femme, ses enfants, reprendre la vie de famille, espoirs dont il escomptait la réalisation dans quelques mois. Le destin en a décidé autrement. En rentrant d'opération le 11 janvier 1952, vers 18 heures15, une mine à traction explosa à ses pieds le frappant mortellement. Il comprit que l'heure du sacrifice suprême venait de sonner ; avec un courage surprenant, il fit face à la mort et expira quelques minutes après dans les bras de ses camarades, de ses légionnaires, sans une plainte, en vrai soldat. Sa perte a été douloureusement ressentie par nous tous. Le Lieutenant Gineste, chef juste, généreux, intègre, parfait camarade, était aimé et estimé de tous. Ses obsèques se sont déroulées à Saïgon le 13 janvier 1952, l'absoute fut dite à la chapelle de l'hôpital Grall. Un très grand nombre d'officiers et de militaires de tous grades avaient tenu à y participer, prouvant ainsi en quelle estime était tenu le Lieutenant Gineste. Brillant officier de Légion, mort en brave, son sacrifice ne sera pas vain, son souvenir demeurera vivant au 4ème Bataillon de la 13ème DBLE et à la Demi-Brigade. Puisse, Madame, la part que nous prenons à votre douleur atténuer celle-ci ! Tous les officiers, sous-officiers, caporaux-chefs, caporaux et légionnaires du bataillon vous adressent, Madame, ainsi qu'à vos enfants, leurs sincères condoléances et l'expression de leur douloureuse sympathie. Chef de Bataillon Pégot ».

Trente-six jours aura duré la pérégrination de cette lettre autour de la moitié du monde. Quand elle arrive à destination, ma mère est informée depuis plus d'un mois. Les condoléances du Colonel Pégot ont été précédées par plusieurs autres correspondances, deux me sont parvenues. Tout d'abord, la lettre envoyée à sa propre mère - qui la fait suivre à ma mère - par un ami d'enfance et de lycée de mon père en poste à Saïgon, Louis Piquet : ils avaient fêté le 31 décembre ensemble et, à cette occasion, Louis avait convié mon père à séjourner une huitaine de jours chez lui fin janvier à l'occasion d'un nouveau traitement oculaire à l'Hôpital Grall. Le 14 janvier, il annonce à sa mère la mort de mon père, la priant de prévenir mon grand-père : « [...] J'ai enfin une bien pénible nouvelle à vous annoncer. Ce ne sera d'ailleurs sans doute plus une nouvelle lorsque vous recevrez ma lettre : Paul Gineste a été tué à Ben-Cat, cinquante kilomètres au nord de Saïgon, vendredi dernier 11 janvier au soir. Nous l'avons appris samedi soir par un de ses sous-officiers. Nous sommes allés le voir immédiatement au dépôt de l'hôpital Grall où son cercueil avait été déposé, recouvert d'un drapeau tricolore, en attendant les obsèques auxquelles nous avons assisté le dimanche matin 13 janvier à 10 heures 30. Nous l'avons accompagné jusqu'au cimetière militaire de Saïgon où il repose. [...] Inutile de vous dire que nous avons été consternés par cette nouvelle. Nous avions passé ensemble la fin de l'année, et nous l'attendions ces jours-ci pour une huitaine de jours, puisqu'il devait venir à Saïgon pour suivre un traitement à l'hôpital Grall à la suite de sa première blessure. Je pense surtout à son pauvre père et à la douleur qu'il ressentira en apprenant cette terrible nouvelle. Je n'ose pas lui écrire directement. [...] Après sa première blessure de décembre 1950, il a refusé d'être rapatrié sanitaire parce qu'il considérait que son devoir était de rester. [...] Bien entendu, nous veillerons sur sa tombe pendant tout notre séjour à Saïgon ».

Louis Piquet était alors fondé de pouvoir de l'agence de Saïgon de la Banque d'Indochine pour le Commerce et l'Industrie. Les familles étaient manifestement proches. Était-ce par leurs attaches lyonnaises respectives que la jonction s'était faite, notamment en tant qu'élèves au lycée du Parc ? Était-ce une relation plus récente contemporaine du mariage de mes parents ? En effet, le père de ma mère était employé aux écritures aux Chemins de fer du Sud ; et le père de Louis avait effectué toute sa carrière dans les bureaux de la ligne Paris-Lyon-Méditerranée : peut-être les deux hommes étaient-ils liés par des connexions professionnelles devenues amicales. Et Louis aura-t-il été invité au mariage de mes parents ? Manifestement l'affectation des deux jeunes amis en Cochinchine à la même époque, l'un en tant qu'employé de banque et l'autre en tant que militaire, leur aura donné l'occasion de passer de longs moments ensemble comme le rappelle Louis, très ému, dans sa lettre à ses parents.

Et puis, datée du 18 janvier 1952, troisième lettre manuscrite retrouvée dans les papiers de ma mère, celle de Madame Rivié, demeurant 92 rue Gaston Bailly à Fontenay-aux-Roses, alors dans le département de la Seine, dont le fils était légionnaire sous les ordres de mon père : « Chère Madame, tout en m'excusant de venir vous déranger, je viens accomplir une promesse faite à mon fils. Tout d'abord je vous présente mes sincères condoléances pour la peine que vous éprouvez, et la grande perte que vous subissez, en la personne de votre cher mari. J'ai appris ce malheur par une lettre de mon fils qui était sous ses ordres depuis quelques mois et nous en causait souvent dans ses lettres en termes toujours chaleureux et plein d'affection. Et la lettre reçue aujourd'hui datée du 14 nous apprend l'horrible chose. Mon fils nous dit : « Nous avons perdu un chef plein de cœur qui savait nous commander dans le travail selon les capacités de chacun, qui s'intéressait à nous, à notre moral, savait nous remonter. Il était estimé, aimé non seulement de nous ici, mais de nombreuses personnes, et il y avait foule aux obsèques ». Ses hommes vous plaignent beaucoup, vous et vos enfants, dont les portraits sur le bureau de leur chef font qu'ils vous connaissent un peu. Mon fils me dit : « Il ne nous est pas permis de vous écrire, mais j'aimerais que tu le fasses maman, afin de dire à cette dame combien nous regrettons notre chef et combien nous l'aimions, sa perte nous est bien cruelle ». Aux condoléances de ses hommes, à leur peine, je joins les miennes. Car sans vous connaître, je vous plains de tout mon cœur. Je suis une maman, une grand-mère même, et je comprends la douleur d'une épouse, d'une maman. À une peine comme la vôtre, il n'y a guère de mots, de phrases pour consoler. Aussi je vous dis seulement et bien sincèrement : courage pour vos petits, confiance. Recevez, chère Madame, mon plus profond respect et les hommages du S.P. 71.0.55 ».

Longtemps, très longtemps après ses obsèques, les photographies de la tombe et de l'inhumation sont parvenues à ma mère par le fils de cette correspondante, le sergent Rivié. Datée du 26 octobre 1953, près de deux ans plus tard, une lettre de l'Œuvre des tombes à Saïgon les lui adresse accompagnées d'un commentaire : « Comme suite à la demande verbale du sergent Rivié, j'ai l'honneur de vous adresser ci-joint deux photographies et le négatif de la tombe de votre mari, le Lieutenant Paul Gineste, mort pour la France le 11 janvier 1952 et inhumé au cimetière Massiges à Saïgon, lot 9 - rang 8 - fosse 12 ».

Le dernier témoignage manuscrit recueilli entre mes mains, en date du 26 janvier 1952, reste pour l'heure anonyme, la signature étant indéchiffrable, seule la mention du secteur postal est lisible, ce qui confirme qu'elle émane d'un militaire, c'est l'unique indice solide qui permettra peut-être de l'identifier un jour : « SP 50.295. Madame, je n'avais pas voulu vous écrire avant d'avoir la certitude que vous ayez été prévenue de votre très grand malheur. Je sais maintenant que le Colonel Pagès vous en a informée, et je ne veux plus tarder à vous apporter l'hommage de mes sentiments de très profonde sympathie. Le Lieutenant Gineste, malgré sa grave blessure, continuait à servir avec beaucoup de zèle et de courage. C'est dans un tel élan qu'il est tombé face à l'ennemi, laissant à 25 hommes et à ses camarades l'exemple d'un courage tranquille et le témoignage de l'homme de devoir. Puisse, Madame, les regrets et les exemples qu'il nous laisse apporter quelque apaisement à votre douleur et à celle de vos enfants ! Je demande à Dieu de vous les garder et de vous donner la force, malgré votre douleur, de les conduire vers un brillant avenir. Ma femme s'associe de grand cœur à moi pour vous adresser l'expression de toute notre sympathie. Veuillez, Madame, agréer l'expression de mes respectueux hommages ».

Ce fut donc entre le dimanche 13 et le vendredi 18 janvier 1952 que la terreur est entrée de toutes parts dans ma vie, quelques jours avant mon quatrième anniversaire. Je ne garde pourtant aucun souvenir de cet instant ni de ceux qui le suivirent immédiatement. Fut-ce le jeudi 17 janvier vers 20 h comme ma mère me l'a assuré que le Général Commandant de Coëtquidan a frappé à notre porte ? Était-ce au matin du vendredi 18 janvier, car on ne peut retenir la date improbable du 18 février comme le suggère la lettre d'accompagnement du courrier du Colonel Pégot, commandant le bataillon de Ben Cat, courrier qui avait été ralenti par une interminable chaîne administrative passant par le ministère de la Guerre et la mairie de Guer-Coëtquidan ? Et ce matin-là, l'autorité militaire de Saint-Cyr a-t-elle attendu le retour de l'école des trois grands ? Ou bien a-t-elle au contraire profité de la matinée de classe pour prévenir leur mère, et l'aider à affronter l'impossible annonce à ses enfants ?

Mais si l'apparition funeste dans notre maison de Coëtquidan du Général commandant Saint-Cyr ou de son représentant, le Colonel Pagès, eut lieu le 17 janvier en fin d'après-midi, ce fut à l'heure où se terminaient à Paris les obsèques grandioses de celui qui venait d'être immortalisé comme le dernier Maréchal de France : Jean de Lattre de Tassigny, mort comme mon père le 11 janvier 1952. Depuis la mort de son fils à Ninh Binh le 30 mai 1951, sa santé n'avait pas cessé de se détériorer, de décrépitude en décrépitude, jusqu'à l'effondrement. Après les obsèques parisiennes de son fils et son inhumation, à quelques pas de Georges Clemenceau dans le petit cimetière de Mouilleron-en-Pareds, un long repos dans les Pyrénées, un voyage aux USA en septembre où il s'était traîné moribond pour vainement tenter d'obtenir une augmentation substantielle de l'aide américaine en Indochine, le Général avait regagné son poste à Saïgon, mais, dans le courant du mois de novembre il avait fallu se rendre à l'évidence et jeter l'éponge : accompagné de son médecin particulier Armand Petchot-Bacqué, ce fut un cadavre qui enjoignit à son état-major, sur le tarmac de Gia Lam, l'aéroport de Saïgon, de ne pas le regarder monter dans l'avion, car deux soldats doivent le hisser assis sur une chaise, monter les marches de la passerelle lui étant devenu insupportable tant la douleur le crucifie. À son arrivée à Orly le 26 novembre, il est immédiatement hospitalisé à la clinique de Neuilly dans la perspective d'une intervention chirurgicale. Après de nombreux examens et une tergiversation désespérée des équipes médicale et chirurgicale, il est opéré le 9 janvier d'une tumeur du fémur et d'une pathologie urinaire malignes. Les suites opératoires sont catastrophiques. Le Général de Lattre entre dans l'éternité, le vendredi 11 janvier à 17heures 50, quatre heures après mon père.

Par une immense et longue et lente procession, le cortège est un interminable calvaire pour sa veuve qui le parcourt à pied, dans le froid, courage et dignité du désespoir, depuis la cathédrale Notre-Dame jusqu'aux Invalides, accompagnée, soutenue, bercée par une foule immense, accablée, une multitude muette massée le long de l'itinéraire depuis l'annonce des exigences de l'étiquette de la cérémonie, ce qui racheta la honte et l'ignominie ou la simple bêtise des ouvriers cégétistes et communistes des docks de Marseille et des frets aéroportuaires qui s'étaient enorgueillis pendant des mois de cracher sur les cercueils rapatriés des soldats morts pour la France en Indochine.

J'ai appris par la suite que ma mère, dès l'annonce de la mort de mon père, désemparée, confuse, en larmes, hébétée, hagarde, comme folle, folle peut-être, avait demandé que l'on prévienne la compagne du capitaine Auriacombe, Jeanne Stora, qu'elle connaissait à peine. Jeanne accourut, que l'on appelait Janot. Elle nous prit dans ses bras, et Dieu sait les mots qu'elle trouva pour nous faire entrer dans le malheur et comprendre le pire. Son père, propriétaire des magasins de nouveautés à l'enseigne du *Petit duc,* rue Henri-Martin à Alger[46], avait présidé le Consistoire de la ville entre les deux guerres mondiales. Elle était gaie, elle était drôle, elle n'avait pas perdu son inimitable accent de Bab El Oued, elle dansait le charleston et le fox-trot, elle avait été mannequin chez Jacques Fath, étoile filante de la haute couture parisienne qui habillait Ava Gardner et Greta

Garbo, et magnifia Marguerita Cansino, alias Rita Hayworth, le 27 mai 1949 à 11 heures du matin lorsqu'elle est devenue, à la mairie de Vallauris, Princesse Ali Khan.

Janot, qui n'eut pas d'enfant, fut la fée tenant tête au malheur absolu. Je n'affirme pas que j'en garde une mémoire précise ; mais les instants, les heures, les jours qui ont tout à coup basculé derrière un interminable sentiment d'inutilité de tout, de vanité, d'absence et de solitude, alourdis d'une tristesse épaisse, d'une tristesse lente et lourde, d'une tristesse qu'il m'était impossible de manifester, ont pris des couleurs supportables, en maquillant celles de la vérité. Je me souviens de fragments disjoints : une chambre où mes sœurs et moi sommes gardés en silence par une personne que je n'identifie pas, pendant que de l'autre côté de la cloison quelqu'un sanglote, ma mère ; une voiture noire qui nous emporte avec un empilement de valises vers une gare qui me paraît immense, après avoir traversé tout un camp militaire ; des adieux déchirants. Et des larmes. Et de nouveau une gare où nous suivons un porteur poussant son chariot volumineux de bagages.

Lorsque soixante-cinq ans après j'ai vu Nathalie Baye, bouleversante mère courage désespérée et désespérante de bonne volonté, d'amour, de maladresse affectueuse aussi, dans le film de Xavier Dolan d'après l'œuvre de Jean-Luc Lagarce, *Juste la fin du monde,* j'ai tout à coup murmuré : « Janot ». Janot aura enduit notre chagrin d'un emplâtre d'affection anesthésiant, effaçant la certitude des ruines brutales et définitives de la vie. En apparence je vivrais, je serais heureux, je serais bon élève, bon frère, bon fils d'une mère qui sut jouer de son statut de veuve de guerre pour exiger l'impossible de ses enfants, et digne fils d'un père mort pour la France. De quelle plainte serais-je légitime ?

Comme l'illusion de profondeur d'une chromophotographie produite par la cire recouvrant les deux tirages superposés d'un même cliché, le premier repeint en couleurs violentes et le second aux mêmes couleurs, mais atténuées jusqu'au lavis pastel, j'ai tendu sur la vérité de ma vie aux couleurs de la mort les teintes artificielles d'une thanatopraxie. Pour continuer de vivre j'ai maquillé mes failles psychiques et mes amputations affectives en hymne à la vie, et par quelles prouesses dissimulatrices ai-je tenu cachées les lacunes douloureuses et les malformations incurables de mon cœur ! Qu'aurais-je pu faire d'autre, sinon mourir ? J'ai choisi de faire comme si la vie était encore possible alors que j'étais englouti par la nuit.

Janot et Jean, son compagnon, petit-cousin du chef d'orchestre Louis Auriacombe, sont restés très proches de notre famille durant mon enfance et nous ne nous sommes jamais perdus de vue, malgré les aléas de l'existence de chacun d'entre nous. Ils venaient à Paris nous rendre visite de loin en loin ; alors nous nous entassions dans notre petit appartement des boulevards de ceinture et c'était un bonheur recommencé. Et puis la vie nous a séparés, comme l'on dit pour ne pas évoquer la négligence et les accommodements du cœur. Jusqu'à leur disparition, ma mère a continué à leur envoyer une carte de vœux, chaque fin d'année, à laquelle Janot répondait avec le soleil de l'amour et la lumière de la Méditerranée. Ils ont passé leurs longues dernières années à Saint-Tropez où ils louaient un appartement face à la mer, face au ciel et à l'Algérie natale de Janot.

L'année de notre mariage, mon épouse et moi avons séjourné une semaine à Saint-Tropez, Hôtel des Marronniers : impossible d'oublier le dîner partagé avec ces deux enchanteurs, que trois coupes de champagne avaient rendu bien aise, un peu pompettes, émus aux larmes de me revoir, après que Janot avait sorti de ses placards les robes naphtalinées de sa jeunesse chez Jacques Fath, taillées au gabarit mannequin de mon épouse.

La sœur de Janot, Marcelle, vint les rejoindre au premier étage du même immeuble, après la mort brutale de son mari à Paris. Puis Jean est mort d'un cancer, dont il était conscient, mais dont il ne parla jamais, il suivait son traitement au Centre anticancéreux où l'emmenait pour quelques heures un taxi chaque semaine ; Marcelle et Janot ont survécu, sœurs de charité l'une à l'autre, serrées l'une contre l'autre ; Marcelle est morte à son tour, Janot l'a suivie quelques années plus tard. Ma jeune sœur, Cécile, celle que mon père n'a pas connue, et notre mère l'ont accompagnée jusqu'au cimetière de Saint-Tropez. Je n'y étais pas. Je ne voulais pas qu'elle meure. J'étais déjà jeune médecin. Elle avait été l'arc-boutant de la vie, elle ne devait pas mourir. Elles ont déposé une pierre sur sa tombe.

Adieu, Janot !

Choderlos de Laclos, général d'artillerie, envoyé par Bonaparte à Tarente pour fortifier la ville, alors occupée par l'armée française contre les Anglais, fit bâtir une forteresse à San Paolo. Puis, malade, se sentant mourir, il demanda à se faire enterrer dans l'îlot. Il faut demander à la marine militaire italienne d'aller voir l'emplacement supposé de sa tombe. L'emplacement, et l'emplacement supposé, car en 1815 les Bourbons, de retour sur le trône de Naples, se vengèrent de l'humiliation que leur avaient fait subir les Français, en ordonnant la destruction du fortin et de la tombe. Monument funéraire, pierre tombale, corps lui-même, tout a disparu. On ne peut que conjecturer l'endroit où l'auteur des *Liaisons dangereuses* a été enterré.

Dominique Fernandez,
L'Italie buissonnière, Paris, Grasset, 2020, p.85.

Ma sœur Madeleine avait rencontré Jean-Paul Dumont, secrétaire d'ambassade à Washington auprès de Jacques de Margerie, lors de son cocktail d'adieu. Il venait d'être nommé consul de France à Ho Chi Minh Ville. Ma sœur lui fut présentée et ne tarda pas à évoquer le rapatriement imminent des restes mortels des soldats tombés en Indochine ; et elle lui parla de notre père. Jean-Paul Dumont lui promit d'être particulièrement attentif dès son installation au Vietnam ; mais n'ayant aucun carnet ni aucun papier sur lui, pas même un ticket d'autobus, et le téléphone mobile n'existant pas à l'époque, il nota les coordonnées de ma sœur sur son paquet de cigarettes. Il donnerait des nouvelles avant quinze jours, dès son installation.

Ma sœur m'avoua avoir pensé que sa sollicitude en resterait à l'état de promesse verbale, une fois les cigarettes fumées et le paquet vide jeté à la poubelle. Il en alla tout autrement. À peine établi dans ses nouvelles fonctions, il a honoré sa parole avec exactitude, amitié et générosité, dont témoigne sa lettre. Si les restes de mon père sont arrivés en France le 10 octobre 1986, alors que la cérémonie qui marquait solennellement le rapatriement avait eu lieu la veille, cela signifie que le Consul avait tenu à ce qu'ils naviguent par le premier avion, en tête de cette armée des disparus, comme autrefois le drapeau d'un régiment sur le champ de la bataille en première ligne au milieu des fantassins.

« Ho Chi Minh Ville, le 20 octobre 1986. [...] En fait, l'occasion de vous écrire m'est donnée par le rapatriement des restes de militaires morts en Indochine auquel nous procédons depuis le début du mois, et je tenais à ce que Madeleine sache que les restes de son père sont arrivés en France le 10 octobre. Ils devraient être maintenant déposés provisoirement à Marseille en attendant que soit construit un ossuaire à Fréjus.

J'ai hésité longuement à envoyer une photographie de la tombe, pour finalement ne pas le faire. Toutes les tombes étaient démarquées depuis plusieurs années, et la tenue du cimetière laissait plutôt à désirer. Les tombes faisaient la fortune des maraîchers du quartier qui y cultivaient des laitues et autres légumes. C'était une garantie de propreté, mais quand même choquante pour ceux qui le voyaient pour la première fois et sans explication de gouverne. Plutôt que d'une tombe qui n'existe plus, je vous joins la photographie d'une cérémonie qui a eu lieu le 9 octobre et qui a marqué solennellement le coup d'envoi de ce rapatriement. Deux membres du Gouvernement étaient présents : Bariani et Fontès. [...] Amitiés[47] ».

Ce petit cimetière militaire, autrefois dans les faubourgs, est devenu jardin public, rebaptisé parc Le Van

Tam. Il forme un quadrilatère entre les rues Hai Ba Trung, Diên Biên Phu, Vo Thi Sau et Phan Liem. Au début du réaménagement, ce parc était désert, car les habitants de Saïgon redoutaient les revenants ; mais aujourd'hui, quarante ans après l'expulsion *manu militari* des cadavres, soixante-dix ans après la bataille de Diên Biên Phu, plus personne là-bas ne se souvient, plus personne ne redoute quoi que ce soit. On s'y promène en famille et la génération actuelle de Vietnamiens ignore que sous ses pieds, le dimanche, quand elle vient y déjeuner sur l'herbe, ont sommeillé pendant des dizaines d'années des héros simples aux noms oubliés.

En 1945, la capitulation de l'armée allemande avait entraîné la cessation des combats de la Seconde Guerre mondiale, hormis dans la péninsule indochinoise tenue par le Japon, allié d'Hitler et de Musolini. C'est pour désarmer les Japonais, qui y avaient pris le contrôle total dès 1940, et signer leur capitulation, que deux héros français de la Seconde Guerre mondiale sont dépêchés : l'Amiral Georges Thierry d'Argenlieu nommé par le Général de Gaulle Gouverneur général d'Indochine, en même temps que le Général Leclerc qui prend le commandement du corps expéditionnaire français d'Extrême-Orient. Leclerc, après avoir mis hors de la péninsule Japonais et Chinois, signera, début septembre 1945 en compagnie de Mountbatten, la capitulation japonaise et fera une entrée triomphale dans Hanoï le 18 mars 1946, acclamé par la foule.

Mais les maladresses politiques et militaires de l'Amiral entraînent rapidement son remplacement par le Général Bollaert. Et c'est l'engrenage dans la guerre de décolonisation menée par Ho Chi Minh, maniant d'abord un pacte hypocrite avec la France, puis appelant Mao à la rescousse, et l'entrée des forces chinoises dans le conflit. Bien plus que les négligences et le désintérêt de la France, le contresens militaire et l'entêtement du Général Navarre à Diên

Biên Phu en 1954, effroyable erreur de casting, feront le reste et seront fatals aux forces françaises qui se retirent de la péninsule après les accords de Genève, laissant derrière elles les tombes des soldats français, bientôt transformées en jardins potagers par les habitants des environs, après qu'ils en eurent arraché les plaques de bronze, tout se vend au poids au marché aux puces.

Je ne sais pas si le Consul de France à Ho Chi Minh Ville a choisi la photographie en couleurs de tes ossements le jour de leur translation. On y voit deux fossoyeurs vietnamiens au bord d'une tombe anonyme emplir d'os un sac en plastique - si ce n'est un sac poubelle c'en est le frère jumeau - un sac pour chaque tombe, puis enfermer ce sac dans une corbeille de vannerie indochinoise, ciboire dérisoire et sacré, sur laquelle est apposée une étiquette situant la place de la tombe dans le cimetière, et le nom du défunt. Ce sont peut-être tes restes que le Consul a photographiés.

Dans ce jardin public qu'est devenu le cimetière Massiges où l'on vient déjeuner sur l'herbe le dimanche en famille, où l'on est heureux de vivre et de se détendre, où les enfants font des galipettes et poursuivent des papillons de toutes les couleurs en riant et en chantant, il est impossible aujourd'hui de savoir où se trouvait l'emplacement de la tombe de mon père, simplement même son emplacement supposé.

INVENTAIRE D'UNE VIE

Six semaines après la mort de mon père, ma mère reçut les deux cantines vert wagon contenant ses effets militaires en Indochine, cantines fermées à clef et à cadenas, ficelées puis scellées à la cire, avec le timbre du bureau des successions de la Légion étrangère.

Daté du 23 février 1952, un inventaire exhaustif de quatre-vingt-six articles les accompagne allant de la liste de ses habits militaires à un stylo de la marque Commando, ou encore d'une boussole dans son étui marqué GM à une montre de la marque Printania Watch avec bracelet en bon état, inventaire à la Prévert et point final d'une vie.

Bric-à-brac funèbre et sublime de ses hardes militaires usées dans les rizières et la jungle, sous le soleil étouffant et dans la moiteur brûlante des jours, ou sous les cataractes et les inondations de la saison des pluies, décor de bibelots et d'objets familiers à l'autre bout du monde, pauvre poussière de sa vie, cette liste me brise le cœur, me brisera le cœur jusqu'à la fin de mes jours. Pourquoi n'y a-t-on pas cité *in extenso* le titre précis des quarante-huit livres divers retrouvés dans sa chambre et dans son bureau de Ben Cat, perdus pour toujours ? Leur litanie m'aurait légué son portrait, un coin de son âme, le bruit de son cœur, la palpitation et les couleurs de son regard, par lesquels j'eusse tenu debout, peut-être moins bancal, et marché vers l'âge d'homme, comme l'ont fait les tomes rescapés, signés de son *ex-libris* de 1938, d'*À la recherche du temps perdu* qu'à dix-huit ans, à l'âge où il les avait lus, j'ai trouvés dans les rayons de livres chez ma mère, et qui depuis n'ont pas cessé d'être le seul tendre et vrai et fragile réconfort de mon chagrin et de mon deuil d'enfant, sans fin. Au point que j'en ai légué la contagion affective et l'héritage psychique à ma fille, qui a voulu baptiser son fils Boniface, mon petit-fils, d'après le flamboyant et sublime modèle de Saint-Loup, Boni de Castellane.

Cette pacotille de marché aux puces finit à la poubelle. Ma mère a fait le tri en deux étapes. En février 1952, à l'arrivée des deux cantines, elle a prélevé quelques lots qui lui paraissaient utilisables immédiatement, ou qu'elle aura considérés comme des fétiches : nécessaire annamite pour fumeur, sacoche d'officier en cuir qui servit de sac à bouteilles lors des courses pendant mon enfance, missel vespéral romain édité par les moines de Saint-André à Bruges qui m'échoira lors de ma communion solennelle, bonnet de police de tradition, insignes des différents corps auxquels il avait appartenu, fourragère du 1er Régiment d'Infanterie, barrette de ses décorations militaires, photographies encadrées de ses enfants. Une partie fut jetée à l'occasion de ce rapide inventaire. A-t-elle également prélevé lors de ce premier tri les livres qui s'y trouvaient pour les ranger dans les étagères brinquebalantes de sa bibliothèque ?

À la vérité elle n'épura de ce déménagement que peu de choses, puis elle referma les cantines, qui reposèrent pendant quarante-cinq ans dans son cagibi parisien, accompagnées de la valise des lettres qu'ils s'étaient échangées pendant les deux années de leur séparation. En 1995, elle a quitté l'HLM des Fortifications du 14ème arrondissement pour les marronniers du boulevard Arago. Elle en profita pour jeter tout le reste, tenues militaires dont certaines n'avaient pas été nettoyées avant leur expédition d'Indochine et conservaient la trace des rizières et de la vase par la poussière du dernier jour de sa vie, chaussures éculées, sous-vêtements, cravates, chemises, lunettes, boussole, jumelles, nécessaire de toilette, papèterie, quoi encore ? Je l'aidai dans cette mise à mort, je n'y ai trouvé aucun livre, aucun des quarante-huit livres divers signalés par l'inventaire que j'ai subtilisé à cette occasion. Ma mère les avait-elle intégrés aux siens sur ses étagères-bibliothèque, de guingois comme le reste de sa vie ? Avait-il emporté en Indochine *À La Recherche du temps perdu* ? Je ne le saurai jamais, j'ai épuisé toutes les pistes : après avoir visité ses deux cantines avec ma mère, je lui ai demandé si elle se souvenait de ces livres. Oui, elle se rappelait qu'il y avait des livres, mais était incapable d'en nommer les titres ; à la réception des cantines, elle les avait rangés dans sa bibliothèque, crut-elle se souvenir.

Que ferais-je si je devais partir au bout du monde comme mon père pour un voyage au retour aléatoire, problématique, lointain – vingt-sept mois - et qui menace de ne laisser derrière moi que le bruit de la guerre et la mélancolie de l'absence ? Sans aucun doute, sans hésitation j'emporterais *À la Recherche du temps perdu*. Et l'on dirait, après que j'aurais disparu : c'était son compagnon de voyage, sa boussole, et c'était la carte d'état-major de sa vie, le livre de marche et d'opérations de ses combats et de ses victoires, car il n'y aurait eu que des victoires, et les défaites n'auraient compté pour rien.

L'embuscade qui a tué mon père est analysée quelques jours plus tard par le Capitaine Jean de Malleray. Dactylographié en marge de son Journal de marche et d'opérations, il identifie trois erreurs tactiques fatales. Tout d'abord, le fait que la section commandée par mon père ce jour-là n'ait pas l'habitude de manœuvrer avec lui, qu'elle ne connaît pas le terrain puisque son travail habituel est de récupérer des briques à l'ancien pénitencier de Thu Dau Mot, l'osmose entre les soldats et l'officier ne peut donc pas s'opérer de façon efficace dès le premier jour ; ensuite que la section soit restée trop longtemps sur place après l'accrochage initial, offrant tout loisir aux Viet Minh de se regrouper à proximité dans cette zone à la végétation épaisse ; et enfin, que le petit détachement de légionnaires emprunte pour son retour la même piste qu'à l'aller, de sorte que l'ennemi a eu le temps de le miner depuis le passage du matin, alors qu'un autre chemin était possible[48]. Le bilan est effectivement lourd puisque, outre la disparition de mon père, on déplore deux soldats grièvement blessés par la même explosion.

Le commandement a-t-il alors considéré qu'il avait mal apprécié les éventuelles conséquences du déficit visuel, puisque mon père avait rendez-vous à l'hôpital Grall quelques jours après sa mort pour un nouveau traitement[49], ainsi que son adéquation à la section de soldats vietnamiens patriotes qui ne connaissaient pas le remplaçant de leur lieutenant habituel ? Ce commandement s'est-il considéré comme impliqué, sinon responsable dans l'enchaînement des circonstances néfastes qui ont conduit à la mort un jeune officier, père de cinq enfants ?

Toujours est-il que deux mois plus tard s'organise à Ben Cat la construction du poste Lieutenant Gineste. Quotidiennement le Journal de marches et d'opérations manuscrit du Capitaine Jean de Malleray en décrit la progression. Il y ajoute le témoignage des photographies fixant le travail des hommes et des entreprises de travaux publics. La décision fut prise très rapidement au niveau de l'état-major de la 13ème DBLE, proposée par les officiers du 4ème Bataillon auquel appartenait mon père.

Avant le message téléphonique reçu le 5 mai 2020 du Colonel Christian de Malleray, jamais je n'avais entendu parler de ce poste fortifié. Pendant près de soixante-dix ans, j'ai ignoré l'existence de ce mausolée au bout du monde. Ma mère en fut-elle informée par la 13ème DBLE ? Je ne le pense pas, dans la mesure où, durant les dix-huit mois qui séparent la mort de mon père de mon entrée en pension à l'âge de 6 ans, nous fréquentions l'Association des Anciens d'Indochine, où nous allions déjeuner tous les dimanches, à la recherche de son ombre. Je crois me rappeler que cette association était installée dans le 12ème arrondissement de Paris. Je me souviens de ma mère en grande conversation avec des militaires après le déjeuner pendant que nous attendions sagement dans les salons, jouant aux petits chevaux ou à la bataille navale. Elle y aurait bien sûr rencontré des compagnons de mon père qui l'auraient informée de cette construction. Il s'agit certes d'un petit poste se résumant à trois blockhaus réunis en triangle de fortifications par des défenses en béton, enserrant un pylône central et une longère de plain-pied pour le cantonnement d'une compagnie ; mais si petit soit-il, comment imaginer que les Anciens de la 13ème DBLE n'en aient pas entendu parler, ou même n'en ait pas parlé, elle dont les effectifs étaient massivement déployés en Cochinchine ? Et les Anciens d'Indochine n'ont jamais manqué à leur fidélité affectueuse en nous adressant un cadeau à Noël jusqu'à ce que nous atteignions l'âge de dix-huit ans : ils nous auraient avertis de la construction d'un bâtiment militaire à la mémoire de leur compagnon, mon père. Instruite de l'existence de ce mausolée, ma mère nous l'aurait-elle cachée ? Bien au contraire, elle eût trouvé par cette glorieuse et humble distinction un appui contre l'effondrement et une joie douloureuse dans ses larmes.

Le Journal de marches et d'opérations du Capitaine Jean de Malleray suit l'avancement des travaux à partir d'avril 1952 jusqu'à son achèvement en août ; alors un commando s'y installera pour procéder à l'aménagement intérieur, puis la 14ème Compagnie prendra la relève. Ainsi d'avril à mai 1952, les travaux quotidiens de repérage puis de débroussaillage et de terrassement du futur poste Lieutenant Gineste occupent une, voire deux compagnies du bataillon de Ben Cat. À la fin du mois de mai, les travaux préparatoires à la construction du poste sont terminés. Ils sont réalisés sous la protection de commandos en raison de fréquents accrochages avec des colonnes Viet Minh, et parce que certains soirs les sections bivouaquent sur place. Les embuscades ne sont pas rares comme celles des 6 et 11mai, accrochage au carrefour de l'Étoile puis opération en forêt d'Au Son. À cela s'ajoutent les pluies torrentielles qui gênent considérablement l'avancée des constructions. À l'issue du mois de mai, le terre-plain du futur poste est débroussaillé. Les emplacements du mur d'enceinte et des blockhaus sont jalonnés et nivelés. Les poteaux verticaux et leurs étais sont plantés sur deux faces. Durant le mois de juin 1952 la compagnie s'y consacre sans désemparer, absorbant tout l'effectif. Au 30 juin, l'enceinte extérieure du poste est en voie d'achèvement, murs et fossés. Le blockhaus sud-est est presque terminé, alors que le blockhaus oriental n'est qu'ébauché ; le blockhaus ouest-est seulement jalonné. Et la pluie chaude est maintenant permanente, quotidienne, nuit et jour.

En juillet, les défenses principales du poste sont achevées. Mais le 7, le Capitaine Jean de Malleray, commandant la compagnie, est évacué vers l'hôpital Coste de Saïgon, infecté par un typhus de brousse. Il regagne l'unité le 22 juillet ; incomplètement rétabli, il est contraint de laisser le commandement au lieutenant Bouchardy, celui-là même qui a recueilli le dernier souffle de mon père et peut-être ses dernières paroles. Fin juillet, le poste Gineste est considéré comme terminé, à l'exclusion du blockhaus ouest, qui ne peut être achevé avant que l'entreprise civile n'ait monté le mirador métallique central. À partir de ce moment, la finalisation de l'aménagement intérieur est à la charge de la compagnie 301, qui l'occupera jusqu'au 20 avril 1953. La synthèse de fin juillet 1952[50] se concentre sur l'achèvement extérieur et l'aménagement par la compagnie 301, composée de soldats vietnamiens patriotes, c'est-à-dire fidèles à la France, avec quelques années d'avance comparables aux Harkis Algériens : aucun ne survivra. La tour métallique centrale est montée, les trois blockhaus sont en voie de finition. Et de conclure : « Le poste Lieutenant Gineste sera terminé en août ».

Durant le mois d'août, la compagnie est principalement occupée à récupérer des matériaux sur le site de l'ancien pénitencier de Thu Dau Mot, tout proche. Le 15 août, inspection par le Colonel Pierre Clément, quittant le commandement de la Demi-Brigade, accompagné de son successeur le Colonel Guigard. C'est entre ces deux officiers supérieurs que la décision avait été prise, quelques jours après la mort de mon père, de donner son nom à un poste du secteur. Ce poste, à l'ouest de la forêt d'Au Son sur la route joignant Ben Cat à Rach Bap, n'est qu'à trois kilomètres à vol d'oiseau du lieu de sa mort[51].

Sa réalisation a reposé essentiellement sur la détermination du Capitaine Jean de Malleray qui fut chargé d'en choisir l'emplacement, de planifier l'intervention des entreprises du Génie et d'organiser les travaux en dépit du harcèlement constant du Viet Minh. Considéré comme le principal artisan de la réussite de l'implantation « il s'est donné tout entier à cette tâche menant de front la construction de ce poste, les patrouilles, les embuscades, obligeant les rebelles à refluer vers la forêt »[52]. Ainsi s'exprime sa citation à l'ordre de la division avec attribution de la croix de Guerre des Territoires d'Opérations extérieures, par la voix du Général Denois. Le Lieutenant Jean de Malleray, promu capitaine, et mon père, ont-ils été proches ? Bien évidemment, puisqu'officiers tous les deux appartenant à la même compagnie du même bataillon.

Fin août, le poste est effectivement opérationnel. Il abrite une centaine de soldats qui protègent, depuis la rivière de Saïgon, le passage des convois entre Rach Bap et Ben Cat, et qui assument chaque jour des sorties en patrouilles, des embuscades et des reconnaissances.

Le 31 janvier 1953, six mois après sa mise en service, un an après la mort de mon père, le poste Lieutenant Gineste est lui-même protégé d'une attaque Viet Minh, par l'aviation militaire française, qui en rapporte la photographie aérienne au terme de sa mission d'appui en mitraillage de nuit, feux allumés par le poste, photographie répertoriée au Service Historique de la Défense au Château de Vincennes[53].

Il n'aura donc fallu que six mois pour concevoir et construire ce frêle bâtiment militaire, de mars à juillet 1952. Le 2 juillet, alors que se terminent les derniers aménagements intérieurs, la nomination de mon père à la dignité de chevalier de la Légion d'honneur à titre posthume est publiée dans le Journal officiel de la République française. Âgé de cinq ans et demi, je recevrai sa décoration quelques semaines plus tard, à l'automne 1953, dans la cour d'honneur des Invalides, lors d'une prise d'armes présidée par le Général Monclar.

Dossier SHD – Gatac Sud – Ai 4C sous-dossier 178

ÉCOLE MILITAIRE ENFANTINE

Soixante-six ans plus tard, j'ai retrouvé les cinq photographies qui ont immortalisé cette cérémonie, ma mère les avait conservées jusqu'à sa mort, inhumées dans le tiroir aux souvenirs pieux de sa commode ; elles confirment ce que j'ai toujours su, l'écrasement et l'asservissement sous la férule de l'identification au père glorieusement disparu et glorieusement distingué, mort au combat, mais mort dans une guerre perdue, couverte du « noir crachat des ténèbres », celui que Georges Pompidou, citant Paul Eluard, a évoqué à propos de Gabrielle Russier, celui aussi chié par les dockers cégétistes de Marseille sur les cercueils militaires rapatriés d'Indochine. Ces photographies me terrifient. Moi, petit enfant orphelin au garde-à-vous parmi une dizaine de militaires et de civils eux aussi décorés ; l'un ou l'autre marche avec ce qu'alors j'appelle une jambe de bois ; un autre ne peut se lever de sa petite voiture d'estropié qu'il propulse en actionnant le manche du volant, d'avant en arrière, comme un jouet d'enfant, comme le cyclorameur de mes quatre ans ; une femme en deuil vient recevoir la décoration de son époux ou de son fils mort au combat, je ne sais plus, ai-je jamais su ? Pluie grise de novembre, détachement et musique militaires pour ouvrir et fermer le ban dix fois de suite. Je m'avance devant ce général qui porte un brassard noir au bras gauche et qui ressemble à la mort ; je suis accompagné par un fonctionnaire qui se tient silencieux sur les pavés glissants deux pas derrière moi par déférence, par pudeur devant le chagrin, par respect, par lassitude aussi d'avoir en ces temps-là vu défiler trop d'existences bouleversées, ou par indifférence.

Après cela, ma mère eut assez de force pour organiser le départ en pension de ses cinq enfants. À l'automne

1954, ce furent mes sœurs aînées Thérèse et Clémence en 6ème à l'établissement des Loges de la Maison d'éducation de la Légion d'honneur, boursière ; et moi-même au cours préparatoire - on disait alors en 11/12ème - à l'École Militaire Enfantine Hériot, dans l'ancienne Seine-et-Oise, du côté d'Épernon, également au titre de pupille de la nation[54] comme élève gratuit. Deux ans plus tard, ce furent Madeleine et Cécile, confiées ensemble au même internat de Saint-Mandé, tenu par les religieuses de la Sainte Famille de Bordeaux, dans la banlieue de Paris, en 6ème pour Madeleine, en cours élémentaire première année pour Cécile. Longtemps après, ma mère justifiait encore ces déportations par la convergence des conseils reçus de tous côtés ; comme si elle s'exonérait de cette décision, jamais je ne l'entendis prononcer un remords, pas même un regret. Quelle fut cette femme qui m'imposa l'exil en pension, qui me sépara d'elle dix-huit mois après la mort de mon père ? Je n'ai pas oublié mes efforts pour contrefaire la vérité mutilante de l'exil en justification généreuse et avisée du choix maternel. Je ne croyais pas à la fable que je m'inventais, mais elle m'a maintenu debout, j'ai surjoué l'acceptation du pire pour ne pas céder au désespoir.

Ma mémoire ne m'a pas trahi jusque-là. Octobre 1954. La quatre chevaux Renault file sur les routes de Seine-et-Oise vers l'École militaire enfantine Hériot, à La Boissière. Je me souviens des peupliers se balançant dans l'ouverture du toit décapotable. Ma mère, assise à la place du mort, a réquisitionné un ami qui est sans doute un amant, pour m'y conduire. Nous étant égarés du côté de Bourdonné ou d'Adainville, nous avons tourné en rond et sommes arrivés par la route d'Épernon qui longe une prairie close de lisses blanches où broutent des chevaux, avant d'entrer dans le village par le carrefour de l'auberge à l'enseigne *Au point du jour*. La route longe à droite les grilles et le mur du château Louis XIII ayant appartenu au commandant Hériot.

Une centaine de mètres plus loin monte sur la gauche l'allée qui se termine par un immense portail de fer forgé sur lequel est accrochée une pancarte : « Terrain militaire. Défense d'entrer ». Nous poursuivons à pied. Une monumentale allégorie ailée de la patrie en marbre blanc accueille un orphelin ; sur son socle est proclamé : « Ils seront élevés dans le culte de l'honneur et de la patrie. » Cette promesse-là du moins sera tenue, jusque dans sa rigueur rhétorique, inaffective, convenue, cruelle, inexorable. Dans la longue file montant vers le premier étage, nous attendons une éternité. Durant cette attente, j'ai compris que je n'avais pas d'échappatoire, puisque rien n'arrêtait ma mère, ni la récente disparition de mon père, ni la misère du chapelet d'enfants terrorisés par l'approche de l'abandon – on a six ou sept ans, certains, au regard effaré, pleurent en silence sous les yeux de parents qui palabrent entre eux pour éviter de voir ; enfants tout à l'heure livrés à la séparation, après les formalités de l'incorporation : visite médicale, bureau du directeur des études, économat, aumônier, Commandant Salmes enfin, en charge de l'école, pour clore cet après-midi ravagé par l'extrême pointe de la guerre. Comment n'a-t-elle pas fui le spectacle obscène de cette file d'attente aux enfants bientôt mutilés pour toujours par la prostitution à l'abandon, et ne m'a-t-elle pas emporté en me serrant dans ses bras pour me protéger du pire ?

Puisque je ne pouvais éviter cet abandon, puisque toute évasion était interdite, une fugue restait possible : m'absenter de moi-même, divorcer de mon chagrin, ni larmes ni plaintes, en me réfugiant derrière le bouclier de résultats scolaires exemplaires, échapper ainsi à la submersion par le malheur. Pour tenir debout, je jouerais au bon élève[55]. Le petit garçon sur la photographie devant le portail du pensionnat le jour de son incorporation, le petit garçon qui sourit parce qu'il a trop envie de pleurer, c'est moi. Je prends la pose que ma mère attend. Le monde à l'envers : à moi de la protéger contre la menace du chagrin en comptant pour rien le mien et mon effondrement. Tout à l'heure, je serai seul et le portail se sera refermé sur son départ. M'a-t-elle seulement dit quand nous nous reverrions, si nous nous revoyions ? Comment faire pour retenir les larmes, être grand, dire au revoir et tourner les talons ? Je suis prisonnier du chagrin qui ne me quittera jamais, même durant les heures heureuses. J'embrasse ma mère en respirant à pleins poumons le parfum de ses vêtements, Shalimar, ou Heure bleue, ou Habit rouge, je ne sais plus, confondus dans mon souvenir ; quelqu'un me prend par la main, c'est une Afat qui m'entraîne vers le gouffre, elle essaie d'être gentille, mais je sens trembler sa main. J'ai six ans. Je suis seul. Je suis seul à côté de cette étrangère qui me pousse de bureau en bureau, presque en s'excusant. J'ai envie de lui dire : « Ne vous inquiétez pas Madame, je me débrouillerai ». On me pèse, on m'ausculte, on me pose des questions, on me toise. Je suis en culotte blanche, puis tout nu. Une lingère me donne une pile de vêtements, en deux minutes je suis devenu un petit enfant de troupe discipliné, matricule 476, série C. Un instant sur le palier du mi-étage je me retourne, j'aperçois le manteau framboise de ma mère à travers la porte vitrée du hall, elle file en trottinant sur la pointe des pieds pour ne pas blesser le cuir de ses escarpins dans les graviers de la cour. Son chauffeur occasionnel lui donne le bras. Je ne saurai jamais si elle pleure la séparation de son petit garçon.

Je ne garde aucun souvenir du premier dîner dans le grand réfectoire aux tables hexagonales recouvertes de Formica vert pâle et bordé d'une ganse d'inox rainuré. Ai-je même dîné ? Ai-je étouffé mes larmes et avalé ma peine en me gavant de soupe au pain où flottent des bulles de gras, les yeux perdus dans le grand tableau accroché sur le mur du fond, une copie gigantesque du *Joueur de flûte* de Manet, petit enfant de troupe en uniforme, spencer d'apparat bleu marine aux boutons dorés, baudrier et guêtres blanches, pantalon rouge des saint-cyriens de 1870 ou de 1914, petit flûtiste qui me regardait comme un frère de misère ? Et puis, en rangs par deux et en silence, méditant le pire, peut-être n'espérant plus le meilleur, nous avons gagné le dortoir. Je me suis déshabillé, je me suis engouffré dans mon lit sans parler à mon voisin, j'ai oublié son nom depuis longtemps - était-ce Affanassieff, Lacroix, Becker, Sangaran, Hubert ou Kerst ? - je me suis mis en boule et j'ai ramené sur ma tête la couverture kahki, tout doucement des larmes interminables et silencieuses sont tombées de mes yeux. Pas un bruit, pas un sanglot, des larmes. Le lendemain au réveil je baignais dans mes urines. La jeune religieuse si douce, affectée au dortoir des petits, Sœur Louise, me console et me donne du linge propre. Pendant qu'elle change mes draps, je me lave et m'habille. À la fin, elle m'embrasse en souriant et me frictionne affectueusement les cheveux. Elle n'a pas dit une parole, je n'ai jamais oublié la tendresse bienveillante et respectueuse de son sourire répandue sur mon désespoir et sur ma honte. J'ai appris bien plus tard, vingt ans après, que son père, commandant d'artillerie, était mort pendant les derniers affrontements de l'été 1918, laissant derrière lui cinq orphelins.

En comparaison, la punition dont l'éducateur de ma section traita l'un de mes camarades quelques mois plus tard fut cruelle et me donna le vertige. Pourquoi n'eut-il pas le temps de gagner les toilettes lors d'une récréation et embrena-t-il non seulement ses vêtements, caleçon et culotte, mais aussi ses jambes ? On lui imposa de se promener tout le reste de la journée en pans de chemise, les fesses à l'air, les jambes souillées. Je revois le pauvre petit accroupi dans un coin de la cour, abandonné de toute dignité, chassant avec des cailloux ceux qui se moquaient de lui et qu'il maintenait ainsi en lisière, en leur crachant des insultes et pleurant de rage.

Les jours succédaient aux jours sans avenir. Un matin, c'était en hiver, on nous réveille plus tôt que d'habitude, on nous ordonne de nous dépêcher. Le commandant de l'école attendait le rassemblement de toutes les classes dans la cour d'honneur devant l'allégorie de la patrie. Qu'était-il arrivé ? Au petit jour, on avait découvert, sur l'allée goudronnée menant au portail, une inscription à la craie blanche en grosses lettres capitales couvrant toute la largeur de la route : CCH, c'est à dire Camp de Concentration Hériot. Bien sûr, nous étions tous trop jeunes pour avoir connu l'univers concentrationnaire, mais nous étions issus de familles militaires, l'abomination nazie était parvenue jusqu'à nous : fut-ce confusément, ceux qui avaient écrit ces mots l'avaient fait avec leur sang et la misère enfantine de notre relégation. Les auteurs, des grands de la classe du Certificat d'études, furent démasqués par les indices qui furent retrouvés sur place. Le jour même, ils étaient remis à leur famille.

Que sont-ils devenus ?

Les adultes, relais symboliques de nos parents démissionnaires ou défaillants, que j'ai rencontrés dans cette École d'enfants de troupe entre six et onze ans, ont tenu leur rôle de manière contrastée, souvent exemplaire d'humanité, parfois indifférents, parfois indignes. Si je garde de ma maîtresse du cours préparatoire, Madame Pigalle, le souvenir de son prénom - Geneviève - et de la douceur de son sourire, je me souviens de ses yeux verts, des taches de rousseur de son visage et de ses cheveux roux ramenés en chignon, je l'ai aimée, elle m'a aimé ; si M.Chevalier, incomparable maître de la classe de 7ème, a su m'accompagner fermement, délicatement, affectueusement jusqu'au concours d'entrée au Prytanée militaire - il n'y eut cette année-là que trois admis issus de ma pension ; si Sœur Louise, de la congrégation des Filles de Saint Vincent de Paul, fut une attentive et chaleureuse et infatigable Notre-Dame de la Perpétuelle Consolation pour le dortoir des petits du cours préparatoire où elle m'accueillit à six ans ; s'il y a des visages de la bonté sur lesquels je ne me console pas de ne pouvoir poser un nom, comme l'on pose un baiser sur le front d'un enfant qui s'endort, pas même un prénom, comme celui de cette femme de service que j'identifierais quinze ans plus tard - lorsque je lirai *À la Recherche du temps perdu* - à la Charité de Giotto de la chapelle Scrovegni que Charles Swann-Marcel Proust compare à Françoise-Céleste ; en revanche, je ne peux passer sous silence ni faire semblant d'avoir oublié, quelque malaise que cela me provoque et quelque douleur troublante que cela réveille, le pédophile qui fut mon instituteur de la classe de 8ème, qui n'omit aucun caleçon dans lequel il plongeait adroitement et goulument la main pour caresser un sexe. Tout prétexte était bon pour appeler tel d'entre nous à l'estrade où trônait son bureau, un bavardage, une tenue débraillée, une faute d'orthographe, une leçon mal apprise ou mal récitée, ou rien. Nous étions des proies permanentes. Là, s'exécutait l'immédiate et unique punition, toujours la même : il était assis sur sa chaise, on s'allongeait à plat ventre sur ses genoux cachés par le bureau, il mimait une petite fessée de mise en bouche, si je puis m'exprimer ainsi, puis introduisait sa main dans la jambe de notre culotte courte en drap de laine bleu marine, caressait mine de rien notre sexe sans avoir besoin de nous déculotter. La stimulation des zones érogènes provoquait parfois un rire soupiré mécanique du supplicié, contraction réflexe d'un corps que l'on vient de pendre, ce qui déclenchait un rire général, et le maltraité regagnait sa place en rougissant, après ces caresses publiques. Le rituel était interprété avec une évidence et une aisance telles que jamais aucun d'entre nous ne s'en plaignit, ni ne trouva à redire de cette pratique. Vivier de chair fraîche, on acceptait sans se poser de questions. Nous étions Pupilles de la Nation, entretenus, nourris et enseignés gratuitement, tout ce que nous devions dire c'était : merci la France, merci l'École militaire enfantine, merci les professeurs, merci les parents.

Mon omerta fut presque perpétuelle ; je n'en ai parlé à ma mère qu'à la veille de son entrée en éhpad, elle était alors âgée de quatre-vingt-treize ans, dans l'antichambre de sa mort. « Pourquoi ne m'en as-tu jamais parlé ? » me demanda-t-elle. Les mots me vinrent, épouvantables lorsque j'y repense aujourd'hui, automatiques et calmes : « Parce que je ne me suis jamais senti protégé par toi ». Ma réponse ne s'adressait-elle qu'à elle, ou voulais-je dire qu'elle et mon père ne m'avaient jamais défendu contre les menaces et les dangers, et que j'avais dû me débrouiller sans le recours à leur secours contre les attentats, sans paratonnerre absolu contre les insultes et les massacres de la vie ? Elle a fait mine de s'étouffer, la tête rejetée contre le dossier, les yeux fermés et la bouche grande ouverte, mais je voyais son thorax inspirer et expirer de façon régulière ; je ne me suis ni levé ni précipité ; je regardais son manège, et la perspective de mon enfance déglinguée ; au bout de quelques minutes elle a changé de tactique : elle a poussé un hurlement de bête modulé sur trois tons de hou ! hou ! hou ! Puis elle s'est redressée dans le fauteuil à commande électrique dont je l'avais équipée quelques semaines plus tôt, qu'elle a tenté de manœuvrer, mais en vain ; cramponnée aux accoudoirs, elle a voulu se lever et se tenir debout puis avancer en titubant comme un automate à la mécanique bloquée, et m'a crié ivre de rage : « Je sais ce qu'il me reste à faire. Je vais me jeter par la fenêtre ». Mais elle était clouée sur place, soit incapacité physique de son impotence déjà invalidante, soit constat de l'inefficacité de la mise en scène. Elle est restée quelques instants debout, chancelant, hésitant, incapable de faire un pas seule, mais raidie par l'orgueil et l'arrogance, regardant l'espace vide qu'elle ne pouvait franchir sans aide jusqu'à la fenêtre, hésitant à hurler de nouveau, et après avoir marmonné quelques sons disjoints et inarticulés qui ne voulaient rien dire d'autre que le constat qu'elle était faite, elle est retombée dans son fauteuil en poussant un épais soupir, comme si c'était la dernière expiration d'une agonisante, comme pour m'accuser de l'avoir assassinée. Pas une larme, mais encore des cris, une raclée de cris, une fouettée de cris. Et puis plus rien. J'avais eu l'impression que sa respiration devenue rapide, haletante, bruyante et superficielle, modulait la jouissance et mimait l'amour. En réalité, elle voulait faire semblant de mourir. J'avais attendu tant d'années et retenu baissé, afin de ne pas mourir moi-même, le rideau de la scène de ma vie qui cache la vérité, et je voyais tout à coup ma mère marcher vers le dernier acte ; en un instant, je suis redevenu le petit garçon paralysé par l'effroi et j'ai su qu'elle allait mourir. Son long abandon allait se répéter, pour toujours sans espoir de réparation, et greffer en mon cœur, si je ne disais rien, le mal mortel qui m'emporterait à mon tour.

Chaque classe de l'école militaire d'enfants de troupe était placée sous la responsabilité d'un appelé du contingent, certains étaient séminaristes, d'autres plus nombreux, en cours d'études universitaires, que nous appelions chefs : le déroulement de notre vie à l'internat leur échoyait. Je n'ai pas gardé le nom de celui qui, un jour qu'il emmenait ma section en promenade dans une clairière, avait joué avec l'un de mes camarades à qui déshabillerait l'autre entièrement le premier. Qu'arriva-t-il ? En trois coups de cuiller à pot, le petit se retrouva nu comme un ver et honteux. C'était à quelques jours du retour à la vie civile de son tombeur. Celui-ci prit peur : la nuit qui précéda son départ, il acheta notre silence en déposant, sur chaque cosy de bois qui nous servait de table de nuit et de placard, des images offertes alors par les entremets francorusses, qu'il s'était procurées à l'économat approvisionné de ces réclames en grand nombre.

Il y avait aussi, chaque année pendant l'automne, la visite médicale des équipes du Professeur Lelong de l'Hôpital Saint-Vincent de Paul à Paris. On nous prévenait en amont de sa venue. La routine de l'emploi du temps volait ce jour-là en éclat. Tous les pensionnaires, classe par classe, étaient cliniquement examinés ; non pas à la recherche préventive ou curative de pathologies, mais pesés, toisés, mesurés de tous côtés et sur toutes les faces. La capacité respiratoire, le poids, les mensurations de tout le corps - tour de tête, tour de poitrine à la hauteur des mamelons, tour de hanches, taille du pénis et des testicules, apparition des poils pubiens et axillaires - rien n'échappait à la sagacité des investigateurs, jusqu'à la radiographie du poignet, dont j'ai appris lors de mes études de médecine, vingt ans plus tard, qu'elle servait à identifier précisément l'âge osseux. Nous avancions tout nus en file indienne. Je garde de ces rendez-vous le sentiment d'un indéfinissable malaise : qu'étions-nous pour ces équipes de médecins-techniciens à qui nous n'avions rien demandé, qu'étions-nous sinon des échantillons d'enfants de différentes classes d'âge, permettant d'établir rapidement des moyennes de développement promises à la publication d'abaques et de courbes dans des revues savantes, chacun de nous représenté par un point quelconque dans un empilement de données morphologiques statistiques ? Nous n'étions rien. Nos parents savaient-ils que, lors de ces journées Lelong, leurs enfants n'étaient que des rats, des singes ou des mouches ? Avaient-ils au moins été informés, avaient-ils eu à donner leur avis, leur approbation ? Je ne le crois pas, ma mère ne m'en avait jamais parlé. Un internat de trois cents misères sociales enfantines et adolescentes constituait une riche mine de renseignements, dans laquelle on pouvait piocher sans demander l'autorisation de qui que ce soit. Tous des cas sociaux, des orphelins pauvres en grand nombre, qui viendraient se plaindre ?

Nous ne parlions jamais de ces événements : ils se produisaient, et les jours, les semaines, les mois passaient puis les années les ont ensevelis dans le silence de la résignation et de la honte. C'est la honte, lorsque j'y repense, c'est la honte qui aura englouti mon enfance et ma jeunesse, inondation dans le cyanure noir de la tristesse cachée. Honte d'être orphelin, honte d'être pauvre, honte du regard porté par les inconnus sur l'accoutrement de notre uniforme de petits soldats, honte du comportement excentrique et provocateur de ma mère, honte de ne pas appartenir à une famille ordinaire, honte de me sentir autre par les prétentions et les commandements d'une mère incertaine d'elle-même et incapable de protéger ses enfants, alors qu'elle se vivait en ange d'amour maternel et tutélaire. Honte aussi de n'être pas secouru par un père, de n'être pas arraché à la menace d'un naufrage imminent. Je me sentais de nulle part. Je dus m'inventer à mon tour pour survivre un univers de rêveries ; et, pour me construire un semblant d'itinéraire dans une existence dont l'environnement m'accablait, je fis fond sur les élucubrations désordonnées de ma mère jusque très avant dans mon adolescence, sans savoir qu'ainsi triomphaient les forces de la destruction. Même si j'ai appris à les maintenir à distance, les conséquences de cet assujettissement me poursuivent encore, tant l'empire des fantaisies pathologiques et dérisoires de ma mère s'insinuèrent dans mon esprit par des ramifications psychologiques obscures et vivaces, comparables aux prolongations néoplasiques d'un glioblastome dans le système nerveux central, infiltrant, sournois, inextirpable et bientôt fatal par ses complications, quelle que soit la stratégie thérapeutique.

Je me rappelle les rares dimanches où elle venait me

visiter. L'autocar de 11 heures, en provenance de la gare d'Épernon, s'arrêtait au coin de l'allée menant de la route départementale au portail de la pension. C'était un ordonnancement rituel : depuis le hall donnant sur la cour d'honneur, je la guettais dès le milieu de la matinée. À peine était-elle arrivée, nous nous rendions à la chapelle où était célébrée la messe de la communauté religieuse, une dizaine de braves filles de la Charité. Elles disposaient en effet d'une petite chapelle aménagée derrière le bureau du directeur des études. Le plafond en était constellé, des étoiles dorées sur fond de ciel bleu France : les étoiles scintillant en plein jour me faisaient rêver. Ces religieuses avaient baroudé sur tous les fronts de la misère sociale depuis la Grande Guerre, mais elles ne s'y étaient pas endurcies, et elles ne s'enorgueillissaient pas de leur mérite. Quelque chose de juvénile ou de naïf flottait encore sur leur visage qui n'avait pas vieilli malgré les années, où les torrents de malheurs qu'elles avaient recueillis et tentés d'apaiser n'avaient pas effacé la bonté. Elles avaient la charge de l'internat des petits, de l'enseignement religieux, de l'économat aussi, où Sœur Catherine avait ajouté à ses responsabilités un petit comptoir de friandises et de pacotille : pour quelques centimes, on s'approvisionnait en rouleaux de réglisse, en cachous Lajaunie ou en carambars ; elle échangeait aussi des images et des timbres de collection et elle en vendait, très bon marché. Et toute sorte de petits négoces : un jour, elle avait fait venir, par une communauté de sa congrégation, des pierres du Mozambique, bleu et rubis, pour lesquelles on se battait, comme s'il se fût agi d'émeraudes ou de diamants ; une autre fois, ce furent des images pieuses peintes par des enfants du Guatemala. Brave sœur Catherine qui préférait vendre à perte le trésor de ses trouvailles exotiques, plutôt que de nous laisser repartir bredouille parce que notre fortune s'estimait en centimes !

Au sortir de la messe, j'accompagnais ma mère au

village où elle déjeunait à l'unique auberge *Au point du jour,* relais de chasseurs et de randonneurs. Et je remontais prendre mon repas au réfectoire de la pension, triste et honteux ; triste parce qu'à peine retrouvée il me fallait la quitter momentanément, et honteux de revenir déjeuner à la pension où j'inventais pour mes camarades une raison à mon retour ; mais jamais je ne leur ai avoué que ma mère ne pouvait pas assumer la dépense de deux repas à l'auberge, du moins me l'affirmait-elle. Puis, à toute vitesse, je la rejoignais à l'heure du café. Je contemplais sa main dévisser la grille du petit appareil de café-filtre du bout de ses ongles peints, elle l'avalait brûlant à petites gorgées retenues, mais gourmandes. Puis elle poudrait ses joues, son nez, son menton et son front, pressait l'une contre l'autre ses lèvres qu'elle avait enduites de rouge, ajustait sa coiffure d'une main dans le petit miroir du poudrier qu'elle tenait de l'autre ; et nous partions nous promener dans la campagne ou dans les bois, ramasser des champignons en automne et cueillir du muguet ou des bouquets de rhododendrons sauvages au printemps. À 16 heures, nous rentrions pour la séance de cinéma au foyer de la pension. Une demi-heure d'actualités, un quart d'heure d'entracte, puis le machiniste lançait le film, une copie vieillie et tressautante d'un long-métrage tourné dans les années trente. Je me blottissais contre elle ; puisqu'elle devait partir avant la fin du film et ne voulait pas déranger nos voisins par des démonstrations intempestives, elle m'avait embrassé pendant que la lumière s'éteignait. Ah ! J'y pensais bien aux voisins ! Dans quelques minutes, ma mère me serait à nouveau enlevée par l'autocar de Rambouillet ou d'Épernon et le train vers Paris. Dieu sait quand nous nous reverrions ! Elle ramassait discrètement son sac à main, prenait ma main dans la sienne, la portait dans le noir à ses lèvres, et déjà je ne la voyais plus, elle avait disparu dans l'obscurité. Lorsque se rallumait la lumière, il y avait longtemps que j'avais séché mes larmes « un fils de légionnaire ne pleure pas, n'est-ce pas mon grand garçon ». D'où venaient son aveuglement et sa cruauté lorsqu'elle me parlait ainsi ? Cette pension qui me faisait horreur, l'arrachement de mon cœur aux portes du désespoir à chaque séparation : n'a-t-elle vraiment rien vu de l'écrasement dans la sale glu de la mort et du deuil ?

Elle est venue, je crois, pour chaque distribution des prix, à la fin du mois de juin, je lui offrais mes notes et mes prix parce que je savais qu'elle les attendait, qu'elle en avait besoin, je m'imaginais que c'était ma seule fortune, peut-être redoutais-je aussi la menace de ses représailles et de ses remontrances. Elle pouvait compter sur mes résultats qui l'enorgueillissaient. Toutes les classes étaient rassemblées après un défilé en tenue n°1, derrière la fanfare claironnant et tambourinant *V'la l'général qui passe,* ou bien *Sambre et Meuse,* précédée de la canne bondissante du tambour-major. Nous étions ensuite groupés par classe sur des bancs de patronage comme en survivent encore des rescapés de la modernisation dans les arrière-salles des paroisses, les plus jeunes du cours préparatoire en avant, les plus âgés de la classe du Certificat d'études en arrière. Pour commencer la cérémonie de remise des prix, on nous faisait entonner l'hymne de l'école, *Les Poussins*, paroles et musique de Michel Dejiudice, adjudant-chef responsable de la musique et de la chorale dans les années trente : *Vivent les Poussins / Vivent les Poussins /Joyeux enfants de France / Hardi les gars / Ayons toujours l'entrain / Vivent les poussins / Vivent les poussins / Nous répandrons alentour / Notre gaieté et nos chants / En marche vers un avenir meilleur,* que je chantais avec mes camarades sans penser aux paroles, ou plutôt sans y croire. Les familles faisaient rapidement couronne autour de ce parterre d'enfants. Je guettais l'arrivée de ma mère. Je la cherchais des yeux à l'arrière dans la foule des familles ; je ne la voyais pas, déjà j'imaginais qu'elle avait annulé sa venue ; et tout à coup, elle m'apparaissait, comme la complice d'un prestidigitateur sortie du néant et bondissant d'une malle qu'on vous a montrée vide une minute plus tôt. Elle était juchée sur le perchoir improvisé d'une statue d'Auguste Cain, représentant un combat de tigres dont le parc regorgeait ; et, me faisant de grands gestes, elle m'envoyait des baisers. J'étais heureux de la voir enfin, mais l'expressionnisme de son attitude et de son accoutrement une fois de plus m'accablait, bien que je n'en montrasse rien. Elle était en retard, et j'avais le sentiment que l'on ne voyait qu'elle, qu'elle faisait tout pour que l'on ne voie qu'elle. Le micro égrainait le nom des lauréats. J'allais récupérer mes livres de prix, je les lui apportais au fur et à mesure pour qu'elle en fasse un empilement victorieux. J'étais heureux de son bonheur qui rayonnait. Je n'avais pas compris, je ne pouvais pas comprendre que ce n'était pas à moi de faire son bonheur bien qu'elle demandât l'impossible à ses enfants.

Hormis la célébration des prix, ses visites furent si rares, si brèves, si menaçantes par leur brièveté et par leur rareté ! Et les trimestres s'écoulèrent comme des viols interminables, subis, résignés, débarrassés de tout espoir, soumis à l'adversité désespérante et noire. Ma mère en souffrit-elle elle-même ? Un jour, des années plus tard, elle affirma avoir beaucoup pleuré avec la concierge de son immeuble, dans sa loge. Cela n'est pas impossible tant sa vie fut contradictoire et disjointe. Je l'imagine acculée par la nécessité financière à semer ses cinq enfants dans des pensions, et à souffrir la mort de cette séparation, dont elle accusait le monde. Mais je sais aussi qu'elle n'avait pas cessé de vivre.

Elle m'envoyait de loin en loin une carte postale représentant une vue de Paris : le Palais de Chaillot, la cathédrale Notre-Dame, l'esplanade des Invalides, le Champ de Mars, la Concorde et l'obélisque, chaque fois un monument historique ou une perspective majestueuse de la capitale. J'ai sous les yeux l'unique exemplaire qui ait survécu à la négligence des déménagements et du temps, datée d'avril 1959, l'année de ma classe de 7ème. C'est une vue en amont du pont Alexandre III, depuis le quai bas rive droite, de sorte que seules sont visibles, surmontant les piliers de la rive gauche et encadrant la perspective de la Tour Eiffel, deux ponts plus loin, des statues gigantesques et dorées : celle de *la Renommée au combat,* opulente femme aux énormes seins nus et aux formes de Walkyrie, un sabre dans chaque main ; et celle de *Pégase tenu par la Renommée,* jumelle titanesque de la précédente, embouchée d'une trompette sonnant la charge de la Guerre, et sur le point de lâcher les rênes de l'allégorie équine du tonnerre et de la foudre. Ma mère sait-elle ce qu'elle m'envoie ? Moi-même je ne vois qu'une image de la ville où je passe mes rares vacances familiales, je ne sais même pas que ces statues glorifient la renommée de la France au combat, de la France dans la guerre. Je ne le comprends qu'aujourd'hui, comme je ne comprends qu'aujourd'hui le mot bref écrit par ma mère au verso de la carte postale : c'est une réponse à ma récente lettre de pensionnaire dont les propos transpirent l'angoisse de séparation. J'ai dû probablement lui écrire que je redoutais le renouvellement du scénario de l'année précédente, elle nous avait expédiés en colonie de vacances pour tout l'été, apothéose d'abandon et de négligence au terme d'une longue année de pension : « Sois tranquille pour les vacances », commence-t-elle rassurante ; puis elle ajoute, ne se rendant pas compte qu'elle redouble et justifie mes craintes : « Je ne sais pas encore ce que je ferai [...]. Il se peut que je travaille à Paris pendant un bon mois et que je vous installe à la campagne chez mon amie Odette H.K ; mais je passerai les week-ends avec vous ». Et, pour enfoncer le clou, elle termine par une promesse vague, hypothèse incertaine d'une visite lors d'un prochain dimanche du mois de mai : « J'irai sans doute te voir le 3 mai ». Vint-elle ?

Que les ai-je attendues pourtant ces cartes postales

envoyées par ma mère, auxquelles j'aspirais et qui me faisaient rêver longtemps après que je les avais reçues, comme un médicament antalgique à action prolongée que l'on prescrit aux formes incurables des pathologies physiques crucifiantes, et qui, sur mes douleurs morales, répandaient leur baume anesthésiant en même temps que l'illusion de sa présence ! Je me souviens que je les respirais ces cartes venues de Paris, à la recherche de son parfum. Elle les avait écrites, comme un animal je cherchais le sillage de sa présence dans le parfum qu'elle y avait incrusté. La distribution du courrier se faisait entre la fin des cours du matin et le déjeuner. Devant la classe rassemblée en rang, le chef appelait chaque destinataire à qui il remettait cartes ou lettres. La liste était courte, rapidement expédiée, et nous nous précipitions au réfectoire.

L'année où je suis entré au pensionnat d'enfants de troupe, ma mère ne vint pas me visiter entre mon incorporation au début du mois de septembre et les vacances de Toussaint. Ce délai lui avait-il été recommandé par l'institution pour imposer au forceps l'acceptation de la séparation ? J'ai cessé de penser que cette question est importante, la seule vérité que je veux regarder sans tourner la tête et sans lui opposer une réponse indécidable, c'est que j'eus la certitude d'être abandonné et que je n'ai pourtant manifesté aucune protestation. Par lâcheté, par résignation, par sidération ? Deux mois furent une éternité de tristesse silencieuse, multipliant la chaux vive de la disparition de mon père. Aujourd'hui encore, tant d'années après, une nausée physique et psychique accompagne l'évocation de ces semaines, comme si j'avais eu alors la certitude qu'elles n'auraient jamais de fin. Je revins à Paris pour les brefs congés de mi-trimestre : des camions militaires, des GMC, nous transportèrent jusqu'à la gare d'Épernon où se formait un train spécial réservé pour la pension. Deux cents, peut-être trois cents élèves en uniforme de drap bleu marine, culotte courte et vareuse, béret soucoupe volante, godillots à clous passés à la graisse à nettoyer le cuir, et mi-bas de laine. Quand la locomotive à vapeur commença son freinage, quelques minutes avant la Gare Montparnasse, j'ai reconnu le boulevard Brune où nous habitions et puis le Pont aux bœufs qui enjambe la rue d'Alésia. Ma mère m'attendait de l'autre côté de la guérite du contrôleur qui ramassait les billets. Je l'aperçus avant qu'elle ne me vît, juchée sur un chariot à bagages. Je me suis précipité sur elle. Elle avait coupé ses cheveux longs auburn qu'elle avait teints en blond platine - bien plus tard je comprendrais rétrospectivement l'allusion et l'identification à Marilyn Monroe qui faisait un tabac au cinéma dans *The river of no return* et défrayait la chronique par ses liaisons sensationnelles, la sexualisation provocante et envoûtante de son comportement, ses barbituriques qui n'apaisaient plus ses angoisses d'abandon, ses frasques d'enfant mal dorlotée. Elle s'était penchée pour m'embrasser, je ne pouvais détacher mes bras de son cou. Elle n'était pas seule. Andréa l'accompagnait, jeune femme brune à la coiffure très courte, coupe au bol d'un appelé du contingent, vêtue de façon stricte et androgyne : blazer bleu et pantalon de flanelle grise, cravate club, *penny-lofer*s et gants de cuir. Elle fumait une Gitane maïs, et elle souriait gentiment entre les bouffées. Plus tard, j'ai appris à apprécier Andréa, mais sur le coup, même si je n'ai pas compris ce qu'elles pouvaient bien faire ensemble, je fus assommé par l'évidence d'une vie affective qui me reléguait au rôle de figurant périphérique chargé d'incarner une simple silhouette particulière, fût-elle parlante, une suggestion incertaine. Andréa représentait la vie qui ne s'était pas arrêtée pour ma mère, alors que j'en étais à la relégation lointaine, promis à l'effacement. Elles s'étaient rencontrées au Salon de l'Enfance où ma mère avait accepté de tenir le stand des Enfants de Troupe et dont Andréa assurait le reportage pour Europe n°1. C'est elle, je crois, qui fit à cette époque entrer ma mère dans son cercle des méchantes femmes, comme elles s'appelaient entre elles. Elle y fut accueillie avec une pitié qu'elle prit pour de l'intérêt et de la tendresse. On la trouvait fantasque et drôle, originale et cultivée : elle était intelligente et névrosée. Le groupe tournait autour de la personnalité d'Edmonde qui se faisait appeler Gauguin dont elle était l'arrière-petite-nièce par alliance, tout son talent résumé à cette parenté indirecte, qu'elle assumait avec culot et un certain panache. Elle multipliait les aventures, essayait les nouvelles venues comme un plat de pâtes chez le traiteur, ordonnait tout et le reste, en un mot tenait sous sa férule cette écurie femelle. Elle savait tout sur tout, et rien en particulier, elle militait au Parti communiste, des idées fortes et aboyées qu'elle faisait passer pour de la profondeur, et son troupeau de subordonnées se prosternait sous ses diktats : féroce et perverse, elle obtint de ma mère les gages qu'elle avait exigés, renforça son prestige et asservit sa nouvelle recrue dans le théâtre de ses zélatrices perturbées et dépendantes.

Vacances après vacances, j'appris à les connaître : elles se répartissaient en deux genres. Il y avait les garçons manqués qui, telles Andrea et Loucky, essayaient de ressembler à ceux qu'elles ne seraient jamais. Elles préféraient des vêtements de maçons ou de conducteurs de travaux, jeans, chemises à carreaux, casquettes et croquenots - du Gavroche sur les barricades dans leurs tentations vestimentaires. Et il y avait les chattes qui minaudaient en prenant des poses : elles se serraient une taille de guêpe dans des jupes que corollait la baleine souple infiltrée dans l'ourlet ; faisaient valoir leur poitrine dans des guimpes avantageuses et décolletées aux frontières de l'impossible ; se hissaient sur des styletti que prolongeait sur le mollet la couture des bas de nylon. Le visage repeint, elles coloraient leurs cheveux qu'elles ébouriffaient en choucroute et elles accumulaient de la pacotille en pendants d'oreilles, sur leur cou, à leurs poignets, parfois jusques à leurs chevilles. Ma mère balançait entre ces deux côtés.

Lors de ces brèves premières vacances de Toussaint du cours préparatoire, Andréa organisa chez nous son anniversaire. Elle y convia ce troupeau de névroses, venues en couples ou seules, apprêtées de plumes et de paillettes, ou en complet veston et vernis plats à lacets, coupe de cheveux au bol. Gauguin trônait. Je me souviens de ses jodhpurs en *sweep-cord* kahki sur des bottines de concours hippique, de son foulard Ventilo dans une chemise mille-raies aux poignets mousquetaires accrochés par des œils-de-serpent, de son blouson d'aviateur qu'elle avait chiné dans un surplus américain, et des lunettes Ray-ban qu'elle portait en serre-tête. Elle parlait fort par jappements autoritaires, interrompait tout le monde à tout instant, buvait verre sur verre et fumait des Troupes achetées à la cantine du ministère de la Guerre, où elle était l'adjointe d'un sous-chef de bureau.

Vint aussi un certain Bobby, créateur de foulards de soie et d'écharpes qu'il peignait au pochoir, et dont il approvisionnait des boutiques de faubourgs, des bazars, ainsi qu'un vendeur à la sauvette installé dans les couloirs du métro à la Gare Montparnasse. Jusqu'à son exil à San Francisco où il rejoignit un petit ami et disparut alors sans laisser de traces, il fut un ami fidèle et attentif pour ma mère, dont il n'ignorait ni les insuffisances, ni les faiblesses, mais appréciait les fantaisies, la culture et la sensibilité blessée de personnalité *border-line*. Ma mère a longtemps gardé sur sa table de chevet un Pingouin book qu'il lui avait offert avant son exil californien, « The chariocteer », roman d'amour tumultueux entre deux jeunes marins de l'US Navy.

Le soir où l'on organisa l'anniversaire d'Andréa, Bobby était accompagné d'un bellâtre de figuration qui n'aurait pas déplu dans un spectacle de patronage et répétait à tout propos Mon Dieu, Mon Dieu : « Mon Dieu, Mon

Dieu » avait-il hululé à son arrivée d'une voix de fausset, en plaquant les mains sur ses cheveux et ses oreilles parce que la fenêtre était entrebâillée, « un pet de mouche me décoiffe, on veut me scalper ». On ferma la fenêtre, un café réchauffa l'éphèbe affolé, on fit mille gentillesses pour qu'à la fin il consentît à ôter son manteau, son bonnet, son écharpe et ses gants, et à reprendre son souffle et ses esprits. Chacune avait préparé une partie de la fête que nous, les cinq enfants, déballions dans la cuisine à l'arrivée des convives. Ma mère avait mijoté un sauté de volailles aux ananas, recette exotique dénichée dans un canard culinaire, que ma sœur Madeleine déclara « dégueulasse », sans aucune nuance diplomatique, lorsqu'elle le goûta, réflexion qui reçut de ma mère la monnaie d'une paire de claques. Pauvre sœur Madeleine que l'ambivalence maternelle n'épargna jamais, comme si la double phlébite de sa naissance avait déclenché un registre de rancune maternelle haineuse, morceau de vindicte à perpétuité inguérissable !

Il y avait eu ce soir-là les huîtres, écaillées sur le petit balcon, apportées par Loucky et Arlette qui gagnaient leur vie en vendant par correspondance, depuis leur boutique installée passage du Désir, les tubes yé-yé pressés sur des 45 tours, et qui habitaient du côté de la gare de l'Est, rue de la Fidélité ; les fromages que Jacquot, qui s'appelait Jacqueline, mais qui tenait ce prénom en horreur et avait décidé une fois pour toutes de se rebaptiser d'un prénom de perroquet, avait trimbalés sur le porte-bagages de son Piaggio depuis le Pont de Bezons ; le gâteau au chocolat apporté par une grosse fille pendue au bras d'une Ophélie translucide et pâle qui se faisait appeler Pomponne, ce qui me fit penser à un nom de chat qui sucerait des bonbons ; les mendiants préparés par Maria, illusionniste qui se prétendait liée à la famille du dernier Tsar par le cousin de son arrière-grand-tante et vivotait en faisant le ménage la nuit à l'aéroport d'Orly, bien qu'elle assurât à qui voulait l'entendre qu'elle était avion-taxi sur les lignes internationales ; et le jerrycan de rosé de Provence monté par Maggy, la cinquantaine, une asperge pâle et gentille qui gagnait sa vie en fabriquant des abat-jour avec du fil de fer et du raphia multicolore, et que l'on appelait Lausanne parce qu'elle était originaire du canton de Vaud.

J'ai six ans, je regarde ces invitées étranges et sauvages, félins femelles provocantes ou chattes roucoulantes et gentilles : je ne connais pas très bien le sens du mot égocentrique, mais j'en ressens le contenu, la menace. Insensibles, négligentes, massacreuses, incompétentes avec les enfants, c'est le souvenir que je garde d'elles en dépit de leurs dénégations et de leurs protestations, pendant quelques années elles ont roulé de loin sur la cycloïde de mon horizon d'enfant. J'ai appris pour toujours leur intolérance à toute frustration, leur dangereuse fragilité surtout et la rancune secrète et inconsciente qui les dévore, toujours à la poursuite perdue d'avance de celle qui remplacerait leur mère détériorée, défaillante, destructrice. L'essaim bourdonnait à l'unisson. S'y ajouta au fil du temps une intrigante que ma mère rencontra sur la côte normande l'été où elle accepta un remplacement d'esthéticienne, 1955 ou 1956, dans un salon de coiffure qui venait de s'accroitre en institut de beauté. J'en ai retrouvé la mémoire photographique, joyeuse sinon heureuse, sur un appontement à Cabourg, non loin du Grand Hôtel que je n'avais pas encore installé dans la chapelle ardente de mes raisons de vivre. La photographie évoque les prises de vue néo-réalistes de l'Italie des années 50, banlieue pauvre et industrieuse de Turin plutôt que faubourg chic de Ferrare ou ponton vénitien : au centre, un ragazzo bellâtre à moustaches, costume blanc, chaussures blanches, sourire de gigolo au travail, peut-être l'homme qui harcèlera l'une de mes deux sœurs jumelles Clémence quelques semaines ou quelques mois plus tard ; à sa droite ma mère, jupe abat-jour blanche à pois noirs, et large décolleté dégageant les épaules, cheveux tirés en queue de cheval à la parade, elle est appuyée au parapet du pont comme à un bastingage, pieds nus elle a ôté ses mules bord de mer à talon haut et semelle de bois, la jambe gauche repliée comme un échassier des marais, le joli cœur la tient par la taille, elle sourit sans réserve ; à la gauche du jeune premier de sous-préfecture une prétendante semble lui disputer la propriété du bellâtre, elle est vautrée sur lui. C'est l'été. Mes sœurs et moi avons été confiés pour trois mois à une colonie de vacances tenue par des religieuses sur un plateau boisé qui domine la cuvette de Montluçon, l'aérium de Lavault-Ste-Anne, devenu depuis hôpital psychiatrique.

Lorsqu'elle rentrerait en septembre à Paris, ma mère emmènerait dans ses valises cette inconnue qui squatterait une chambre de notre minuscule appartement pendant deux ans, par longs séjours intermittents. Mythomane ivre de ses mensonges, mythomane effrénée à l'unisson de tant d'autres exemplaires de cette caste où ma mère se mit à frayer, elle aurait épousé un vétérinaire tyrannique du pays de Cau qu'elle aurait fui pendant leur voyage de noces en raison des pratiques sexuelles qu'il voulut lui imposer, sur lesquelles elle demeura mystérieuse, par allusions terrifiantes, puis aurait travaillé dans la mode, starlette posant pour des spots automobiles racoleurs ; aurait filé en Nouvelle-Calédonie pendant quelques mois, avant de décrocher une nouvelle et éphémère timbale ; elle réapparaîtrait quelques mois plus tard, « plumée, grugée, tondue comme le dos de la main » par son dernier employeur et amant, et neutraliserait à nouveau l'une des deux chambres de notre minuscule appartement. Un jour, elle disparaîtrait avec ses énormes valises. Je me suis longtemps demandé comment elle s'y était prise pour descendre nos six étages sans ascenseur avec ce chargement. J'ai finalement conclu qu'elle avait réquisitionné un fiancé d'occasion ayant pour la circonstance tenu lieu de bagagiste. Jamais revue ni entendu parler d'elle.

Ma mère, qui avait envie d'aller danser et dont les excès de caractère et le trouble de la personnalité, l'orgueil aussi, nous auront exilés loin de toute notre famille paternelle, n'eut pas conscience de la désolation qu'elle laissait derrière elle. Sa décision de rompre pour toujours avec sa belle-famille, et de me déporter en pension à six ans, m'a séparé des êtres dont la présence m'était pourtant indispensable et dont le murmure m'aurait parlé de mon père. Les tyrannies de son univers psychique, ses excentricités, ses excès, ses incertitudes émotionnelles, ses fréquentations tumultueuses et bigarrées, auxquelles l'incertain semblait ajouter, pour elle, une fascination irrésistible et hypnotique, l'ivresse de ses rêves, en magnifiant les défaillances psychologiques communes à son clan, m'ont brisé le cœur. Et, comme tous les enfants maltraités, toujours tristes et courageux au-delà de leur force, jamais rincés de leur sentiment de culpabilité, je me faisais un devoir de trouver belle la vie, comme plus tard je me ferais un devoir affectueux de lui venir en aide moralement, et matériellement dès que je le pus.

Je crois que ce fut dans ce cénacle que s'accéléra son goût pour les prénoms de code, les pseudos, les noms de guerre : ce furent tour à tour puis concomitamment Michka, Nouchka, Michou et enfin Chouchou. Ce dernier prit le dessus, variant omicronien des prénoms, et lui resta jusqu'à sa mort. Ses petits enfants ne l'ont jamais appelée autrement. Nous ne l'appelions jamais maman, ses petits-enfants jamais grand-mère. D'où lui venait cette fascination pour les surnoms, les diminutifs et les noms d'emprunt ? Un psychanalyste suspecterait un flottement identitaire et ferait ses choux gras du glissement de son prénom de baptême androgyne qu'elle tenait de son grand-père maternel -

Michel - vers une forme alanguie au redoublement chuintant, après un passage par une orchestration slavonne dont il n'est pas impossible qu'elle ait été affublée par un élève officier d'origine russe rencontré à Coëtquidan, Bouistrodoumov - celui qui pense rapidement - et qui fut quelques années plus tard à l'origine de mon choix d'apprendre la langue russe en classe de 4ème, où j'entrai armé du dictionnaire Français-Russe Cherba, légué à ma mère par ce séducteur qui avait disparu du paysage depuis belle lurette. Jusqu'à son nom de mariage fut l'objet de rêveries identitaires, et de variations aristocratiques, comme en sécrètent les enfants qui s'inventent une généalogie de haute lignée, dans une reconstruction aux accents œdipiens.

Peu après la disparition de mon père, deux, trois, peut-être quatre ans, elle prétendit s'appeler Gineste de Sempéré. Avant d'écrire cette phrase, je me suis assuré, auprès de mes sœurs, que je ne prêtais pas à ma mère un fantasme sorti tout droit des complications névrotiques de ma propre cervelle : mes deux aînées se souviennent des cartes de visite blanc rosé imprimées en cursives anglaises ; même Madeleine se revoit sur un quai de gare, entre six et neuf ans, à côté d'une valise de skaï vert, zippée par une fermeture éclair sur trois côtés - je me rappelle aussi ce bagage - et dont la poignée de bakélite porte une étiquette à l'identité de Madame Gineste de Sempéré. Mon père est mort depuis deux ou trois ans, et notre mère nous trimballe dans les trains et dans les gares avec des bagages étiquetés au nom de la famille *Gineste de sans père*.

Elle collectionna les aventures. L'épisode amoureux le plus catastrophique par les conséquences familiales qui s'ensuivirent débuta lorsque j'étais en 6ème et se prolongea quatre ans. Fut-ce lors des vacances de Noël ou celles de Pâques ? Ma mère ramena une inconnue d'une de ses virées nocturnes mystérieuses. Il lui arrivait souvent de ne pas dîner avec nous. « Ce soir je sors », nous annonçait-elle, « vous dînerez seuls, tout est prêt ». Tard dans la nuit, nous l'entendions rentrer au bruit de la clef mobilisant la barre Hercule dans la serrure ; et nous nous rendormions rassurés. Au matin, pendant les vacances, nous avions l'habitude de préparer le petit déjeuner et de le lui apporter dans sa chambre. L'inconnue était là, partageant son lit, le drap relevé sur le menton, silencieuse et souriant maladroitement. Elles vécurent quatre ou cinq ans ensemble dans notre petit appartement des Fortifications. Après une lune de miel où chacune fit sans doute des efforts pour contenir une nature pathologique tyrannique - perverse sensitive chez l'une, hystérique *border-line* chez l'autre, match nul - elles s'installèrent de chaque côté d'une ligne de confrontation qui devint ligne de combat et de démarcation, où les éclats vociférés et vulgaires, les propos sarcastiques et amers, les hurlements obscènes, les insultes venimeuses, les claquements de portes accompagnés de menaces de suicide, devinrent quotidiens, sans aucune merci, sans aucun souci pour les cinq enfants. Il est vrai que le plus clair du temps nous survivions oubliés en pension, et que nous n'assistions qu'épisodiquement, à l'occasion des congés scolaires, aux orages de leurs intolérances et aux imprécations haineuses de leurs querelles et de leurs cris. À cette époque apparurent mes premières crises de migraine, dont l'aura ophtalmique des symptômes précurseurs n'a peut-être été qu'une façon de dénier la barbarie de leur comportement, de m'empêcher de voir le spectacle que j'avais sous les yeux : pendant une heure je croyais devenir aveugle pour toujours.

Ma sœur Clémence, âgée de dix-huit ans, devint l'enjeu et la proie d'un combat massacreur d'enfants. Ma mère lui reprochait – Dieu sait pourquoi bien plus qu'à sa jumelle Thérèse - l'adolescence qui fleurissait dans son corps et la lancerait bientôt du côté de la vie ; elle se transforma en duègne arrogante et blessante, ironique et cassante, elle ne lui épargna aucune réflexion autoritaire et humiliante, la poussant au KO. Clémence suffoquait et, cette année-là, la catastrophe de ses résultats scolaires manifesta son effondrement dépressif. La maîtresse de ma mère, que quatorze années séparaient de l'une, dont elle était la cadette, et quatorze de l'autre dont elle était l'aînée, eut le goût de s'en saisir. Alors, on ne portait pas attention, ou on les réduisait à quia, à ces situations dont la Reine Victoria avait prétendu qu'elles ne se rencontraient que chez les hommes, et l'indélicate affaire Duhamel était encore à venir[56]. Mais il est vrai que j'ignorais tout de la dimension sexuelle de ces sortes d'attelages conjugaux, lorsqu'ils ne témoignent d'aucune vergogne concernant les enfants qu'ils maltraitent, voire dont ils usent comme de choses, des accessoires névrotiques de leurs phantasmes ; j'ai appris depuis que leur nom est légion, quels qu'en soient le genre et le sexe. Ma mère ressuscitait-elle ainsi, malgré elle, le souvenir de sa propre mère, lui frappant à seize ans par les cheveux la tête contre le mur de la cuisine, lors d'une crise de rage provoquée par les débordements caractériels de sa fille ?

Ce fut pendant les vacances de Pâques 1965. Une après-midi où avait éclaté une scène violente, je fis à ma sœur Clémence la confidence que je ne comprenais pas que ma mère et sa maîtresse continuassent à vivre ensemble, et je lui exprimai mon malaise et ma tristesse. Je rentrai en pension trois jours plus tard. Le soir même de mon départ, je l'appris longtemps après, la maîtresse de ma mère quitta notre petit appartement avec ses valises, et ma sœur ne tarda pas à la rejoindre. Ma mère, dont l'intelligence sensible et la vindicte avaient débusqué le scénario rival et l'attentat incestueux depuis plusieurs semaines, n'était plus capable d'aucune retenue dans la haine de sa maîtresse, le dépit d'être trompée et le mépris pour sa fille. Guidée par la vengeance, bien plus que par la culpabilité et l'amour de ses enfants, elle essaya toutes les cordes de la rancune. Rien n'y fit.

J'ai seize ans ; je revins à Paris passer les trois jours de la Pentecôte, transbordé par des cars militaires. Ma mère, dont je n'avais reçu aucune nouvelle depuis Pâques, ne m'attend pas au point de rendez-vous. La vieille amie Lausanne a été missionnée en estafette - par ma mère ? par son ancienne maîtresse ? par ma sœur ? Je ne saurai jamais ; elle remplit avec bienveillance et délicatesse son emploi d'agent de liaison : la demi-heure de voiture qui sépare le parvis de l'église Sainte-Jeanne-de-Chantal, place de Saint-Cloud, terminus des autocars en provenance de la pension, de notre appartement m'apprend tout sur ce qui s'est passé. Le matin même, Clémence avait quitté sans retour le domicile familial, ma mère était la proie d'une crise nerveuse, une amie lui tenait la main et lui épongeait le front pendant qu'elle se débattait sur le sol en gémissant et en suffoquant comme une bête à l'agonie, glapissant des mots, peut-être des phrases, incohérentes et incompréhensibles. Je fus promptement commis en garde-malade pour la nuit par ses amies qui s'éclipsèrent sans demander leur reste, après avoir essuyé pendant plusieurs heures des imprécations et des injures qui ne leur étaient pas destinées.

Sa maîtresse, par qui ma sœur Clémence se sentit protégée de la tyrannie maternelle sadique, avait gagné la partie. Ma sœur ne revit sa mère que quarante ans plus tard, après la mort de leur compagne. Moi-même je ne fus pas épargné par l'oukase. Il fut entendu, comme un imprescriptible dogme, que j'avais jeté cette compagne à la porte. Elles me donnèrent rendez-vous un soir dans un café de la Porte de Vanves transformé en cour d'assises. « Maintenant, c'est à toi de prendre en charge ta mère », m'explique-t-on. Mais, pour atténuer le verdict, l'on jugea que j'avais atteint l'âge de fréquenter les filles, et l'on poussa l'effraction et la vulgarité jusqu'à m'offrir de financer l'exhortation comminatoire à l'amour vénal. Cette incursion impudique du côté de ma vie sexuelle balbutiante me provoqua un haut-le-cœur, je ne peux mieux en exprimer le malaise que de façon grossière : je crus que j'allais dégobiller. Parfois il m'arrive de me demander si je n'ai pas rêvé ce rendez-vous, cauchemar à la tombée d'un jour de printemps, à la tombée de mon enfance, à la tombée du matin de ma vie. Me furent permises quelques visites autoritairement espacées, encadrées, surveillées, mais jamais je ne pus rencontrer ma sœur seule, et elle ne m'en fit jamais la demande, elle n'en tenta jamais l'audace ; puis le silence, que je ne sus pas rompre.

Je commençais mes études de médecine, les bouleversements émotionnels provoqués par la tragédie amoureuse de ces trois femmes m'ayant détourné de la route des lettres supérieures par des vagues dépressives et anxieuses dont je ne parvenais pas à me déprendre, et qui m'étaient apparues comme incompatibles avec mon projet d'adolescent, la préparation du concours de l'École Normale Supérieure puis de l'agrégation de Lettres. Je lui ai écrit lorsque j'ai appris qu'elles attendaient un enfant, qui fut déclaré de père inconnu. Fut-il le fruit d'une rencontre brève, d'une aventure temporaire puis interrompue ? Ou bien l'œuvre d'un centre de donneurs de gamètes, centre de distribution de pères biologiques anonymes ? Je lui ai écrit lorsque je me suis marié ; je lui ai écrit lorsque ma fille est née. J'ai espéré son appel téléphonique pendant des années, des années. Et lorsqu'il a sonné, trente ans plus tard, tout m'a paru si simple, comme si nous nous étions parlé la veille, le temps avait suspendu notre âge.

Deux adultes investies de fonctions parentales avaient fait exploser nos relations fraternelles sous la poussée de leurs complications psychopathologiques, et transformé notre existence en désert aux longues années de sécheresse et de nostalgie.

Pendant toutes ces années, ces deux adultes nous avaient condamnés au silence sur un terrain miné : furent-elles inconscientes de la peste qu'elles semaient derrière elles ? Depuis la fureur de ces jours, mes heures n'ont plus jamais dansé avec le temps.

J'ai entassé dans le 4x4 les quelques meubles et accessoires qui serviront désormais de décor au quotidien où elle vivra recluse. Une commode en merisier blond, deux chaises basses style Louis XVI, une autre Charles X que j'ai fait tapisser d'un tissu flamboyant de chez Braquenié, une table à écrire Louis XIII, une petite bibliothèque en pin naturel qui comblera l'espace entre la porte et la penderie derrière le fauteuil rembourré à commande électrique. Pourquoi ai-je tenu à transporter aussi cette bibliothèque, alors qu'elle ne lit plus, qu'elle ne lira plus jamais ? Des scrupules, un déni conjuratoire : tant que des livres garderont l'entrée de sa chambre, elle vivra, elle ne pourra pas mourir. C'est le décor où se jouera la fin de partie. Quand ? Je n'y pense pas, je ne veux pas réfléchir : je suis devant l'immense portail automatique à commande électrique qui frémit, puis s'entrouvre lentement comme un ventre ; dans un instant il va me digérer, me réduire en bouillie intestinale, bientôt il ne restera plus de moi qu'un résidu fécal.

Depuis l'extrême enfance, je sais que je ne suis rien, depuis la mort de mon père en service commandé : à quatre ans comment s'identifier à un mort dont je ne me souvenais déjà plus ? J'accélère quelques instants pour traverser le porche et chasser l'émotion qui me gagne. La cour empierrée se termine par un jardin de curé entretenu à la diable avec ses roses ébouriffées, son carré de pelouse grillée en ce début d'été sans pluie, son petit bois où se serrent des buis, des orangers du Mexique, des lilas mal taillés, trois ou quatre marronniers déjà jaunissants. Le chemin cimenté monte insensiblement vers le fond de ce trou de verdure à vingt pas du Bon Marché, le grand magasin parisien où elle est venue si souvent flâner depuis qu'elle a, comme l'on dit, pris sa retraite ; je sais qu'elle n'y retournera jamais, car il faudrait utiliser un fauteuil roulant pour traverser la rue de

Sèvres : « Je ne veux pas me montrer comme çà », m'a-t-elle ordonné. Elle a toujours été fière, excessive et impérieuse.

Trois mois plus tôt, à 5 heures du matin, un locataire de son immeuble me prévient par téléphone : elle appelle au secours depuis le milieu de la nuit. Il lui a été tout d'abord difficile de distinguer d'où viennent les cris. Au bout d'un moment, ils se sont estompés puis interrompus, il s'est résolu à retourner dormir. Au petit jour, ils ont repris, affaiblis mais désespérés, comme étouffés par la sourdine de l'épuisement ; par les gaines des salles de bains, alors il a reconnu sa voix. Lorsque j'arrive elle gît, elle geint à terre - corps immobile meurtri sur le carrelage parisien, corps à l'agonie dans la rizière indochinoise, les images n'en sont qu'une - le visage tuméfié, ses cheveux blancs défaits emmêlés de sang lui donnent l'aspect d'une Gorgone dérisoire, pitoyable, impuissante, l'avant-bras violet d'œdème et d'ecchymoses semblant désarticulé par la fracture. Elle me raconte qu'elle a glissé dans sa salle de bains au début de la nuit, qu'elle a tenté de se relever en s'accrochant au rebord de la baignoire, mais qu'avec un seul bras valide ses efforts sont vains, elle renonce à bouger. Elle somnole puis s'endort dans ses urines.

Tout va très vite, j'appelle les pompiers ; cinq minutes plus tard, un jeune soldat musclé d'efficacité, de respect, de tendresse, cheveux courts et rasé de près, la fait pivoter après s'être assuré de l'intégrité de ses membres inférieurs et de l'absence de signes cliniques de fractures du rachis ; puis il l'aide à se relever en la portant comme une enfant à qui l'on apprend à marcher. Avec une pudeur emplie d'égards, il l'installe sur la cuvette des toilettes. Depuis le corridor, je regarde son pauvre vieux corps de quatre-vingt-treize ans, épuisé par une nuit d'impuissance, de douleurs et d'insomnie. Elle lève vers moi son visage martyrisé, elle me sourit, et je me détourne. La gardienne de l'immeuble, alertée par le gyrophare et la sirène, accourt, elle m'aide à rincer son corps des urines dans lesquelles elle a macéré.

Puis ce sont les urgences, l'intervention chirurgicale, la brutale confrontation à l'évidence qu'elle ne peut plus vivre seule malgré toutes les aides déjà mises en place depuis deux ans. Elle en convient, rêvant aux jours enfuis et pleurant. Il faut vider l'appartement où elle a vécu pendant un quart de siècle entre la cité fleurie et les marronniers du boulevard Arago.

Le mardi 26 mars 2019, comme chaque mardi depuis quatre ans, je suis resté auprès d'elle toute l'après-midi à l'éhpad de la rue de Sèvres. Thérèse, Clémence, Madeleine, Cécile et moi avons décidé lors de son entrée, il y a quatre ans, de nous partager les visites de la semaine, chacun son après-midi encadrée par une journée sans visite, sauf urgence. Une aide-soignante l'a remontée en fauteuil roulant de la salle à manger. Depuis quinze jours, elle ne marche plus, ses jambes ne portent plus son corps réduit presqu'au squelette. Pendant des semaines, elle s'est traînée à grand fracas de sa chambre à la salle à manger en s'appuyant sur une chaise qu'elle pousse devant elle comme on le fait d'un déambulateur ou d'une brouette : mais elle ne veut pas entendre parler de déambulateur. Pas maintenant, pour qui la prend-on ? Dans quelques jours, le 21 mai, on fêtera son quatre-vingt-dix-septième anniversaire.

Je suis resté auprès d'elle toute l'après-midi. J'étais déjà installé dans sa chambre quand la porte s'est ouverte devant le fauteuil roulant. Tout d'abord, elle ne m'a pas reconnu elle semblait perplexe et fronçait les yeux se demandant quel était l'inconnu installé dans son fauteuil avec un sandwich et une bouteille d'eau minérale. Elle ne voit presque plus rien, elle ne lit plus depuis longtemps, elle ne distingue que des ombres, en la voyant entrer c'est Robert

Desnos à Térézin, tout le désespoir du monde qui surgit dans mon esprit, *une ombre parmi les ombres*. Et tout à coup, elle a tenté de se tourner en souriant vers l'aide-soignante derrière elle : « C'est mon petit chat », lui a-t-elle dit d'une joie presque enfantine, illuminée, heureuse. Elle ne m'avait jamais appelé si affectueusement.

Celle que j'aide à se recoucher est une petite fille à l'agonie. Elle est emmitouflée sous plusieurs épaisseurs de vêtements blancs, elle grelotte, depuis des mois elle ne s'habille plus qu'en blanc ; elle porte des chaussons, des petites bottes de laine polaire, blanches comme la banquise, agrémentées sur le côté de pompons blancs eux aussi, offertes à Noël par une de mes sœurs : « Veux-tu que je t'aide à enlever tes bottes », ai-je demandé ? Elle veut les garder, « mes pieds sont bien au chaud », murmure-t-elle. Qu'à cela ne tienne, elle est au bout de la route, ai-je pensé. Je rabats le drap et la couverture sur son petit corps tout décharné, tordu, bancal, bossué, ratatiné et couvert de taches brunes, fleurs de cimetière disait-elle naguère en parlant de la peau des vieilles gens, fleurs qui semblent apparaître depuis quelque temps sur le dos de mes mains. J'essaie de caler les oreillers et de les ajuster à ses douleurs ; je manœuvre le sommier à commande électrique à la recherche de la position la plus confortable, la moins douloureuse. Elle ferme les yeux et elle sourit à ce qu'elle va dire avant de s'endormir, comme sourit un enfant aux anges : « Vous êtes gentils tous les quatre ». Puis, sans les rouvrir, elle s'endort. Pendant cette interminable sieste, j'ai sorti mon téléphone et j'essaie de lire les nouvelles du jour. Mais à tout instant, je la regarde, inquiet. L'impression d'une catastrophe imminente. Machinalement, comme un somnambule avançant sur une corniche vertigineuse, je fixe l'objectif de mon téléphone sur son visage endormi et j'appuie sur le déclic. Je regarde de temps en temps la photographie de sa sortie du monde.

À 18 heures, je suis parti, elle dormait toujours, j'ai posé sur son front un baiser de petit enfant, léger comme un rêve. Une heure plus tard, le médecin de l'éhpad m'a téléphoné, elle venait de la faire transporter aux urgences de l'Hôpital Cochin. Je laisse tout en plan, mes derniers patients, mes ordonnances, mes appels téléphoniques et mes mails, je cours jusqu'au parking, ma voiture, la circulation du boulevard St-Germain, je tourne à droite dans la rue Saint-Jacques que je remonte en trombe, il faut se garer, impossible de se garer depuis que l'administration municipale a déclaré la guerre aux voitures, plus une place où que l'on aille, je vitupère, je hurle au camion devant moi qui n'avance pas, il ne m'entend pas bien sûr, je dépasse le carrefour du boulevard Arago, je trouve une place boulevard Saint-Jacques, il faut revenir sur mes pas en courant, j'arrive exsangue devant l'infirmière régulatrice des urgences et je me présente : médecin à l'hôpital Saint-Antoine, ma mère vient d'être admise ; d'un geste autoritaire et machinal, sans un mot, sans âme, elle m'indique les sièges de la salle d'attente où cinquante personnes sont parquées silencieuses et obéissantes, je fulmine, mais ne dis rien. Elle est peut-être déjà morte, ou bien m'attend-elle pour mourir, on dit que les mourants choisissent l'heure de l'appareillage. À peine assis, je me relève et vais plaider ma cause les larmes et la rage aux yeux, j'entends l'infirmière me répondre : « Je vais voir le médecin qui s'occupe de votre mère », trois minutes après on m'introduit dans un box d'examen, elle n'est pas morte, mais elle ne parlera plus jamais, et elle est hémiplégique. Je me répète en boucle le testament de ses derniers mots prononcés quelques heures auparavant : « Vous êtes gentils tous les cinq ».

Elle est horrifiée, les yeux démesurément ouverts, elle me regarde fixement, semblable à l'effroi de cette femme martyrisée *Derrière les barbelés* qu'a peinte Ceija Stojka, elle me reconnaît, je serre dans ma main sa main valide qui serre ma main, et je caresse son visage, inconsolé comme le gros chagrin d'un enfant, elle ne me quitte pas des yeux, elle n'essaie plus de parler, peut-être ne sait-elle même plus crier. Qu'ai-je dit ? Des banalités, des futilités, n'importe quoi pour meubler son silence et le désespoir de son regard et la marée montante de mon angoisse et de mes larmes. Je lui ai dit qu'on s'occupe d'elle, que demain matin cela irait mieux, qu'elle devait se reposer, que l'interne allait me voir et que je reviendrai lui dire la conclusion du scanner cérébral, qu'il existe maintenant des traitements pour sa maladie, que je resterai la nuit auprès d'elle, que j'allais téléphoner à mes sœurs. À trois heures du matin - elle s'était endormie - la cheffe de clinique est venue s'asseoir à côté de moi, d'abord elle n'a rien dit puis doucement, calmement, délicatement m'a expliqué qu'on ne se livrerait à aucun acharnement, qu'on apaiserait ses souffrances physiques et morales, qu'elle serait transportée dans un service spécialisé. Tout cela je le savais bien entendu, pendant toutes mes années passées à l'hôpital j'avais été cent fois confronté aux coups de massue de l'annonce aux autres, parents, enfants, amis. Mais il fallait que je l'entende pour m'engager sur le dernier chemin ; elle a posé sa main sur mon épaule puis elle est sortie sur la pointe des pieds. Je suis rentré chez moi. Paris m'a semblé noir de chagrin. Et les heures se sont envolées, menaçantes, oiseaux de proie au-dessus d'un charnier. Dans la nuit, elle est accueillie à l'Hôpital Broca, en soins palliatifs, traduction : elle va mourir dans la semaine.

Bientôt, sa vie s'achèvera. Que ferai-je lorsqu'à son tour, comme mon père, elle nous abandonnera pour toujours ? Parviendrai-je à me défaire du sentiment de ne pas avoir été l'enfant suffisamment gratifiant, de ne pas avoir été l'enfant capable de l'arracher à la mort ? Petit Poucet perdu sans cailloux blancs pour échapper à l'abandon, démuni des stratégies désespérées de l'exemplarité et de l'excellence qui m'ont tenu debout, retrouverai-je la barque à la dérive de mon enfance, poussée sans gouvernail vers la houle du large, ballottée sans boussole, menacée d'être engloutie dans les hautes lames de la tristesse et de la mort ? Ou bien, débarrassé de la tyrannie des rôles écrasants et factices dont les conséquences de la guerre m'avaient rendu otage - faire vivre mon père et le remplacer auprès de ma mère, sans protester accepter le carnage et la désolation de la séparation - trouverai-je encore un reste de force pour être enfin l'enfant de moi-même et non plus seulement celui de mon deuil et de mon chagrin ?

Mon père n'a connu ni les longues années de soutien affectif, moral et matériel, ni les longs mois de la fin, ni la longue agonie des derniers longs jours et des dernières longues nuits de ma mère à l'hôpital Broca. Elle s'est agrippée quinze jours sur les plus hauts arpents de la falaise infranchissable, petite chèvre de M. Seguin, elle respirait à brèves gorgées d'animal blessé, si lentement, si pauvrement, comme pour économiser l'ultime surcroît de sa vie ; puis, au petit matin du samedi 6 avril, la nuit l'a mangée. Je suis arrivé quelques minutes trop tard. Ma jeune sœur, Cécile, celle que mon père n'a pas connue, celle qu'il n'a jamais serrée dans ses bras, celle qui est restée près de notre mère pendant sa dernière nuit, était près d'elle. « C'est fini », me dit-elle simplement. L'infirmière a retiré la croix d'argent qu'elle porte autour du cou, pendue à la châtelaine de son grand-père Michel, qu'elle avait transformée en collier ; puis elle a équipé son cadavre à la bouche béante d'une mentonnière, retenant serrées les deux mâchoires l'une contre l'autre pour les fixer ainsi dans la rigidité présentable de la mort.

Le samedi suivant, il faisait grand soleil sur l'esplanade de l'église St-François-Xavier. Nous avons voulu une messe comme elle l'avait désirée elle-même. La veille, j'avais préparé quelques mots que j'ai lus avant l'absoute :

« Au moment de te dire adieu et déjà de me souvenir, je suis arrêté, ne sachant ce qui peut le plus justement exprimer et traduire le regard que je porte sur toi qui t'en es allée dans les étoiles pour une promenade sans retour.

Ce que j'ai aperçu de ta vie fut une suite d'épisodes que je n'ai rattachés entre eux qu'après coup, avec maladresse et parfois incompréhension, avec colère aussi, avec tristesse, ayant dès le cours préparatoire poursuivi mes études en pension jusqu'au baccalauréat, donc loin de toi. Je ne revenais qu'aux vacances scolaires. La fragmentation de nos contacts, les abandons itératifs lorsqu'à la fin des congés tu me raccompagnais gare Montparnasse où je prenais le train vers la pension, toute ma vie d'enfant et d'adolescent s'est écrite dans une météorologie de menace, de détachements douloureux, de ruptures, d'abandon, depuis la mort de mon père en service commandé quelques jours avant mon quatrième anniversaire.

Et pourtant, au milieu de cette désolation qui semble inspirée par le *Livre de Job* et les *Lamentations* de Jérémie, une figure m'a servi de boussole et m'a tenu debout, ta figure m'a fait vivre, ta figure perpétuellement un livre à la main.

Je me souviens des petites plaquettes à trois sous éditées par Pierre Seghers que tu achetais à la librairie Flammarion de l'Odéon, angle de la rue de Vaugirard, livrets de quelques pages, éditions de poètes contemporains. Je n'ai pas retenu leur nom sauf celui de Maurice Fombeure, va savoir pourquoi, fils de paysans creusois pauvres, et qui devint normalien et poète. Il y avait un poème que tu nous lisais, au refrain-ritournelle : « [...] s'en vont à tire-d'aile / C'est la faute à mam'zelle [...] », que je me récitais la nuit en pension au fond de mon lit d'insomnies pour combler ton absence, mais dont je n'ai retenu que la voltige incertaine de ces bribes. Tu célébras ainsi vingt poètes dans notre enfance. Ce fut un indélébile et formidable baptême d'entrée dans la vérité de la vie par la porte de la littérature.

Un autre jour, tu revins avec un livre qui ne te quitterait plus. Subrepticement, j'en ai lu les premiers mots : « Mon cher Marc, je suis descendu ce matin chez mon médecin Hermogène. [...] L'œil du praticien ne voyait en moi qu'un monceau d'humeurs, triste amalgame de lymphe et de sang. Ce matin, l'idée m'est venue pour la première fois que mon corps, ce fidèle compagnon, mieux connu de moi que mon âme, n'est qu'un monstre sournois qui finira par dévorer son maître ». C'étaient les *Mémoires d'Hadrien* de Marguerite Yourcenar, que tu avais aperçue à l'occasion de sa signature dans une librairie du côté de l'église d'Auteuil. Bien plus tard, je lirais ce livre désespéré et profond comme les gouffres de la mer où flottent les monstres que personne n'a jamais vus, et qu'inventent les enfants à l'heure d'aller dormir lorsqu'ils craignent d'aller dormir. *Animula, vagula, blandula.*

Et il y avait toujours un livre sur ton chevet. Aussi loin que je passe mes souvenirs en revue, tout me ramène à ta fureur de lire, à l'empilement des livres hétéroclites sur les étagères de guingois dans l'entrée de notre petit appartement de la porte Didot. Tu aimais en désordre la littérature. De tes études secondaires, tu récitais des passages entiers appris autrefois par cœur.

Je me souviens des *Mémoires d'outre-tombe* :
« Je n'ai point cédé à de grandes lumières surnaturelles. Ma conviction est sortie du cœur. J'ai pleuré et j'ai cru ».

Je me souviens du *Horla* :
« J'aime l'eau d'une passion désordonnée : la mer, bien que trop grande, trop remuante, impossible à posséder, les rivières si jolies, mais qui passent, qui fuient, qui s'en vont,

et les marais surtout où palpite toute l'existence inconnue des bêtes aquatiques ».

Je me souviens d'*Athalie* :

« C'était pendant l'horreur d'une profonde nuit.
Ma mère Jézabel devant moi s'est montrée
Comme au jour de sa mort pompeusement parée.
Ses malheurs n'avaient point abattu sa fierté.
Même elle avait encor cet éclat emprunté
Dont elle eut soin de peindre et d'orner son visage
Pour effacer des ans l'irréparable outrage ».

Je me souviens de *Bérénice* :

« Je n'écoute plus rien et pour jamais adieu.
Pour jamais ! Ah Seigneur songez-vous en vous-même
Combien ce mot cruel est affreux quand on aime.
Dans un mois, dans un an, comment souffrirons-nous,
Seigneur, que tant de mers me séparent de vous
Et que le jour commence ou que le jour finisse
Sans que jamais Titus puisse voir Bérénice ;
Sans que de tout le jour je puisse voir Titus ».

Et je me souviens des *Fleurs du mal* :

« La servante au grand cœur dont vous étiez jalouse
Et qui dort son sommeil sous une humble pelouse
Si nous allions pourtant lui porter quelques fleurs.
Les morts, les pauvres morts ont de grandes douleurs,
Et quand octobre souffle, émondeur des vieux arbres,
Son vent mélancolique à l'entour de leurs marbres,
Certe ils doivent trouver les vivants bien ingrats
À dormir comme ils font chaudement dans leurs draps ».

Ton enfouissement animal et sensuel dans la littérature ne t'aura pas quittée tout au long de ta longue existence, sauf à la toute fin. Mes sœurs et moi avions installé une petite bibliothèque, gardienne de la vie, gardienne de ta vie, à l'entrée de ta chambre de l'éhpad. Tant que tu lirais, tu ne pourrais pas mourir, me disais-je.

Dans ta bibliothèque d'autrefois avaient aussi survécus quelques livres de mon père dont *À la recherche du temps perdu*, collection blanche de Gallimard, sept volumes, édition de 1938. Tu n'as pourtant jamais lu cette assomption de la création littéraire, cette théologie de la littérature. J'ignore pourquoi il en fut ainsi. Mais *La Recherche*, venue de mon père, tu l'avais laissée sous mes yeux, peut-être négligemment. À dix-huit ans, j'ai ouvert *Du côté de chez Swann*, je m'en souviens je l'avais emporté pour un séjour sur l'île d'Oléron, je ne me doutais pas de ce qui allait m'arriver : d'un coup le plus grand écrivain depuis Shakespeare est devenu le consolateur de tous mes chagrins, le compagnon et le fanal de ma route, le protecteur de mes audaces. Sans le savoir, tu avais vivifié l'indice d'une présence, celle de mon père disparu trop tôt, dont tu avais préservé, bienfaisante et thaumaturge relique, la prédilection littéraire de ses vingt ans.

Pour saluer ta dépouille qui s'en va et demain sera cendres, pour te remercier de ce témoin transmis dans la course accidentée de ta vie, pour sanctifier ton amour désordonné de la littérature, pour le soin que tu as pris, même si ce fut sans y penser, de me léguer ainsi la présence d'un père dont je ne garde aucun souvenir, je veux te lire, à toi qui es déjà si loin et n'entends plus nos larmes ni notre chagrin, le chagrin de toute la vie, cette page du petit Loup comme l'appelait sa mère, du petit Marcel qui pensait en l'écrivant à sa disparition prochaine :

« Dès les premières marches qu'il eut à gravir, il fut pris d'étourdissements. Il passa devant plusieurs tableaux et eut l'impression de la sécheresse et de l'inutilité de cet art si factice, et qui ne valait pas les courants d'air et de soleil d'un *Palazzo* de Venise, ou d'une simple maison au bord de la mer. Enfin il fut devant le Ver Meer qu'il se rappelait plus éclatant, plus différent de tout ce qu'il connaissait, mais où, grâce à l'article du critique, il remarqua pour la première fois des petits personnages en bleu, que le sable était rose, et enfin la précieuse matière du tout petit pan de mur jaune. Ses étourdissements augmentaient ; il attachait son regard, comme un enfant à un papillon jaune qu'il veut saisir, au précieux petit pan de mur. « C'est ainsi que j'aurais dû écrire, disait-il. Mes derniers livres sont trop secs, il aurait fallu plusieurs couches de couleur, rendre ma phrase en elle-même précieuse, comme ce petit pan de mur jaune. » Cependant, la gravité de ses étourdissements ne lui échappait pas. Dans une céleste balance lui apparaissait, chargeant l'un des plateaux, sa propre vie, tandis que l'autre contenait le petit pan de mur si bien peint en jaune. Il pensait qu'il avait imprudemment donné la première pour le second. « Je ne voudrais pourtant pas, se dit-il, être pour les journaux du soir le fait divers de cette exposition. » Il se répétait : « Petit pan de mur jaune avec un auvent, petit pan de mur jaune. » Cependant, il s'abattit sur un canapé circulaire ; aussi brusquement il cessa de penser que sa vie était en jeu, et, revenant à l'optimisme, se dit : « C'est une simple indigestion que m'ont donnée ces pommes de terre pas assez cuites, ce n'est rien. » Un nouveau coup l'abattit, il roula du canapé par terre où accoururent tous les visiteurs. Il était mort. Mort à jamais ? Qui peut le dire ? »

Et puisque la langue italienne t'avait ouvert les portes de l'Enfer et du Paradis, et celles du Nabucco de Verdi, ralentis un peu le pas qui te précipite à jamais loin de nous, laisse nos tristes pensées te rejoindre un moment sur la route de l'éternité, entends le murmure de l'espérance donner des leçons à la tyrannie de la mort et le désespoir de la fin de tout :

« Va pensiero su l'alli dorate
Va ti posa sui clivi, sui colli
Ove olezzano tapide e molli
L'aure dolci del suolo natale ! »

Un mois plus tard, tous les cinq à nouveau orphelins, nous déposons l'urne de ses cendres dans une tombe simple au cimetière d'un petit bourg de l'Aisne adossé à la forêt de Compiègne où vit maintenant Cécile, la plus jeune de nous cinq ; pendant que l'un de nous lit *La prière pour aller au paradis avec les ânes* de Francis Jammes, qu'autrefois notre mère avait appris à l'école enfantine et récitait encore par cœur, les fossoyeurs font rouler sur la tombe la dalle de granit qui referme ses jours :

« [...] Je désire, ainsi que je fis ici-bas,
Choisir un chemin pour aller, comme il me plaira,
Au paradis, où sont en plein jour les étoiles. »

Je désire choisir un chemin pour aller comme il me plaira : cela aura été la devise et l'étoile Polaire de toute sa vie.

ooo

Il y a des années, vingt ans après la mort de mon père, elle avait enterré sa propre mère au cimetière de la sous-préfecture bourbonnaise de son enfance. Sa sœur avait tout organisé. C'était une journée claire et glacée de février. Elle était arrivée par le premier train de Paris en tailleur bleu et chemisier banane, un pongé de soie imprimé de bouquets multicolores ; et, jetée sur sa tête, une pièce de dentelle, bleu du ciel au zénith, déniché au dernier moment dans un bazar à Montmartre près du Marché St-Pierre, qui retombait comme un tchador jusque sur les épaules et la poitrine, un moyen terme entre une musulmane voilée et la Sainte Vierge de la Médaille miraculeuse, rue du Bac. Par la suite, elle ne cessa jamais de rappeler avec véhémence les commentaires persifleurs et les quolibets entendus *mezzo voce* pendant la cérémonie, qui avaient jugé indécente sa présentation non conforme à l'étiquette d'un jour d'obsèques : « Les bouquets de son corsage et cette mantille extravagante ! ». Personne n'avait compris sa tenue que tous avaient regardée comme un accoutrement sorti de la galerie de ses théâtres imaginaires, alors qu'elle assurait n'avoir tout simplement pas désiré « porter le deuil à la manière de toutes les bigotes hypocrites » qui avaient suivi le corbillard. Elle entendait incarner la vie que la disparition de sa mère n'avait pas interrompue.

Les employés des Pompes funèbres avaient descendu au bout de cordes le cercueil de ma grand-mère qui rejoignait celui de son frère Baptiste mon grand-oncle, celui de son mari Alphonse mon grand-père, ceux de mes arrière-grands-parents Reine et Michel. On allait refermer pour toujours cette sépulture familiale maintenant comble. Le maître de cérémonie prononça quelques paroles convenues, invitant ceux qui le désiraient à évoquer la défunte. L'assistance ne bougea pas. Puis il fit circuler chacun devant le tombeau ouvert pour y jeter une fleur en forme d'hommage et en signe de souvenir. Ma mère exigea, contrairement à l'usage, de clore le cortège en se présentant la dernière. Elle reste immobile, les yeux fermés, dans un garde-à-vous silencieux impeccable. Elle s'avance alors lentement, se recueille derrière son étrange mantille dont elle finit par écarter les bords au bout d'une interminable méditation, puis d'un geste large et généreux lance, plutôt qu'elle ne laisse tomber, le bouquet de violettes bleu de nuit qu'elle avait apporté de Paris. Avait-elle prémédité cette didascalie, comme une gerbe de roses lancée au pied d'une diva magnifique sur laquelle vient de tomber le rideau ? « Dès cet instant, toutes mes angoisses ont disparu, toutes mes angoisses depuis l'enfance », m'assura-t-elle quelques années plus tard. Se souvenait-elle alors de ses terreurs enfantines en se remémorant ces instants, elle qui avait été bercée, dès l'âge de six mois, par une mère en deuil effroyable de son propre père, écrasé par une pièce de Mercurey qu'il débardait vers la cave de son café à l'enseigne des Cordeliers ; ou bien le temps avait-il remanié les blessures des émotions qui les avaient toutes les deux désunies, disjointes, déchiquetées, mutilées, et avait-il transformé en scénario apaisé rétrospectif le tumulte de leur relation martyrisante, dont elle souffrirait pourtant jusqu'à la fin de sa vie, et qui avait semé autour d'elle tant de discorde et tant de destructions ?

ENTRE LES USINES ET LA JUNGLE

À force de tenter de joindre, depuis l'appel téléphonique de l'inconnu du 5 mai 2020, un intermédiaire qui puisse m'introduire auprès du consulat de France à Saïgon, que l'indépendance a rebaptisée Ho Chi Minh Ville, et à force de revenir bredouille de ces recherches, je me suis décidé, le 9 octobre 2021, à poursuivre mon exploration sur les réseaux d'internet. Le site du consulat général de France est assez simplement organisé et laisse la possibilité de poser une question de cinquante mots dans un cartouche-formulaire de contact. J'ai tout d'abord écrit une longue demande circonstanciée, que le programme informatique a rejeté en raison de sa taille. Je l'ai coupée, amputée, raccourcie ; j'en ai ôté toute formule de politesse, tout ajout non primordial ou toute tournure littéraire. Cela a donné les dix lignes suivantes : « Mon père, le Lieutenant Paul Gineste, est mort pour la France le 11 janvier 1952 à My Phu. De mars à août 1952, la 13ème DBLE construit un poste qui porte son nom entre Rach Bap et Ben Cat. Les coordonnées topographiques de ce poste sur la carte française de l'Indochine au 1/100 000 sont : x 831 et y 384. J'envisage de me rendre prochainement au Vietnam sur ce lieu. J'aimerais savoir si des traces de ce poste subsistent, trois blockhaus entourant un pylône central ». Un peu plus que cinquante mots, certes, la machine numérique l'a pourtant accepté.

Trente-six heures plus tard arrive un mail de réponse, promptitude encourageante même si elle laisse peu d'espoir : « Bonjour Monsieur, je ne suis pas en mesure de répondre à votre question. À titre informatif, Rach Bap et Ben Cat sont des zones industrielles de la banlieue d'Ho Chi Minh Ville, et il est malheureusement probable que ce monument ait été détruit. Je mets en copie de ma réponse l'assistant de l'attaché de Défense, Major Grégory Debruyne, au cas où il aurait plus d'informations à vous apporter ».

Le consulat n'a pas classé aux oubliettes de ses archives mon petit résumé de cinquante mots, il semble même y porter un intérêt compassionnel, du moins ne pas négliger ma démarche. Sa réponse attentionnée me donne un nouvel espoir. Je me jette pour la dixième fois sur le télescope de Google Earth, et j'écris à nouveau le nom des deux localités entre lesquelles est construit le poste auquel l'armée a donné le nom de mon père : Rach Bap, puis Ben Cat. Apparaît rapidement la longue ligne droite de la route superposable à la piste qu'il a connue et sur laquelle il aura effectué de nombreuses patrouilles, longue ligne droite jalonnée autrefois, depuis Ben Cat, par le poste Nang, le poste Rana Gavani et finalement le poste Gineste. Oui, il y a des constructions modernes au sud de cette route, le versant où furent édifiés ces trois postes, mais elles sont disséminées, à mailles larges. Certains espaces, entre les constructions industrielles actuelles, sont envahis par une végétation de jungle, comme il y a soixante-dix ans ; j'essaie de comparer la carte de 1952 et le croquis que j'ai récupéré aux archives de la Guerre, les blockhaus ont pu survivre, et la tour métallique centrale s'effondrer sous l'épaisseur de la jungle tropicale.

L'ambassade de France à Hanoï a donc reçu dans la journée ma demande transmise par le consulat d'Ho Chi Minh Ville ; pour accélérer et préciser cette information, je décide de poster un mail d'accompagnement explicatif au Major Grégory Debruyne, en joignant les photos des documents en ma possession. Et j'y ajoute le texte que j'ai écrit en 2018 à la demande du Colonel Hugues Esquerre, pour le numéro 37 de la revue de l'État-major de l'armée de terre,

Inflexions, civils et militaires : oser dire, consacré entièrement aux conséquences de la guerre sur les enfants, texte qui a permis au fils du colonel Jean de Malleray de me retrouver par internet, m'obligeant ainsi à me jeter à la recherche du poste Lieutenant Gineste.

Le major Debruyne me répond par retour. À partir de là, il m'accompagne avec une générosité qui m'ôte une grande partie du poids de mon paquetage d'histoire et de mémoire mal ficelées : je ne cheminerai plus seul. Il me promet dès son premier mail de vérifier auprès de l'École française d'Extrême-Orient, qui dispose d'archives importantes, l'existence d'éventuels vestiges du poste. Puis, quelques heures plus tard, le mercredi 13 octobre, il m'adresse un nouveau mail de quatre lignes : « Monsieur, j'aurai sûrement l'occasion de descendre à Ho Chi Minh Ville le 11 novembre pour la cérémonie tenue au consulat. J'essaierai d'en profiter pour me rendre physiquement sur le lieu évoqué. »

C'est ce qu'il fit, et il m'en informa dès le 16 novembre : « Cher Monsieur, je me suis rendu à Ho Chi Minh Ville pour la cérémonie du 11 novembre. J'en ai profité pour effectuer une reconnaissance sur le lieu où pouvait se trouver le poste Lieutenant Gineste. Après avoir recoupé les cartes que vous m'avez envoyées avec Google Maps, j'en ai déduit l'emplacement approximatif. J'ai questionné une vieille dame qui nous a précisé de quel côté se trouvaient les installations françaises. J'ai regardé rapidement, mais n'ai rien trouvé, la végétation est dense à cet endroit comme vous pouvez le constater sur les photos, rendant difficile la moindre investigation.

Prévenez-moi lorsque vous aurez fixé les dates de votre voyage à Ho Chi Minh Ville, vous m'honorerez en acceptant que j'y sois votre guide. »

ÉPILOGUE 2

Un adulte malheureux peut recommencer sa vie ailleurs, peut repartir à zéro. Un enfant malheureux ne peut pas avoir cette pensée. Il sent qu'il est malheureux, mais il ne peut pas mettre un nom sur son malheur. Et surtout, à l'intérieur de lui-même, il ne peut pas mettre en question ses parents, les adultes qui le font souffrir. Un enfant malheureux se sent toujours coupable. Et c'est cela qui est abominable.

François Truffaut, *L'argent de poche*, 1976.

Paul Mari, c'est le nom de ce nouveau patient. Mari, c'est le nom de sa famille, pour mieux dire son patronyme si vous voulez, le nom de son père. Je dis cela parce que vous pourriez penser que je commets une faute, une faute d'orthographe et qu'il faut lire Paul-Marie, qu'il se prénomme Paul-Marie, avec ou sans trait d'union, c'est fréquent dans son milieu middle-class, les confins de la bourgeoisie, Paul-Marie, ou Pierre-Marie, ou Louis-Marie, ou même Yves-Marie si vous êtes Breton. N'allez surtout pas prononcer « Mairy » en pensant qu'il y a une faute de typographie, comme s'il s'agissait du prénom anglais Mary. Prénom : Paul ; nom de famille : Mari, c'est le nom de son père, son patronyme.

Il a pris rendez-vous avec moi, c'était durant les jours où j'ai commencé la recherche de l'histoire militaire de mon père aux Archives de la Guerre, château de Vincennes, mai 2020.[57]

Et Paul, vous le savez, c'est aussi le prénom de mon père.

En ce qui concerne Paul, quand j'écris Paul Mari, j'évoque le Paul de la tribu des Mari, des dizaines dispersées dans les départements du nord de la France. Beaucoup de cousins, paraît-il ; mais ils ne se voient jamais. Ça ne se parle plus depuis des générations, des querelles dont on ne sait plus rien, des haines génétiques, des rancunes héréditaires, des jalousies congénitales, des folies familiales assassines et dont on ne sait plus les commencements ; on change de trottoir pour ne pas se croiser. Quelle tribu ! Un grand-père trouffion, engagé volontaire à 18 ans pour cinq ans en Indochine dans les années 50, fuyant des déboires de jeunesse dont son petit-fils ne sait rien, mais dont il héritera les stigmates psychiques, puis gardien de la paix à Paris retour d'Extrême-Orient, qui se suicide en 1989 avec son arme de service, dans sa cuisine, là, on a retrouvé son corps sur le carrelage, comme ça, dans une mare de sang caillé. C'était le 14 mars 1989. Enterré au Cimetière de Saint-Ouen, 6ème division, sépulture 90, aucune cérémonie, l'inhumation d'un chien. Paul se souvient qu'on l'emmenait chez ses grands-parents lorsqu'il était petit, mais il ne sait plus très bien où habitait son grand-père. Habitait-il Saint-Ouen ou Conflans ? Quand il parle de sa disparition, il dit parfois : « Il s'est suicidé dans sa petite maison de Conflans » ; et parfois, il dit : « Lorsqu'il s'est suicidé à Saint-Ouen ». Moi je sais qu'il s'est suicidé à Saint-Ouen le 4 mars 1989. Comment l'ai-je appris, comment je le sais ? Un jour, bien après que Paul n'a plus voulu avoir affaire avec moi, n'a plus voulu me voir, n'a plus voulu me parler ; parce qu'il m'avait trop parlé pour que je reste à me taire sur tout ce qu'il ne comprenait pas de sa vie qui sombrait à vau-l'eau, mille morceaux pourrissant dans la vase de sa mémoire, déjà décomposés, et que j'avais commencé à recoller en lui parlant ; un jour, je suis allé à Saint-Ouen et je me suis adressé au service de l'État-civil : l'employée était gentille, elle a pensé que j'étais le fils, ou peut-être le frère de ce monsieur dont je recherchais la trace, j'ai répondu , presque murmuré : « Oui Madame », quand elle m'a demandé si j'étais de la famille. J'étais très ému, comme s'il s'agissait de mon père dont je n'aurais pas visité la tombe depuis trente ans. C'est vrai que je n'ai pas assisté à l'enterrement de mon père, qu'il a reposé, que son corps a pourri trente-quatre ans au cimetière Massiges de Saïgon, on dit Ho Chi Minh Ville maintenant, dont il a été brutalement chassé par le gouvernement vietnamien, parmi trente mille autres soldats français morts pour la France entre 194O et 1954 dans la péninsule indochinoise ; c'est vrai aussi que ses pauvres restes, quelques os transportés dans des sacs poubelle contenus dans des couffins tressés - trente-quatre ans sous la terre, mangés par les bestioles nécrophages, il ne reste que les os - ont été entassés pendant des mois dans un hagard militaire de Marseille devenu irrespirable de puanteur[58]; c'est vrai qu'enfin recueillis dans une nécropole conçue pour eux sur une colline de Fréjus, je n'ai pas voulu me rendre à son inauguration en 1988 par le Président François Mitterrand[59], je n'ai pas eu la force de me confronter à la facticité rétrospective de toutes ces années sans lui. L'inauguration d'un cimetière ! On disait autrefois des présidents de la République qu'ils inauguraient les chrysanthèmes. J'imaginais les discours et les compassions de rigueur : Mesdames et Messieurs, Chers estivants, bienvenue à Nécroplage ! Est-ce qu'il y aurait aussi des *pom-pom-girls* avec canne à major, des *cheerleaders* pour célébrer les soldats oubliés, des flonflons à vous faire perdre la tête, une kermesse ensoleillée pour les cercueils conspués quarante ans plus tôt, et sur lesquels des Français bien-pensants s'étaient enorgueillis de cracher, Parti communiste et CGT en tête ? J'avais passé tout ce temps avec l'idée d'un père oublié, resté là-bas, au bout du monde, vivant ou mort, qu'importe : il était absent, et il avait appartenu à la cohorte des soldats conspués. La confrontation avec sa tombe venait trop tard. J'avais grandi, j'avais souffert, j'étais devenu un homme avec l'idée d'un père égaré loin de moi, un père négligeant à perpétuité.

Paul est arrivé ponctuellement au premier rendez-vous fixé par téléphone, il a sonné deux minutes avant l'heure dont nous étions convenus. Il est assis devant moi, le regard en alerte ; je ne le connaitrais jamais autrement que sur ses gardes : costume gris ou bleu marine impeccable, pli sans faute du pantalon, chemise blanche lumineuse et cravate club tranchant - tantôt fuchsia, tantôt vert d'eau, tantôt bouton d'or - parce que c'est ainsi que font les jeunes cadres - chaussures cirées rutilantes ; même lorsqu'il s'autorise le *friday-wear* avec jeans et baskets, c'est toujours tiré au cordeau, millimétré. Et avec cela rasé fraîchement, arrosé d'eau de toilette délicate et chic, les mains, la peau et les ongles soignés, il me précisera qu'il prend deux douches par jour comme pour se rincer d'une invisible contamination, jamais tenue à distance, toujours prête à détruire, sournoise et menaçante ; et quand il demande « où cela se cache l'infection ? », je crois entendre « où cela se cache l'affection ? » ; vous voyez ce que cela veut dire. Plutôt beau gosse. Intelligent et sensible pour dix. Que cache-t-il ? Je le découvrirais à mes dépens. Quarante ans, propre et un rien guindé dans sa posture et dans ses propos, je me souviens de ce premier rendez-vous dont il m'écrira quelques mois plus tard : « Je l'ai su dès notre première rencontre ». Qu'avait-il su depuis toujours ? « J'ai su que je pouvais tout vous dire ».

Maintenant que vous êtes parti pour toujours sans crier gare, je vais vous tutoyer.

C'est Melchior, au nom de roi mage, qui t'a conseillé de prendre rendez-vous avec moi, il y a un an et demi. Melchior m'avait lui-même été adressé douze ans plus tôt par Paul, Paul Kramarz, Paul mon seul maître, dans le service duquel j'avais effectué mon premier stage d'interne en psychiatrie à l'Hôpital Paul Guiraud. Décidément, chaque carrefour de ma vie est gardé par une sentinelle prénommée Paul. Paul Guiraud, avant d'occuper un poste de médecin à l'hôpital de Villejuif dans les années 50, avait été, à l'hôpital psychiatrique de Braqueville à Toulouse, l'assistant du docteur Maurice Dide, lequel, agent P2 appointé par le BCRA dès 1941, était tombé dans un piège, dénoncé, arrêté, torturé, déporté, condamné à l'avilissante corvée d'épandage du résidu des latrines, durant laquelle il s'effondre dans la neige, la pisse et la merde, les chiens se jettent sur lui, ce sont les survivants qui raconteront à sa veuve la curée des molosses sur son pauvre corps ; il meurt à Buchenwald quelques jours plus tard le 26 mars 1944[60], des suites de phlegmons aux jambes dit, laconique et aseptique, le bulletin de décès de l'administration nazie.

Le père de Paul Kramarz avait été arrêté et déporté au printemps 1942 à Paris. Quelques jours plus tard, le 16 juillet, Paul avait échappé à la rafle du Vel 'd'hiv, l'opération *Vent printanier* de la police allemande : embarqué de force dans des autobus avec sa mère ; aux guichets du Louvre, premier centre de rassemblement, premier tri ; un policier se penche, le prend par les épaules, le regarde fixement, des larmes dans les yeux - c'est Paul qui me l'a raconté - et lui ordonne doucement, mais péremptoire : « Pars en courant, va-t'en, va-t'en ! Surtout, ne te retourne pas et ne rentre pas chez toi ». Pas le temps de chercher sa mère dans la foule et de l'embrasser. Il ne l'a jamais revue. Paul est parti en courant. Et Paul me l'a raconté. Il m'a raconté comment il avait rejoint son petit frère accueilli en province dans une colonie d'enfants juifs sous l'égide de l'Union générale des israélites de France. Il n'a jamais revu son père non plus.

Dans son salon, rue Drouot, le soir d'hiver où il m'a ramassé derrière la vitre d'un café, boulevard des Capucines, il me raconte son sauvetage par un policier inconnu.

Il doit être 22 heures. Paul et son épouse sortent du cinéma et rentrent chez eux. Je suis le grand adolescent de vingt-trois ans qui ne parvient pas à vivre, une tristesse à fendre les yeux ; j'ai déambulé des heures, après m'être arraché d'un banc du métro. J'ai commandé un Whyski-Coca, celui des night-clubs qui ne consolent plus mes rêves d'enfant perdu, qui ne sait pas grandir et, dans la terrasse mal éclairée, je regarde le désert de ma vie, je ne vois plus que les voitures au bruit des moteurs qui me bercent, assourdi par les vitres.

Il s'est arrêté devant moi, sur le trottoir, de l'autre côté de la vitre. Il m'a regardé longtemps, peut-être plusieurs minutes, longues minutes pendant lesquelles il attendait un signe de moi, mais j'étais dans mes rêves, dans mes limbes, je ne le voyais pas. Et puis je l'ai reconnu, je me suis réveillé. Il est entré, il m'a embrassé, m'a demandé ce qu'il m'arrivait, et il m'a embarqué chez lui. Pendant que Régine prépare un verre et quelques amuse-gueules, Paul me fait parcourir la galerie imaginaire qu'il s'est constituée aux ventes de l'Hôtel Drouot juste en face de son immeuble. Il y a chiné des dizaines de tableaux au fil des années, toujours suivant le même protocole : laisser un ordre, mais ne jamais venir à la vente ni enchérir au téléphone, les risques de la fascination par les enchères sont trop intenses, délicieux, addictifs.

Ce soir-là il m'a raconté de quelle façon il a été reçu au concours de recrutement de l'internat des hôpitaux psychiatriques. Un petit juif du Sentier, ça n'avait aucune chance : eh bien ! il s'y est accroché avec l'ami rencontré dès le début de ses études à la faculté de médecine de Paris, et qui devint son sous-colleur attitré. Enfant de la bourgeoisie protestante parisienne, celui-ci échoua à l'écrit du concours. Il courut chez sa tante, neurochirurgienne, présidente cette année-là du jury. Elle offrit de soutenir la candidature de Paul que les épreuves écrites avaient sélectionné, mais qu'elle ne connaissait pas ; elle lui donna rendez-vous le lendemain matin à 7 heures dans l'antichambre de la salle d'opération. On l'introduisit. Penchée sur la rangée de lavabos vis-à-vis de la porte d'entrée, elle était occupée à savonner et brosser ses mains et ses avant-bras. Elle releva la tête sans se retourner et le regarda dans la glace comme dans un rétroviseur : « Je sais qui vous êtes, l'ami de mon neveu, demain vous serez reçu », dit-elle simplement. Ce fut tout. Très ému, Paul balbutia maladroitement quelques mots de reconnaissance et de remerciements, elle poussait déjà du pied la porte qui pivote vers l'antre opératoire, Paul croit se souvenir, mais il ne sait plus exactement, qu'elle se retourne et répète : « Mon neveu m'a raconté, vous serez reçu ».

C'est ainsi qu'à vingt-trois ans, je suis entré dans la carrière par la porte de l'honneur et de la dignité. Paul, immensément cultivé, m'aura tout appris, depuis les rudiments cliniques et thérapeutiques de notre discipline jusqu'à l'urgence de l'immersion dans toutes les formes de l'expression artistique, miroirs de l'esprit, de ses audaces, de ses grandeurs, de ses mystères, de ses impasses, de ses mirages, de ses misères, et porte d'entrée dans les arcanes de ses chausse-trapes. J'avais achevé, quelques mois plus tôt, la lecture d'*À la recherche du temps perdu* qui m'avait emporté au grand vent de l'intelligence, de la vérité, du courage. Paul, Proustien invétéré, jubilait alors dans les *Mémoires* du duc de Saint-Simon. A-t-il jamais su qu'il fut mon seul maître, à sa façon mon seul père ? Je me souviens aussi de lui à Belle-Île, où nos séjours l'été se superposaient. Il descendait à l'hôtel, face à la mer, rituellement pour deux semaines ; moi, je m'installais trois cents mètres plus haut dans ma petite maison perchée au-dessus de la ria. Nous arpentions les chemins de campagne et le sentier des douaniers, patrouillant, durant nos promenades, dans le labour encore grossier de mes premières recherches sur la vie d'un enfant abandonné vers l'âge de cinq ans dans la forêt au moment de la Révolution française, et qui, découvert par des chasseurs, fut amené à Paris en août 1800. Les interrogations que les philosophes allaient se poser sur son psychisme constituèrent la pierre d'angle du bouleversement de la notion d'aliénation mentale. Plus j'avançais, plus je mettais au jour des manuscrits inconnus en grand nombre, et plus j'avais le sentiment d'être agi par une force intime à laquelle je ne pouvais pas résister, une fureur de savoir.

Je répondais enfin aux vœux des deux vigilants agrégés de lettres de mes années de lycée, qui avaient voulu m'inscrire en hypokhâgne en juin 1966, baccalauréat en poche, et qui avaient regretté mon choix de la Faculté de médecine. Avec quelques années de retard sur leurs espérances, je plongeais dans l'Histoire et j'écrivais, d'abord quelques articles dans des revues médicales ; et puis des participations à des colloques, et enfin, le 23 mai 1983, le jour de mon mariage, la publication aux éditions Le Sycomore, dans la collection *Les Hommes et leurs signes,* dirigée par Michel Leyris et quatre de ses élèves, de la première édition de *Victor de l'Aveyron dernier enfant sauvage premier enfant fou.*

Le choix de faire revivre un enfant que ses parents avaient abandonné dans les bois vers l'âge de cinq ans après avoir tenté de l'égorger, tabou absolu, trouvé errant sans famille connue, et confié à une institution d'État pendant près de douze ans, devait beaucoup à l'absurdité de ma propre histoire, et de mes interminables douze années de pension entre six et dix-huit ans. Je me suis acharné à la recherche de ses parents, comme un juge d'instruction, peut-être comme un commissaire de police ; j'ai pensé y être parvenu. Je me souviens de ces journées d'été passées aux archives des Sourds et Muets, aux Archives de France, aux Archives de l'Arsenal, à celles de Rodez, à celles de Digne, à celles d'Orléans, à celles d'Albi ou à celles de Toulouse, à dépouiller les registres paroissiaux, la presse et les correspondances administratives et privées des toutes dernières années de l'Ancien Régime, journées pendant lesquelles j'ai mis la main sur une piste prometteuse : la famille d'un notaire dont l'initiale du patronyme est D, originaire du village de Martrin - toutes caractéristiques explicitement transmises jusqu'à nous grâce aux témoignages des contemporains - famille aux nombreux enfants mâles baptisés Victor, prénom qui sera finalement donné à cet enfant peu après son arrivée à Paris, mais pour bien d'autres raisons.[61]

Aucun des nombreux Victor répertoriés dans cette famille entre 1785 et 1800 ne pouvait par l'âge être identifié à l'enfant sauvage. Pourtant l'enfant connu depuis sous le nom de sauvage de l'Aveyron appartient sans erreurs possibles à la tribu de D… notaire à Martrin, canton[62] de Lacaune, à la frontière du Tarn et de l'Aveyron. Pourquoi n'aurait-il pas été baptisé le jour ou le lendemain de sa naissance, comme c'était l'usage prudent et régulier ? Enfant illégitime d'un bourgeois de village, notaire de son état, enfant non baptisé parce qu'illégitime, et qui n'aura pas d'existence légale, échappant ainsi au droit de la succession et à tout repère d'actes notariés, enfant dont on aura cru pouvoir organiser facilement l'escamotage de l'existence, enseveli dans un désert de silence, au-delà des registres d'archives : c'est ainsi que je me suis lancé à sa poursuite et à la recherche de ses parents.

Je ne me souviens pas de la dernière fois que mon père, Paul, m'a serré dans ses bras : février 1950, on venait de fêter mon deuxième anniversaire, il partait vers l'Indochine dans un voyage sans retour. Il ne savait pas que nous ne nous reverrions jamais, a-t-il même imaginé que cela arriverait ? Sa mort est survenue quelques jours avant mon quatrième anniversaire. Bien sûr, il ne m'a pas abandonné dans une forêt, il n'a pas tenté de m'égorger, mais il a disparu de ma vie. À six ans, lorsque j'ai atteint l'âge d'entrer au cours préparatoire, ma mère a trouvé expédient de m'expédier en pension. J'y ai effectué toute ma scolarité jusqu'à l'âge de dix-huit ans. Une misère d'existence. Une pension pour cas sociaux de l'armée. Un désastre psychique. Une mutilation d'enfance. Une excision de l'âme.

Soixante ans plus tard, c'est auprès de ce Petit Poucet que toi, Paul Mari, qui par l'âge pouvais être mon fils, t'es réfugié comme sur un radeau : tu cherchais un moyen de survie. Tu avais contacté d'autres psychiatres, des psychanalystes, des psychologues, tu les avais tous récusés dès le premier rendez-vous, parfois dès le premier appel téléphonique. Quarante ans, la réussite professionnelle triomphante, insolente, dans un fonds de pensions où tu accumules les succès financiers, les recettes en millions de dollars. Pourtant tu es désespéré. Tes standards de réussite professionnelle sont extrêmement élevés, ils te gouvernent, ils te persécutent, c'est pour cela que tu dis que tu échoues. Tu n'as que moi à qui dire à quel point tu te détestes et te fais honte, gros chat castré et terrorisé. Tes parents le savent, et ils t'en veulent ; tu sais qu'ils te méprisent. Qu'en sera-t-il de tes filles quand elles auront vingt ans, et de l'homme qui partagera leur vie ?

Pas même une année aura duré notre voyage, qui fut un vagabondage heureux avec peu de rendez-vous, beaucoup de mails, beaucoup de SMS, beaucoup de messages téléphonés. Tu venais me voir une fois par mois ; souvent maussade lorsque tu arrivais, tu repartais souriant, nous avions parlé des folies sadiques de ton père et de ta mère, de la dépression de ton père ingénieur, de tes raclées d'enfant maltraité, de ton frère chirurgien exilé à Berlin pour toujours d'où il ne donnait plus aucun signe de vie à vos parents depuis des années, et qui ne voulait pas d'enfants, de ton épouse intelligente, sensible et tyrannique, de tes enfants que tu aimes tant. Tu parlais de littérature - un jour tu avais acheté tout Simenon, une autre fois ce fut Montaigne, tu fomentais de lire *À la Recherche du temps perdu* dont tu voyais les volumes derrière moi dans la bibliothèque de mon bureau ; je répondais en te racontant le Barnum époustouflant de mes découvertes d'autrefois, celles de mon adolescence, et celles d'aujourd'hui : de Marcel Proust à Akira Mizubayashi, de Rutebeuf à Marguerite Yourcenar, de Samuel Beckett à Kasuo Ishiguro ; de Fiodor Dostoïevski à Paul Claudel. Avant de nous séparer, je te remettais l'ordonnance d'antidépresseurs qui te soulageaient. Tu étais de moins en moins malheureux et triste.

Brillant élève dès le cours préparatoire, comme tous les enfants battus et maltraités, tu es convaincu que tu es un mauvais enfant, que les coups et les insultes, les réprimandes vexatoires et méprisantes sont méritées. « Poil de Carotte, ou Petit Chose, ou Philip Pirrip », me suis-je souvent répété en silence lorsque tu étais dans mon bureau. Solitaire dans la cour de récréation, tu as traversé toutes ces années d'école primaire puis de collège et de lycée, malgré la dépression des nuits et le trompe-l'œil des jours ensoleillés par tes bulletins scolaires exceptionnels, les yeux fixés sur les classes préparatoires, et, au-delà, sur les grandes Écoles et l'avenir professionnel. C'était ton Eldorado, que tu as cru canot de sauvetage, en réalité radeau de la Méduse à bord duquel les êtres humains s'entredévorent.

Au lycée, tu as rencontré Melchior, athlète sensible, cœur d'ange et intelligence brillante dont l'amitié fut l'étai de ta vie. Vous avez passé le baccalauréat ensemble, vous vous êtes inscrits en classe préparatoire, vous avez intégré l'ENA. L'été de votre fin d'études qui fut celui du succès, vous avez visité la Sicile via la Corse natale de Melchior, cérémonie solennelle d'adieu à l'enfance. Sélinonte, Piazza Armerina et Villa Casale, Noto, Syracuse, Tonara de Vendicari. Si tu as passé des nuits de rêverie solitaire à t'imaginer dans ses bras, Melchior n'aperçut rien de tes fantasmes d'agonie depuis l'enfance, de tes fantasmes aussi de réanimation et de blotissement. Qu'il suffise à ta vérité de me souvenir du tremblement de tes lèvres, de l'émotion et de ton imperceptible bégaiement lorsque tu évoquas l'allégresse dont Melchior parvint à fertiliser ton cœur par une amitié qui t'arrima à la vie, et qui n'aura pas de fin !

Un jour, tu es arrivé dans mon bureau avec un roman de Bret Easton Ellis, *Less than zéro*, qui avait bousculé et enchanté tes vingt ans, m'as-tu dit. Pas ton genre pourtant ces histoires de paumés désœuvrés qui traînent leur ennui dans Manhattan, de cinémas en nuits shootées, des bras d'un garçon au lit d'une fille, d'une passe à l'autre. Tu avais eu l'impression de découvrir le monde. Une formidable bouffée d'air après la férule des exigences de condamné à la réussite scolaire, ton enfance mutilée et ton adolescence pourrie. Peu habile et timide en aventures, et redoutant les jugements que tes rencontres pourraient porter sur ton inexpérience, tu croises ta future épouse dès ton intégration à l'ENA, tu romps avec un auto-érotisme devenu frénétique, et ne la quittes plus. Elle mit au monde coup sur coup deux petites filles, des amours que tu adores comme enfants ne le furent jamais. Ton épouse, bien que couronnée de diplômes, décide dès sa première grossesse d'abandonner toute activité professionnelle. Tu acceptes le diktat de ses exigences. En m'offrant *Less than zéro*, tu accompagnes ton cadeau d'un commentaire furtif, murmure très ému : « Je vous offre mon amitié, toute mon amitié. Est-ce suffisant pour vous ? »

Avais-tu compris que nous étions deux rescapés des mêmes massacres de l'enfance, dont seule une présence infinie, discrète, immobile, silencieuse, à toute épreuve, pourrait entraver la pérennisation des ravages psychiques ; voulais-tu exprimer, derrière cette question, le désarroi de l'enfant avide de tendresse, mais battu, dernière gifle à quinze ans, de l'enfant barbouillé d'excréments par sa mère dont parle Ivan Karamazov, et de cet autre enfant dont Dostoïevski décrit le calvaire déchiré lui aussi sous les yeux de sa mère, par la meute jetée sur son petit corps, et qui doit accepter d'être persécuté, torturé par la personne la plus aimée dont il s'acharne à toujours attendre le salut, en vain ? As-tu redouté que je me transforme à mon tour en tortionnaire, en violeur, en massacreur, en fée Carabosse ou en père Fouettard, celui qui emporte les mauvais enfants dans un sac pour les jeter au diable dans un gouffre d'où personne n'est jamais revenu ? Ou bien, ton épouse flaira-t-elle une compétition affective dont elle imagina qu'elle ne tournerait pas à son avantage, ce qui l'aura enhardie, comme une prêtresse vaudou plantant des aiguilles dans une poupée de chiffons, à saper, ruiner, détruire toute découverte émotionnelle, à corrompre et interdire toute autre perspective sensible de ta part ?

Et pouvais-tu imaginer pour toi-même un autre destin en dehors de l'abandon, celui qu'un soir de Noël ton père avait mis en scène en s'enfonçant, ivre de tranquillisants et d'antidépresseurs, dans la nuit des quais à Paris où fourmillent en se cherchant toutes les formes du commerce interlope des corps et des paradis psychiques artificiels et vénéneux ? Cette tentative de largage définitif des amarres s'était achevée sans gloire ; il s'était échoué au commissariat de police puis à l'hôpital psychiatrique, où tu l'avais repêché après quarante-huit heures de recherches. Un instant émerveillé par le chemin de la liberté que notre improbable rencontre t'avait suggéré, tu t'es jugé traitre au père raté dont l'effacement te tyrannise. Par l'âge tu fantasmas un lien filial ou fraternel, restaurateur de l'univers désespéré qui te tient lieu d'enfance ; et j'étais l'interlocuteur introuvable de ce désespoir par ma propre enfance dont les bouleversements et la solitude m'avaient enseigné la même langue qu'à toi. Le hasard d'une consultation médicale nous avait réunis. Tu lisais entre les lignes. J'avais seulement un peu d'avance parce que j'avais un peu plus d'heures de marche. Tu avais franchi les portes de l'enfer lorsque tes parents te frappaient où lorsque tu assistais impuissant à l'effondrement dépressif de ton père. Tu vivais avec la honte d'être l'homme que tu es, parce que tu crois à la fable de tous les enfants physiquement ou moralement maltraités, convaincus du bien-fondé de leur martyre, quand même ils protestent du contraire. « Je ne m'aime pas, je n'aime pas mon corps, je sais que je suis laid », disais-tu. Quant à moi, je n'ai jamais trouvé d'autre étayage contre l'interminable chagrin de la disparition de mon père et de ce qu'elle engendra depuis mon exil en pension, que de devenir médecin, ni contre les folies affectives et les débordements psychiques de ma mère, que de devenir psychiatre ; et de creuser sans repos depuis cinquante ans les dépôts d'archives, tournant et labourant les liasses de documents et les hypothèses, à la recherche des parents abandonneurs de Victor, l'enfant sauvage, ton frère d'âme et le mien.

Aurais-je dû refuser ton cadeau ? Je n'en ai eu ni le courage ni l'envie.

En me quittant lors de notre dernière entrevue, tu es de nouveau triste, silencieux et tu ne veux pas fixer de rendez-vous ultérieur, m'assurant d'un équilibre enfin établi dans ton esprit, tu me réclames pourtant l'ordonnance habituelle d'antidépresseurs et d'anxiolytiques, presqu'en pleurant. Sachant ce qui va advenir, je n'ai pas le cœur de te demander les honoraires rituels, et je te le dis. « Je n'imagine pas que vous m'en demandiez », réponds-tu calmement. Cette dette nous lie pour toujours. Je ne t'ai jamais revu. Sur le pas de la porte nous sommes-nous serré la main, ce que le confinement du Covid proscrivait ? Je crois que tu m'as dit : « À bientôt », réplique sécrétée par les lâchetés de ton père.

Chaque jour, j'entends le bruit de tes pas dans ma tête, j'entends ta plainte, et les cris de ton cœur. Et je ne peux me résoudre à la stratégie du héros de Samuel Beckett qui « s'était mis à jouer avec les cris, s'avançant, s'arrêtant, s'avançant, s'arrêtant, si l'on peut appeler cela jouer. Tant qu'il marchait, il ne les entendait pas. Mais sitôt arrêté, il les entendait à nouveau, chaque fois plus faibles certes, mais qu'est-ce que cela peut faire qu'un cri soit faible ou fort ? Ce qu'il faut c'est qu'il s'arrête »[63].

Je me suis assis au bord de la route où marchent des cohortes d'inconnus qui fuient, ils me regardent d'un air effaré, puis détournent la tête : le cadavre d'un chien sur une route de la guerre, l'explosion d'une mine à six heures du soir. Personne ne me pose de questions. J'aimerais que l'un ou l'autre s'arrête, mais que nous dirions-nous, et en aurions-nous le temps, le courage ? Tes cris ne me lâchent jamais. Ce sont les miens.

FIN

Notes

---

[1] Afat : Auxiliaire Féminine d'Armée de Terre.
[2] Fête de la Légion Étrangère.
[3] Fraichement rentré de Corée où il a commandé le bataillon français de l'ONU.
[4] cf. Gineste (T) : 1953 : *Prise d'armes aux Invalides.* In I*NFLEXIONS, civils et militaires : pouvoir dire.* N°37 (2018).
[5] La défaite de juin 1940 doit beaucoup à la démence syphilitique tertiaire du Général Gamelin qui avait été soigné par impaludation au Val-de-Grâce dans les années 30. Son dossier médical a disparu des archives depuis longtemps.
[6] Pierre Pellissier, *De Lattre,* Paris, 2015.
[7] Dont la nièce Jacqueline Chabridon deviendra journaliste au Figaro, épousera Charles Hernu et en divorcera, pour épouser Alain Fernbach, et inspirera à Jacques Chirac, alors Premier Ministre, un attachement durable et passionnel.
[8] Jean, le père d'Antoine, était un enfant trouvé sous le porche d'une église, richement habillé et l'on avait déposé quelques Louis d'or dans ses habits avant de l'abandonner. C'est pourquoi il fut déclaré Lebienheureux à l'État-civil. Tient-il son prénom du jour de sa découverte un treize juin ?
[9] *Les bandes de Picardie, le 1er Régiment d'Infanterie dans la Résistance*, Librairie Lamarre, Paris, 1946, p14.
[10] L'organisation du régiment est secrètement mise sur pied en trois bataillons à effectifs restreints de la façon suivante :
- Région de Lury-Saint-Florent : 1er bataillon à deux compagnies, aux ordres du capitaine de Lafond.
- Région de Dun-Levet : 2e bataillon à deux compagnies (Capitaine-Mercier)
- Région de Sancoins-Blet-Charenton : 3e bataillon à quatre compagnies aux ordres du commandant Rauscher.
- Région de Meillant : compagnie régimentaire..

Les éléments venus du Chantier de Jeunesse n°1 formeront une partie importante du 3ème Bataillon sous les ordres du Capitaine Rauscher. la section commandée par mon père est la 9ème de ce bataillon.

[11] Jean-Marie Fabre occupe les fonctions de sous-préfet de Belles jusqu'au printemps 1944 puis il disparait de la Haute-Vienne, poursuivi depuis son entrée en fonction par la vindicte d'un petit noyau communiste. Il reparait en 1945 en Allemagne, au grade de Commandant FFI. Les groupes communistes obtiendront sa destitution. Devenu avocat, il sera finalement totalement blanchi et réinstallé dans ses droits.
[12] Idem.
[13] Je me souviens de ma grand-mère maternelle, Suzanne Martin, née Thévenet, sage-femme ayant occupé pendant des années le poste de Vice-Présidente de l'Union des sage-femmes de France, un jour que nous passions en voiture devant une ferme dans la campagne montluçonnaise : « Au début de ma carrière, me dit-elle, j'ai accouché une femme dans cette maison, un bien joli garçon. En 1943 il a refusé de partir au Service du Travail Obligatoire. Ton père l'a caché au Chantier de jeunesse de Tronçais, ce qui lui a sauvé la vie.
[14] Par l'Ordre du jour 86.
[15] *Les bandes de Picardie, Premier Régiment d'Infanterie dans la Résistance*. Librairie Lamarre, Paris, 1946, p.99.
[16] Général de Corps d'Armée Koenig, décision 199 du 25 janvier 1945.
[17] Le tampon au verso indique : « Les portraits Edmond FOUCHE, Gémozac.»
[18] Formé au 2ème Bureau, il est nommé attaché militaire à l'ambassade de France à Berne le 25 mars 1942 ; passe clandestinement la frontière franco-helvétique en avril 1944 pour se mettre à la disposition de la 1ère Armée française dont il est affecté à l'État-major le 30 août 1944 avant d'être affecté le 25 octobre au commandement du 1er RI qu'il quitte le 18 août 1945 pour rejoindre, en tant qu'officier de liaison, le Général commandant en chef en Autriche.
[19] Fait à Paris, le 3 avril 1945. Signé : De Gaulle.
[20] De Jacques Larue et Gabriel Ruiz (1941), Chanté par Victoria Marino, Tino Rossi, Luis Mariano ; ou bien est-ce *Amor* (1944), chanté par Bing Crosby ?
[21] Les paroles et la musique de cette chanson ont été écrites en 1936 par Jean Tranchant, *Les Prénoms oubliés*, pour Lucienne Boyer, reprise dans les années cinquante par Georges Brassens se souvenant des chansons de sa jeunesse, version jazzy pleine de charme. Mais bientôt mon père ne sera plus là pour l'entendre, et se souvenir de sa jeunesse.
[22] Doc.personnel. Recueil de souvenirs de ma mère.
[23] Promu Lieutenant de Réserve à titre définitif par décret du 12.6.47 J0 du 13.6.47, rang du 25.6.47. Admis dans l'armée active avec le grade

de sous-Lieutenant pour prendre rang du 25.12.46 par décret du 23.6.47 JO du 29.6.47. Promu au grade de Lieutenant d'active à TD rang du 25.12.48 par décret du 10.1.49 - JO du 12.1.49.

[24] Exposé du Général Molle lorsqu'il commandait St-Cyr sur l'amalgame des unités FFI dans la 1ère armée française,

[25] SHD Dossier GR 10 H 1771. Il sera finalement rapatrié le 24 mars 1952 et nommé inspecteur général de l'Arme blindée et de la Cavalerie. Il demande à se retirer « au château du Pas du Houx » , commune de Paimpont, le 4 septembre 1961. Sa demande de mise à la retraite est acceptée avec élévation au grade de Général de Brigade.

[26] Promotion au grade de lieutenant le 25 décembre 1948, décret du 10 janvier 1949.

[27] Cf. déroulé de carrière. Déplacé de son poste d'instructeur pour être affecté à compter du 1er janvier 1949 à la compagnie d'Infanterie de l'ESMIA, en exécution des prescriptions de la note de service n° 3799 EMA 104 du Général Molle, Commandant l'ESMIA, en date du 8.03.49 ; à nouveau déplacé le 6 août pour passer à la 12ème compagnie d'Élèves Officiers de Réserve (EOR).

[28] AM n°10931 PM/2B/INF.3 du 25.1.50.

[29] Par AM n° 396 PM/2B/INF.3 du 24.4.50.

[30] AM n°396 PM/2B/INF.3 du 24.4.50.

[31] Mis en route sur le D.I.M. de Marseille le 1.2.50. Rdc de l'E.S.M.I.A. le 2.2.50. Embarqué par avion à Marseille le 4.2.50. Débarqué à Oran le-dit jour. Rejoint le 1er R.E.I. le 4.2.50. – et affecté à la C.P.I. « Volant de relève ». Désigné pour le 3ème Btn mixte. Embarqué à Toulon sur le Pasteur le 3.4.50. Rdc du 1er R.E.I. ldj. Mis à disposition du Gal Cdt en chef en E.O. Débarqué à Saigon le 19.4.50. Affecté 13° D.B.L.E. à/c du 19.4.50 par AM n° 2518 FAEO/BLE/ du 22.4.50. Affecté 1er Btn le 19.4.50. Affecté 3ème Btn le 10.6.50.

[32] Service des archives médicales hospitalières des armées, Limoges. Dossier 21-0398/CD.

[33] Le colonel Christian de Malleray m'a communiqué une photographie de son père, le lieutenant Jean de Malleray, prise à la même époque et au même endroit. Si ce n'est le même jour, c'est à la même période.

[34] Cf note 34.

[35] Caroline Mangin-Lazarus, *Maurice Dide psychiatre et résistant*, Érès, Toulouse,1994.

[36] Bulletin n°276 de1998 de l'Amicale des déportés de Matahausen.

[37] Hymne à Isis ; et Agrippa d'Aubigné, Les Tragiques, I, Misères.

[38] Document personnel.

[39] Lettre du 24 12 51 à Monique et Paul Pfister.
[40] Son fils, le Colonel Christian de Malleray, n'aura pas de mots trop reconnaissants et affectueux pour saluer la mémoire de mon père en m'expliquant que par sa mort il lui a permis de venir au monde puisque qu'il a pris ce jour-là la tête de la section précédemment commandée par son père.
[41] Qui est Louis Piquet ? Sa lettre, adressée à sa mère, est rédigée en plusieurs endroits à la première personne du pluriel : « Tout ce que nous pouvons dire », « Nous veillerons » etc. Cette forme verbale désigne-t-elle un groupe de soldats, ou un couple de civils mariés ? Il était alors fondé de pouvoir de la Banque d'Indochine pour le Commerce et l'Industrie cf. infra.
[42] Celle qu'avait commandée le lieutenant Jean de Malleray jusqu'au 21 novembre 1951, avant de prendre le commandement de la compagnie.
[43] Transcription n°639.787 du ministère des Anciens Combattants et Victimes de Guerre.
[44] Lettre du Capitaine Le Ber SP 52182. Le 26 10 53, à Mme Gineste Michelle. Œuvre des tombes. 2, boulevard Norodom, Saïgon. « Madame, Comme suite à la demande verbale du Sergent RIVIE, j'ai l'honneur de vous adresser ci-joint deux photographies et le négatif de la tombe de votre mari, le Lieutenant Paul Gineste, mort pour la France le 11 01 52 et inhumé au cimetière Massiges à Saïgon, Lot 9, Rang 8, Fosse 12. Veuillez agréer, Madame, mes respectueuses salutations. »
[45] Poème de Pierre Mac-Orlan, écrit lorsqu'il était engagé en Indochine dans l'infanterie de marine.
[46] Il s'agit de l'homme politique, maire du 16ème arrondissement, président de la Société des gens de lettres, sénateur de l'Aisne ; et non pas de son homonyme militant communiste saboteur du moteur du paquebot Pasteur.
[47] Document personnel. Didier Bariani était alors secrétaire d'État auprès du ministre des Affaires étrangères ; Georges Fontès, maire de Béziers, ministre des anciens combattants.
[48] Malleray (Jean de), Souvenir du Vietnam, slnd, p20-21.
[49] Cf lettre de Louis Piquet p.95.
[50] SHD Dossier GR 10 H 5546.
[51] Coordonnées topographiques sur la carte française 221 West (échelle 1/100.000) x : 776 y :403.

[52] Citation à l'ordre de la division avec attribution de la croix de guerre des T.O.E. par le Général Denois, Commissaire de la République française, commandant les forces françaises dans le Sud-Vietnam.
[53] Photo aérienne du Poste Lieutenant Gineste (SIPA 31 janvier 1953) ; Dossier SHD- Gatac Sud-Ai 4C sous-dossier 178.
[54] Jugement du Tribunal civil de Ploërmel en date du trois avril mil neuf cent cinquante-deux.
[55] idem 42.
[56] À l'instant tombe sur l'écran de mon téléphone l'annonce du classement sans suite de l'enquête en raison de la prescription. Lundi 14 juin 2021, 10h.
[57] Service Historique de la Défense, Château de Vincennes. Avenue de Paris, 94300.
[58] Confidence du Général Combette en 1986, au ministère des Anciens Combattants et Victimes de guerre.
[59] L'inauguration eut lieu le 16 février 1993 à 11 heures par le Président Mitterrand las et abattu.
[60] Caroline Mangin-Lazarus, *Maurice Dide Un psychiatre et la guerre,* Toulouse, Érès, 1994.
[61] Le prénom Victor sera donné à Victor Hugo pour la même raison : la publication en 1797 par Ducray-Duminil du roman *Victor ou l'enfant de la forêt,* prototype du mélodrame *de* Pixérécourt
[62] Martrin, commune limitrophe du Tarn (12550).
[63] Samuel Beckett, *Premier amour*, Éditions de Minuit, Paris, 1970.

TABLE DES MATIÈRES